Rook en as

Barbara Rogasky
Rook en as

Het verhaal van de holocaust

Vertaald door Ko Kooman

Uitgeverij De Arbeiderspers
Amsterdam · Antwerpen

Copyright © 1988 Barbara Rogasky
Copyright Nederlandse vertaling © Ko Kooman /
BV Uitgeverij De Arbeiderspers, Amsterdam
Oorspronkelijke titel: *Smoke and ashes. The story of the Holocaust*
First published in English by Holiday House, New York, USA

Omslagontwerp: René van der Vooren
Foto omslag: Auschwitz-Birkenau (voorzijde), Majdanek,
crematorium (achterzijde); © Yad-Vashem, Jeruzalem

ISBN 90 295 3566 0 / NUGI 641

Inhoud

Een paar dingen die je moet weten 7
De foto's 11
Enkele definities 13

1 De wortels 17
2 De nazi's en de Duitse joden 31
3 De getto's 53
4 De Einsatzgruppen 75
5 De Endlösung 80
6 Andere slachtoffers 90
7 Deportaties 97
8 De kampen 111
9 Het leven in de kampen 132
10 Terugvechten 147
11 Gewapend verzet 167
12 De Verenigde Staten en Groot-Brittannië 190
13 De redders en de rechtvaardigen 209
14 Is de holocaust uniek? 226
15 Het slot 232
16 Gerechtigheid 242
17 Het heden 260

Bronvermelding 265
Register 267

Een paar dingen die je moet weten

Dit boek is niet geschreven om je nachtmerries te bezorgen.

Het gaat over verschrikkelijke dingen, het soort dingen dat je in nachtmerries ziet. Maar dit is geen droom, het is echt gebeurd, en het heeft jaren geduurd.

Om het maar ronduit te zeggen, dit boek gaat over moord. In twaalf jaar tijd zijn bijna zes miljoen mensen moedwillig om het leven gebracht. Zes miljoen, evenveel mensen als er in Londen wonen en tweemaal zoveel als in Berlijn.

Ze stierven niet omdat ze soldaten waren, of spionnen. Er was geen proces waarin ze door een rechter en een jury schuldig werden bevonden aan een vreselijke misdaad. Het maakte niet uit of ze man of vrouw waren, jong of oud – anderhalf miljoen van hen waren jonger dan vijftien jaar.

Ze moesten allemaal sterven omdat ze joden waren. Dat was de enige reden.

Het was geen machine, geen atoombom die hen om het leven bracht. Het waren mannen en vrouwen, net als hun slachtoffers.

Het was de periode van de holocaust, de tijd waarin de nazi's de macht hadden in Duitsland en Duitsland het in bijna heel Europa voor het vertellen had. Ze wilden Europa *judenfrei* maken – vrij van joden. En dat is hun bijna gelukt.

Ze noemden hun moord op miljoenen joden de *Endlösung der Judenfrage*, de definitieve oplossing van het jodenprobleem. Als de strijdkrachten van de vrije wereld hun geen halt hadden toegeroepen, zouden ze hun moorddadige waanzin op de hele wereld hebben botgevierd.

Hoe heeft dit kunnen gebeuren en waarom? Kon niemand het tegenhouden? Hoe konden de joden het laten gebeuren – waarom verzetten ze zich niet? Is het ook met anderen gebeurd?

Op deze en nog andere vragen wil dit boek een antwoord geven. Maar voordat je aan hoofdstuk 1 begint, moet je nog een paar dingen weten over de tijd waarin de holocaust zich heeft afgespeeld.

De nazi's kwamen in 1933 onder leiding van Adolf Hitler aan de macht in Duitsland. In 1939 begonnen ze de Tweede Wereldoorlog en moest heel Europa, inclusief Groot-Brittannië, voor zijn leven vechten. In december 1941 mengden de Verenigde Staten zich in de strijd.

Duitsland had twee belangrijke bondgenoten – Japan en Italië. Japan was de sterkste mogendheid in het Verre Oosten. Het voerde zelf oorlog in de Stille Oceaan en deed niet mee aan het uitvoeren van de Endlösung – misschien wel omdat er in Japan geen joden waren.

Italië had een regering die veel op die van Duitsland leek en die al jaren aan de macht was voordat de nazi's in Duitsland de macht overnamen. Hoewel Italië beslist niet vrij van nazi-invloeden was, heeft het in het Europa van Hitler geen belangrijke rol gespeeld en heeft het zijn joden niet vermoord.

De Verenigde Staten, Groot-Brittannië en de Sovjet-Unie waren drie van de vier geallieerde mogendheden. Frankrijk was de vierde, hoewel het zich aan Duitsland had overgegeven. De leiders die het land ontvlucht waren, vestigden in Londen een regering in ballingschap, die het 'Vrije Frankrijk' vertegenwoordigde. Hoewel het deelnam aan de geallieerde strijd tegen Hitler, had het Vrije Frankrijk weinig invloed op het verloop van de oorlog.

De Sovjet-Unie begon de strijd tegen Duitsland in juni 1941. Voordat haar legers erin slaagden het tij te keren, waren er miljoenen Russen in de gevechten tegen Duitsland gesneuveld. Gedurende het grootste deel van de oorlog bleef de Sovjet-Unie de drie andere geallieerden wantrouwen, en omgekeerd hebben die drie haar ook nooit vertrouwd. Rusland heeft nooit toegegeven dat de joden vermoord werden om de enkele reden dat ze joden waren. Het hield vol dat de joden, omdat ze sovjetburgers waren, als Russen geleden hadden, en niet per se omdat ze joden waren. Het was niet mogelijk ze zelfs maar op grond van hun naam te onderscheiden. De Russen wilden er niet eens over praten.

Israël bestond nog niet. Palestina, zoals het gebied toen heette, werd bestuurd door de Engelsen, die het in de Eerste Wereldoorlog op de Turken hadden veroverd. Om redenen die hier niet hoeven te worden uitgelegd, werd Palestina in 1917 tot Joods National Tehuis verklaard. Ook al was Palestina geen onafhankelijke staat, toch mochten joden uit andere landen zich er vestigen.

Dit was de achtergrond van het tijdperk waarin de nazi's de macht hadden – 1933 tot 1945 – de jaren van de holocaust.

Het woord 'holocaust' betekent oorspronkelijk een offer aan God dat helemaal door het vuur werd verteerd. Nu wordt het gebruikt voor een groot gebied of een groot aantal mensen dat door het vuur wordt vernietigd. De holocaust is de periode waarin zes miljoen Europese joden werden vermoord, en voor het grootste deel verbrand – verteerd door het vuur.

Het is geen pretje om dat te lezen. De getallen zijn groot en het zijn er veel. De feiten zijn onaangenaam en wreed, misschien zelfs pijnlijk om te lezen. Maar dit verhaal valt niet mooi te maken, zoals een verhaal dat je aan kinderen vertelt. Het heeft geen happy end.

De oorlog heeft in de hele wereld vele miljoenen levens geëist, niet alleen van joden. Maar dit is het verhaal van hún ondergang, omdat alleen zij op de nominatie stonden om te worden uitgeroeid. Elie Wiesel, misschien wel de beroemdste overlevende van, en schrijver over, de holocaust, zei het zo: 'Niet alle slachtoffers waren joden, maar alle joden waren slachtoffers.'

Dit boek is niet geschreven om je nachtmerries te bezorgen. Het gaat over de tijd waarin een nachtmerrie werkelijkheid werd.

De foto's

Veel foto's in dit boek zijn donker en onscherp. Dat komt doordat ze oud zijn – de meeste werden vijftig tot zestig jaar geleden genomen – en doordat ze niet van het oorspronkelijke negatief zijn afgedrukt, dat meestal niet meer te vinden is.

Het is belangrijk te weten dat bijna al deze foto's zijn genomen door ss'ers en Duitse persfotografen in de periode van de holocaust.

Enkele definities

De meeste belangrijke termen worden in de tekst zelf verklaard. Hier zijn er een paar op een rijtje gezet voor wie snel de betekenis terug wil vinden.

GEALLIEERDEN: De vier belangrijkste mogendheden in het bondgenootschap van staten die in de Tweede Wereldoorlog tegen de As-mogendheden vochten – de Verenigde Staten, Groot-Brittannië, Frankrijk en de Sovjet-Unie.

AS: De drie grootste tegenstanders van de geallieerden in de Tweede Wereldoorlog – Duitsland, Japan en Italië.

'CANADA': De drie grote pakhuizen in Auschwitz waarin de kleren en bezittingen van de vergaste joden werden opgeslagen. Om onbekende redenen werden ze door gevangenen zowel als bewakers 'Canada' genoemd.

CONCENTRATIEKAMP: Een gevangenenkamp waar de nazi's mensen heen stuurden die ze als gevaarlijk beschouwden; aldus 'geconcentreerd' vormden de gevangenen geen gevaar meer. Er waren honderden van deze kampen, grote en kleine, in heel Duitsland en Europa onder nazi-bewind. Miljoenen mensen hebben in deze kampen geleefd en geleden, en zijn er gestorven. Officieel was het de bedoeling dat de gevangenen als werkkrachten werden gebruikt, maar door de levensomstandigheden en de sadistische gewelddadigheid van de kampleiders was het erg moeilijk om te overleven. Van hen die in concentratiekampen werden opgesloten, vormden de joden de grootste groep. Het was niet de bedoeling dat zij in leven bleven; dat was doelbewust nazi-beleid. Auschwitz, het grootste kamp, was zowel een concentratie- als een vernietigingskamp. Auschwitz I was het concentratiekamp. Alle kampen stonden onder toezicht van de SS.

VERNIETIGINGSKAMP: Een kamp dat in de eerste plaats tot doel had joden om te brengen. Speciaal met dat doel werden er gaskamers gebouwd. Er waren zes vernietigingskampen, alle zes in Polen. Auschwitz, het grootste kamp, was zowel vernietigingskamp als concentratiekamp; de afdeling waar mensen vergast werden heette Auschwitz II, of Birkenau. Alle kampen stonden onder toezicht van de SS.

EINSATZGRUPPEN: Troepen voor speciale taken. Deze executie-eenheden volgden het zegevierende Duitse leger door Oost-Europa en een deel van Rusland, om overal de joden te liquideren.

ENDLÖSUNG: Het plan van de nazi's om alle joden in Europa door vergassing om het leven te brengen. Het plan heette voluit: 'Die Endlösung der Judenfrage', de definitieve oplossing van het jodenprobleem.

FÜHRER: De hoogste leider van nazi-Duitsland, Adolf Hitler.

GOUVERNEMENT-GENERAAL: Zo noemden de Duitsers het door hen bezette Polen.

GESTAPO: De geheime staatspolitie van de nazi's. In de jaren van het Derde Rijk heeft de Gestapo vele duizenden mensen gearresteerd, gevangengezet en gemarteld.

HOLOCAUST: De periode van 1933 tot 1945 waarin ongeveer zes miljoen Europese joden door nazi-Duitsland en zijn bondgenoten zijn vermoord.

KAPO: De leider van een werkgroep in een concentratiekamp, die zelf ook gevangene was.

POGROM: Een korte, vooraf beraamde, verrassingsaanval op een weerloze joodse gemeenschap.

REICHSSICHERHEITSHAUPTAMT: De *Gestapo* (geheime politie), de *Kriminalpolizei* (rijkspolitie) en de SD (veiligheidsdienst) gecombineerd. Het was een buitengewoon machtige organisatie, geleid door Reinhard Heydrich, de hoofdarchitect van de Endlösung.

SA: Afkorting van het Duitse woord voor stormtroepen. Een eigen leger van de nazi-partij, los van het gewone Duitse leger. Het bestond uit gewone Duitsers. Na de eerste jaren van het nazi-bewind had het nog maar heel weinig macht. Naar de kleur van hun uniform werden de SA-soldaten 'Bruinhemden' genoemd.

SD: Afkorting van het Duitse woord *Sicherheitsdienst* (Veiligheidsdienst). Samen met de Gestapo (geheime politie) en de Kripo of Kriminalpolizei (rijksrecherche) vormde zij het Reichssicherheitshauptamt.

SONDERKOMMANDO: Joden die tijdelijk gespaard werden om in de vernietigingsafdelingen van de kampen te werken. Uiteindelijk werden ook zij vermoord en door nieuw-aangekomenen vervangen.

SS: Afkorting van het Duitse woord voor 'beschermingseskader'. De SS begon als lijfwacht van Hitler, werd vervolgens een particulier nazi-leger los van het gewone Duitse leger, en groeide uit tot de machtigste organisatie van het Derde Rijk. SS'ers ontvingen een speciale opleiding en golden als de beste soldaten van het land. Naar de kleur van hun uniform werden ze 'Zwarthemden' genoemd. De Doodshoofdbrigade, waarvan de leden een doodshoofd met gekruiste knekels op hun pet en manchetten droegen, runde de concentratiekampen.

SWASTIKA: Een oeroud symbool dat zesduizend jaar geleden al werd gebruikt. Vaak betekende het geluk. Iets gedraaid en met nog wat veranderingen werd de swastika het symbool van het nazisme en als zodanig opgenomen in de Duitse vlag.

DERDE RIJK: Volgens de nazi's was het Eerste Rijk de periode waarin Duitsland op het hoogtepunt van zijn macht was, het Heilige Roomse Rijk, van 962 tot 1806. Het Tweede Rijk was de volgende periode, van 1871 tot 1890, waarin Duitsland onder leiding van Otto von Bismarck veel macht had. Hitlers Derde Rijk, dat 'duizendjarig' had moeten worden, duurde twaalf jaar – van 1933 tot 1945.

1. De wortels

Hun synagogen moeten in brand worden gestoken... Ook hun huizen moeten worden afgebroken en vernietigd... Laten wij hen voor altijd uit het land verdrijven.
Martin Luther, 1542

Als 't mes druipt van het jodenbloed, dan gaat het dubbel goed.
Uit het Horst Wessellied, het lijflied van de nazi's.

Het zaad van het onbegrip, de onwetendheid en de haat werd al lang vóór Hitler gezaaid. De nazi's zouden hun vernietigingswerk niet hebben kunnen doen als de grondslag ervoor niet al eeuwen eerder was gelegd.

In de beginjaren van het christendom werden joden als Christusmoordenaars bestempeld, als moordenaars van God. Die daad was zo allesbepalend en afschuwelijk, dat joden tot alles in staat werden geacht. Martin Luther, de stichter van het protestantisme, verkondigde dat ze de ergste vijanden van de christenen waren, op alleen de duivel na. In de Middeleeuwen beweerde men dat ze de waterputten en bronnen vergiftigd hadden en de oorzaak waren van de grote pestepidemieën die miljoenen mensen het leven kostten. Men geloofde dat joden christenen vermoordden, vooral onschuldige kinderen, om hun bloed in godsdienstige rituelen te gebruiken. Dit was de beruchte 'Bloedbeschuldiging', die door de nazi's honderden jaren later weer dankbaar werd aangegrepen.

Zo leefden de joden zelden lang in vrede. Hele gemeenschappen werden overvallen, geplunderd en vernietigd. Joodse kinderen werden van hun ouders afgenomen om als christenen te worden opgevoed. Joden stierven op de brandstapel omdat ze weigerden hun geloof af te zweren.

Er werden strenge bepalingen uitgevaardigd over wat ze

In 1614 werd het getto van Frankfurt overvallen. De hele joodse gemeenschap werd gedwongen de stad te verlaten. Vrijwel de gehele zeventiende eeuw moesten de joden een kleine cirkel op hun kleding dragen als 'joods embleem' van hun identiteit. Dit embleem is op verschillende figuren in de afbeelding te zien.

wel en niet mochten doen. Soms werd het hun verboden dokter of advocaat te zijn, of les te geven aan niet-joden. Ze mochten geen etenswaren aan christenen verkopen, of christenen voor zich laten werken. Ze mochten niet door christelijke verpleegsters worden verzorgd. Ze mochten niet met niet-joden in hetzelfde huis wonen. Ze werden gedwongen een bijzonder kledingstuk of een embleem te dragen, zodat iedereen kon zien dat ze joden waren en hen zo beter uit de weg kon gaan.

De christenen geloofden dat geld uitlenen tegen rente – woeker – een zonde was. De joden voorzagen in een grote behoefte door die taak op zich te nemen en geld beschikbaar te stellen aan niet-joden die hun daarom vroegen. Die rol werd in de loop der jaren steeds belangrijker, en daarbij maakten de machthebbers gebruik van joden die belasting voor hen inden, als opzichters van de pachtboeren van grote landheren fungeerden en in geldzaken als brug tussen de regerende adel en het gewone volk dienst deden. Waarschijnlijk is dit de historische grondslag van ideeën als 'alle joden zijn rijk' en 'de joden hebben al het geld in handen'.

De joden werden uit het ene na het andere land verdreven, onder andere uit Engeland, Frankrijk, Spanje, Portugal, Italië en Duitsland. Als ze niet verdreven werden, moesten ze vaak in bepaalde afgebakende gebieden wonen – de getto's. In de achttiende eeuw mochten zij in Rusland alleen in de *Tsjerta*, het joodse vestigingsgebied in het westen, wonen. Die beperking bleef bijna tweehonderd jaar van kracht, tot in de twintigste eeuw. In Rusland, Oekraïne en Roemenië stierven honderden joden in pogroms, waarbij georganiseerde groepen weerloze joodse gemeenschappen overvielen, plunderden en verwoestten, en de inwoners vermoordden of verminkten. Tussen 1900 en 1904 lieten ten minste 50.000 joden bij zulke incidenten het leven.

Nadat Duitsland de Eerste Wereldoorlog verloren had, kwamen er veel fel-nationalistische en anti-semitische politieke partijen op, die allemaal een zondebok zochten. Dit verkiezingspamflet van de Deutschnationale Volkspartei is kenmerkend. Onder de kop DE JODEN – VAMPIERS VAN DUITSLAND! staat te lezen dat de joden als enigen van de oorlog hadden geprofiteerd en dat Duitsland de meest schandalige wapenstilstandsovereenkomst aller tijden had ondertekend. Op de vraag 'Aan wie hebben wij dit te danken?' luidt het antwoord: 'De joden!' Dit soort partijen sloot zich later bij de nazi's aan.

Het anti-semitisme in Duitsland

De wortels van het Duitse anti-semitisme liggen in het verre verleden. In de elfde eeuw, toen de christelijke ridders hun kruistochten ondernamen om de moslims in het Midden-Oosten te bekeren of te doden – doorgaans het laatste – troffen ze dichter bij huis nog gemakkelijker slachtoffers aan. In de Duitse steden werden duizenden joden door Duitse christelijke kruisvaarders over de kling gejaagd. In de jaren van de pest werden tweehonderd joodse gemeenschappen geheel of gedeeltelijk verwoest. Zolang er joden in Duitsland hebben gewoond zijn hun woningen aangevallen, hun graven geschonden en hun synagogen in brand gestoken. Ook met kleinere pesterijen werd hun het leven zuur gemaakt – in de Goede Week voor Pasen was het in de dorpen de gewoonte om joden met stenen te bekogelen.

In de negentiende eeuw verschenen de eerste tekenen van wat de bouwstenen van het nazisme zouden worden. Anti-semitische incidenten werden talrijker en gewelddadiger, waaronder anti-joodse rellen onder aanvoering van een groep die 'Dood en verderf aan alle joden!' als strijdkreet voerde.

Maar een van de belangrijkste incidenten was de uitvinding van het woord 'anti-semitisme' zelf, in 1873. Het werd voor het eerste gebruikt in een boekje – dat een bestseller werd – met de titel *De overwinning van het jodendom op de Duitse volksaard*, door Wilhelm Marr. Het luidde een belangrijke verandering in de geschiedenis van de jodenvervolging in.

Tot dan toe waren joden als gevaarlijk beschouwd vanwege hun godsdienst; ze waren tot alles in staat door wat ze geloofden, niet door wat ze waren. Dat hield in dat ze in staat waren hun leven te beteren. De beste manier om dat te tonen was hun godsdienst af te zweren en zich tot het christelijk geloof te bekeren. Met andere woorden, ze hadden de keus geen jood te zijn.

Na 1873 begon dit echter te veranderen. Joden, nu ook

semieten genoemd, werden voor het eerst als een ras beschouwd. Het 'jodenprobleem' werd nu een kwestie van geboorte en bloed, niet meer van geloof. Als de joden krachtens geboorte een ras waren, dan konden ze niet veranderen. Dan waren ze van meet af aan fundamenteel en totaal anders dan alle anderen. Dit ene idee vormde de hoeksteen van het anti-semitisme van de nazi's.

In 1881 werd er een 'Verzoekschrift van anti-semieten' aan het hoofd van de regering gericht, waarin geëist werd dat alle joden uit de regering werden gezet, dat er geen joden meer tot Duitsland werden toegelaten en waarin er in het algemeen op aangedrongen werd 'Duitsland van de joodse uitbuiters te bevrijden'. De eisen werden niet ingewilligd, maar de kanselier had er begrip voor.

Er werden anti-semitische politici in het Duitse parlement, de Rijksdag, gekozen. Eén daarvan hield onder grote bijval een redevoering waarin hij dingen zei als 'De joden zijn roofdieren... De joden gedragen zich als parasieten... De joden zijn cholerabacillen'. Het anti-semitisme werd geroemd als 'de grootste nationale vooruitgang van deze eeuw'.

Anti-joodse boeken en pamfletten verschenen bij tientallen en werden door iedereen gelezen. Het *Handboek van het anti-semitisme*, bijvoorbeeld, werd vijfendertig keer herdrukt en had duizenden lezers. Het duizend bladzijden tellende boek *Grondslagen van de negentiende eeuw*, dat in 1899 verscheen, verkondigde dat al het goede in de menselijke beschaving het werk van de ariërs was. De beste levende voorbeelden van dit blonde, blauwogige heersersras waren de Germanen. De meeste slechte dingen waren afkomstig van hun vijanden, de joden. Het lijdt geen twijfel dat Hitler, net als miljoenen anderen, door deze ideeën beïnvloed werd.

In 1903 verscheen in Rusland *De protocollen van de wijzen van Sion*. In dit document werd zogenaamd een plan ontvouwd van een 'internationaal joods complot' om de wereldmacht te veroveren. Het werd in vele talen vertaald en bereik-

Papiergeld was vrijwel waardeloos. In deze tassen en manden zit het weekloon van een klein bedrijfje.

te zo miljoenen lezers in allerlei landen. De Duitse vertaling verscheen in 1920. Nog datzelfde jaar werden er 120.000 exemplaren van verkocht – voor die tijd een reusachtig aantal – en werden er cursussen en lezingen georganiseerd om het publiek over de ware betekenis van dit geschrift voor te lichten.

In 1921 werd bewezen dat het een verzinsel was – van a tot z gelogen – maar dat maakte geen enkele indruk. Het werd steeds populairder en men bleef het aanvoeren als bewijs van wat de joden werkelijk van plan waren. Hitler was zo onder de indruk van de *Protocollen* dat hij verklaarde dat de nazi's er wat betreft het veroveren van de macht nog een hoop van konden leren.

Adolf Hitler en Mein Kampf

Adolf Hitler werd in 1889 in Oostenrijk geboren en emigreerde in 1913 naar Duitsland. In de Eerste Wereldoorlog diende hij in het Duitse leger en hij werd tweemaal gewond. Toen Duitsland de oorlog verloor, trof Hitler bij zijn terugkeer zijn tweede vaderland in verwarring aan.

De werkeloosheid was schrikbarend. Straatgevechten en opstanden waren aan de orde van de dag. De regering leek niet tot regeren in staat en het land kon zijn evenwicht niet hervinden. Verbitterd, verarmd, hongerig en kwaad zochten de mensen naar verklaringen voor hun ellende en probeerden ze schuldigen aan te wijzen voor een wereld die om hen heen in duigen scheen te vallen.

Er verschenen tientallen nieuwe politieke organisaties en partijen, die allemaal beweerden het antwoord te weten en met oplossingen kwamen aandragen. De meeste van deze groepen waren extreem nationalistisch, antidemocratisch, en anti-semitisch.

Hitler was een van hun leden. Hij sloot zich aan bij een

Adolf Hitler.

Hermann Göring, de tweede man van Duitsland. Hij was een drugsverslaafde en een dief en werd wanstaltig dik, maar was geliefd bij het Duitse volk om zijn sardonische humor en omdat hij zo overduidelijk van eten en drinken hield.

kleine groep die zich de Duitse Arbeiderspartij noemde en na verloop van tijd zijn naam veranderde in Nationaal-socialistische Duitse Arbeiderspartij – de nazi's.

Geholpen door Hitlers fascinerende persoonlijkheid en zijn verbazingwekkende redenaarstalent, groeide de partij snel. In hun partijprogramma beloofden de nazi's werk, eten en onderwijs voor alle Duitsers. Ze eisten dat Duitsland zijn rechtmatige plaats onder de grote mogendheden zou mogen innemen. Ze 'legden uit' dat Duitsland de Eerste Wereldoorlog had verloren dankzij een 'dolksteek in de rug' door zijn eigen regering, die een verbond met de joden had gesloten. De joden hadden de regering zo verzwakt dat ze de wil en de kracht om te vechten had verloren.

Punt vier van het nazi-partijprogramma luidde onomwonden: 'Alleen een rasgenoot kan een rijksburger zijn. Alleen een persoon van Duits bloed kan een rasgenoot zijn. Een jood kan derhalve geen rasgenoot zijn.' Met andere woorden, omdat een jood tot een ander ras dan het Duitse behoorde, kon hij geen rijksburger van Duitsland zijn. Dat het hun ernst was met deze verklaring bewezen de nazi's een paar jaar later.

In 1923, vijf jaar nadat het land de oorlog verloren had, werd het getroffen door de ergste inflatie in de geschiedenis. Miljoenen mensen zaten zonder werk, maar ook al hadden ze werk gehad, dan hadden ze nog niet veel kunnen kopen. Hun munt, de Duitse Reichsmark, had vrijwel geen waarde meer. Een brood kostte vijf miljoen Reichsmark. Dat was 's ochtends. De inflatie nam zo snel toe dat het diezelfde avond al tweemaal zoveel kon kosten. Eén Amerikaanse dollarcent was 1,66 miljoen Reichsmark waard. Het geld werd in dozen en kruiwagens vervoerd; het was nog minder waard dan het papier waarop het gedrukt was. Duitsland stond aan de rand van de afgrond.

In deze periode probeerden Hitler en de jonge nazi-partij de regering omver te werpen. Hun plan mislukte en Hitler werd gearresteerd. Hij werd veroordeeld tot vijf jaar gevangenisstraf, waar hij maar negen maanden van uitzat. In die tijd schreef hij het boek dat de bijbel van de nazi-beweging zou worden – *Mein Kampf* (mijn strijd). Het is het verhaal van zijn jeugd, zijn politieke ontwikkeling en de opkomst van de nazi-partij.

Mein Kampf is een doodsaai boek; er valt nauwelijks doorheen te komen. Dat verklaart misschien waarom bijna niemand de moeite nam om het echt te lezen. Het zegt heel duidelijk wat de nazi's denken en wat hun plannen voor de toekomst zijn, plannen die een paar jaar later werkelijkheid zouden worden. De ideeën die tot de holocaust zouden leiden, staan er onverbloemd in.

Hitler was bezeten van de rassengedachte. Hij geloofde dat alles wat op aarde de moeite waard was, zelfs de beschaving zelf, het werk was van één enkel ras – de ariërs. Het arische ras bestaat niet, maar dat maakte voor Hitler en zijn volgelingen geen verschil.

Hij beweerde dat alle regeringen en staten het heilige recht en de heilige plicht hadden om het ras te beschermen en 'ervoor te zorgen dat het bloed zuiver blijft'. Want, zei hij, 'Alles wat geen ras is, is uitschot.'

De jood wordt in *Mein Kampf* keer op keer genoemd.

'De jood vormt de grootst mogelijke tegenstelling tot de ariër.'

'Het joodse volk heeft geen echte cultuur.'

'De namaakcultuur van de jood is het eigendom van anderen.'

De jood is een 'made', 'parasiet', 'ongedierte', 'plaag', 'bloedzuigende spin', 'vampier', 'pooier', 'slang' – en dat is nog lang niet alles.

De jood is ieders vijand. Hij is er op uit 'het rasniveau van de edelsten te verlagen'. Hij wil zijn heerschappij vestigen door de besten van het volk 'uit te roeien', en die te vervangen door 'leden van zijn eigen volk'.

De joden verhullen hun ware bedoelingen door net te doen

Josef Goebbels, Rijksminister van Volksvoorlichting en Propaganda. Alles wat er in Duitsland gedrukt werd, was onderworpen aan zijn censuur; hetzelfde gold voor film, toneel en al de andere kunsten. Hij bepaalde wat het Duitse volk over Hitler, de oorlog en de joden te weten kwam. Zijn indrukwekkende voordracht en grote acteertalent maakten hem tot de populairste nazi-spreker op Hitler na.

of het jodendom een godsdienst is, hun 'eerste en grootste leugen'. Ze zijn 'altijd een volk met uitgesproken raskenmerken geweest, en nooit een godsdienst'.

Als de jood overwint, 'dan zal zijn kroon de dodendans der mensheid zijn, dan zal deze planeet weer zoals miljoenen jaren geleden zonder mensen door de ruimte reizen'.

Geen wonder dat hij vervolgens kon zeggen: 'Als ik mij tegen de joden verweer, strijd ik voor het werk des Heren'.

Duitsland had de oorlog verloren, zo herinnerde hij zijn lezers, omdat het verzwakt was doordat het zichzelf niet zuiver had gehouden; het volk was verraden. 'De oorlog zou wellicht niet verloren zijn,' zei hij, 'als zo'n twaalf à vijftienduizend Hebreeuwse bedervers van het volk voor of tijdens de oorlog met gas waren vergiftigd.'

De holocaust vormt het historisch bewijs dat hij letterlijk meende wat hij zei.

2. De nazi's en de Duitse joden

Wij houden van Adolf Hitler, omdat wij geloven, met een geloof dat diep en onwrikbaar is, dat hij ons door God gezonden is om Duitsland te redden.
Veldmaarschalk Hermann Göring, door Hitler als zijn opvolger gekozen

Haat, vurige haat – dat is wat wij in de zielen van onze miljoenen mede-Duitsers willen gieten, totdat de vlam der woede ons Duitsland ontsteekt en zich wreekt op de bedervers van ons volk.
Adolf Hitler

De nazi-partij groeide snel in omvang en populariteit. Een groot deel van haar aantrekkingskracht school in het partijprogramma. Dat bood in eenvoudige, omomwonden taal aan een verslagen volk een recept om zijn trots te herwinnen. Het vond een oorzaak voor de verloren oorlog en wees de hoofdvijand van het Duitse volk en de Duitse manier van leven aan: de joden.

Maar het was waarschijnlijk Hitler die de meeste mensen voor de partij innam. Hij bezat als spreker niet alleen het vermogen om de meest ingewikkelde dingen eenvoudig te laten lijken – dat kunnen alle goede politici – maar hij bespeelde bovendien zijn gehoor alsof hij het, als een poppenspeler, aan onzichtbare touwtjes had. Ze lachten, ze huilden, ze ontstaken in woede, sprongen overeind en schreeuwden – ze deden alles wat de man met de doordringende blauwe ogen en het kleine snorretje hen wilde laten doen.

Nu kunnen we ons dat nauwelijks meer voorstellen. Opnamen van zijn toespraken klinken alsof iemand die de waanzin nabij is zijn keel hees staat te schreeuwen. Maar indertijd hadden zijn woorden een werkelijk verbluffende uitwerking.

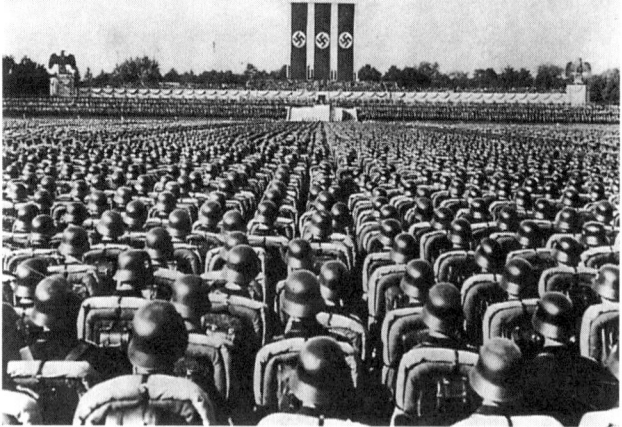

[Boven] Hitler werd door de Duitsers aanbeden. Hun vreugde bij het zien van hem was oprecht en diepgevoeld. Als hij verscheen, barstten mannen en vrouwen in tranen uit.

[Onder] Zorgvuldig geregisseerde massabijeenkomsten en parades van de strijdkrachten van het nieuwe Duitsland gaven het volk zijn trots terug, wat uiteindelijk het grootste deel van Europa zijn vrijheid, en zes miljoen joden het leven zou kosten.

Hij presenteerde zichzelf als de enige man die wist hoe het moest, de uitverkoren leider van Duitsland – maar de gewone mensen beschouwden hem ook als iemand van hun eigen soort. Het nu volgende citaat geeft ons enig idee van de uitwerking die Hitler op de massa van het Duitse volk had. Het zijn de woorden van George Zeidler, een SA-luitenant die in de beginjaren lid werd van de nazi-partij.

'Hitler, jij bent onze man. Jij praat als een mens... die dezelfde ellende heeft doorgemaakt als wij, en niet in de watten is gelegd. Jij pleit, met je hele wezen, met heel je vurige hart, voor ons, de Duitsers. Jij wilt het beste voor Duitsland, omdat je niet anders kunt, omdat dat je diepste overuiging is als man van eer en fatsoen.

Wie Hitler eenmaal in de ogen heeft gekeken, wie hem eenmaal heeft horen spreken, komt nooit meer van hem los.'

Hitler aan de macht

In een paar jaar tijd vergaarde de nazi-partij zoveel stemmen dat de regering haar serieus moest nemen en haar een officieel aandeel in de macht moest geven. In de veronderstelling dat Hitler en de nazi's een politieke groepering waren zoals alle andere, en dat het mogelijk was hen in toom te houden, benoemde de regering Hitler op 30 januari 1933 tot kanselier van Duitsland.

De regering had zich vergist. Nog geen anderhalf jaar later had Hitler zelf de absolute macht gegrepen en regeerde de nazi-partij het land.

Waarschijnlijk stond Hitlers besluit om de joden uit te roeien al in het begin vast. Maar het kon niet meteen gebeuren, en de stappen die ertoe leidden konden niet openlijk worden genomen. Als de nazi's veel van hun doeleinden wilden verwezenlijken, en zeker als ze Duitsland van de joden wilden bevrijden, moesten ze eerst zorgen dat ze het land vol-

In 1936 werd er een wet van kracht die bepaalde: 'De gehele Duitse jeugd binnen de grenzen van het Rijk is in de Hitlerjeugd georganiseerd.' Meisjes en jonge vrouwen moesten lid worden van de Unie van Duitse meisjes. Andere jeugdorganisaties waren niet toegestaan. Ze werden getraind in oorlogvoering en geleerd onvoorwaardelijk te gehoorzamen, Hitler te vereren en joden te haten als hun grootste vijanden.

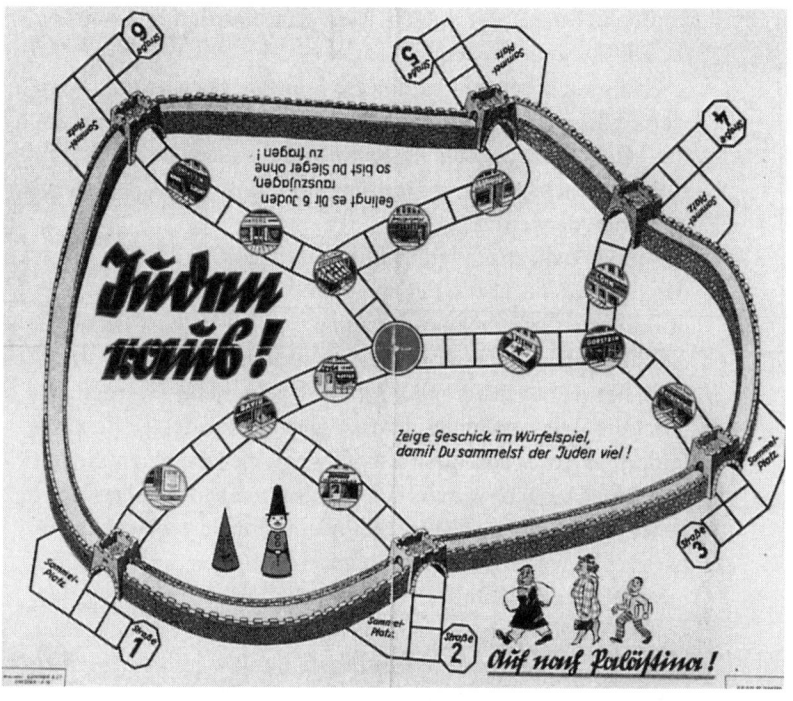

Kinderen werd van jongs af aan geleerd dat ze uit de buurt van 'de boze jood' moesten blijven. Dit is een populair kinderspel, 'Joden eruit!' genaamd. Wie het eerst zes joden uit hun huizen en winkels – de cirkels – en op de weg naar Palestina weet te krijgen, heeft gewonnen. In 1938, toen de nazi's een politiek van gedwongen emigratie van joden voerden, werden van dit spel meer dan een miljoen exemplaren verkocht.

komen in hun macht kregen. Maar daarbij stond hun nog één ding in de weg: de wet.

Zoals elk beschaafd land bezat Duitsland een grondwet en wetten die de rechten van zijn burgers beschermden. Dus zodra Hitler tot kanselier was benoemd maakten de nazi's hun totale heerschappij over Duitsland wettelijk mogelijk. Ze veranderden de wetten.

Binnen twee maanden na Hitlers benoeming nam de Rijksdag, waarin de nazi's het nu voor het zeggen hadden, het nooddecreet aan, 'ter bescherming van het volk en de staat'. Alle burgerrechten – vrije meningsuiting, vrijheid van drukpers, het recht van vergadering, het briefgeheim – werden opgeschort. Dit betekende dat de regering – Hitler en de nazileiders – vrijwel kon doen wat ze wilde met diegenen die het niet met haar eens waren. Het decreet betekende zeker dat er een einde kwam aan alle openlijke oppositie tegen de nazipartij. De volgende stap, een maand later, was de Machtigingswet, voluit 'De wet tot beëindiging van het lijden van volk en land'. Onder het voorwendsel een ziek Duitsland weer gezond te willen maken, machtigde de wet de regering elke wet aan te nemen, elk decreet uit te vaardigen en nagenoeg alles te doen wat zij wilde, zelfs als zij daarmee de grondwet schond. De Machtigingswet leverde de wettelijke grondslag voor de dictatuur. Voortaan hoefden Hitler en de nazi's zich van de wetten en de rechten van de burgers niets meer aan te trekken.

Het werd op slag mogelijk om tegenstanders van het regime te arresteren en 'voor hun eigen veiligheid in bewaring te stellen' of 'in preventieve hechtenis te nemen'. Met dat doel werd het eerste concentratiekamp, Dachau, geopend. Er hoefde geen aanklacht tegen hen te worden ingediend, er was geen arrestatiebevel nodig, er hoefde geen geldig bewijs van hun schuld te worden geleverd. Sommigen werden al bij hun arrestatie doodgeschoten, wegens 'het plegen van verzet' of een 'poging te ontsnappen'. Bekende tegenstanders van het

De boycot van joodse winkels op 1 april 1933 duurde één dag. De actie slaagde niet, maar het geweld tegen joden nam toe.

regime werden zonder meer opgepakt, maar ook wie alleen maar de naam had tegen te zijn, of door een kwaadwillige buurman werd aangegeven.

Onder hen waren heel veel joden. Ze werden zonder meer als tegenstanders beschouwd. Ze waren geen Duitsers, ze waren joden. In het anti-semitische wereldbeeld van de nazi's waren zij automatisch 'vijanden van het volk en de staat'.

Nu ze het land in hun greep hadden, konden de nazi's hun anti-semitisme overal botvieren. In heel Duitsland werden joden aangevallen en ernstig mishandeld; verscheidenen werden vermoord. Joodse winkels en warenhuizen werden geplunderd en vernield. Toen dit gemeld werd aan de man die door Hitler als zijn opvolger was aangewezen, Hermann Göring, zei die: 'Ik aarzel geen moment om de politie in te zetten waar het Duitse volk een haar wordt gekrenkt. Maar ik weiger van de politie bewakers van joodse warenhuizen te maken.'

Zo heerste na iets minder dan drie maanden in heel Duitsland de wetteloosheid – en wel in naam der wet.

Wat er in Duitsland gebeurde ontsnapte niet aan het oog van de buitenwereld, en ontmoette daar veel kritiek. Toen het geweld tegen joden zich uitbreidde, kwam er een onofficiële boycotactie tegen Duitse producten op gang, vooral in de Verenigde Staten. De weigering van particulieren en een aantal grote bedrijven om Duits fabrikaat te kopen haalde weinig uit. Maar het scheen de nazi's wel te ergeren.

De boycot

Op zijn beurt riep Hitler op tot een boycot van alle joodse bedrijven in Duitsland. Dat was nodig, zei hij, om een uitweg te bieden aan de spontane anti-semitische gevoelens in het land en om die in goede banen te leiden. Dit was natuurlijk volslagen onzin. In werkelijkheid geloofden de nazi's dat de internationale verontwaardiging over de gebeurtenissen in

Boeken van de 'on-Duitse geest' werden door studenten in heel Duitsland verbrand. In totaal werden er 70.000 ton boeken vernietigd.

Duitsland het werk van de joden was. 'Het internationale jodendom,' zo verklaarden ze, was verantwoordelijk voor de 'gruwelpropaganda' over de joden in Duitsland. Josef Goebbels, minister van Volksvoorlichting en Propaganda, zei over de internationale boycot: 'Misschien gaan de buitenlandse joden er nog wel anders over denken als hun rasgenoten in Duitsland het voor hun kiezen krijgen.'

Aan de voorbereiding van de boycot werd veel publiciteit gegeven. Overal in het land hingen aanplakbiljetten, in alle kranten stonden aankondigingen, er werden demonstraties gehouden. 'Duitsers! Verdedigt u! Koop niet van joden!' 'Wie van joden koopt is een verrader!'

De boycot vond plaats op 1 april 1933. Voor elke joodse winkel stonden twee ss'ers in hun zwarte uniformen en twee stormtroepers. Op de winkelruiten werd het woord *Jude* geschilderd, of *Judah verrecke*! – Sterf, joden! – een geliefde nazi-strijdkreet.

De boycot duurde slechts één dag. Hij maakte over de hele wereld reacties los, uitsluitend negatieve. Op Duitsland maakte het weinig indruk, behalve dan dat het de Duitse joden nog banger en bezorgder maakte.

Maar het stuwde de anti-semitische gevoelens in het land naar nieuwe hoogten. Individuele gewelddaden tegen joden, hun winkels, hun huizen en synagogen namen in aantal toe.

De nazi's lieten er geen gras over groeien. Op 7 april werd de eerste anti-jodenwet uitgevaardigd. Hij heette de 'Wet tot herstel van de overheidsdiensten', in het dagelijks verkeer 'ariërwet' genoemd. Alle niet-ariërs in overheidsdienst moesten worden ontslagen. Een 'niet-ariër', dat wilde zeggen, een jood, werd in deze eerste wet omschreven als iemand die joodse ouders of twee of meer joodse grootouders had.

Tussen die datum en het eind van dat jaar werden alle joden in bijna alle beroepen door anti-joodse wetten getroffen.

Joden kregen geen werk meer aan het toneel, in de film en in de kunsten en de literatuur. Joodse rechters en advocaten mochten in Duitsland hun beroep niet meer uitoefenen, joodse artsen en tandartsen werden door ziekenhuizen en klinieken ontslagen. Joodse medewerkers van kranten en tijdschriften werden ontslagen en voor joden was aan de scholen en universiteiten geen werk meer.

Hitler zei het, en de nazi's herhaalden het voortdurend, dat de joden Duitsland in hun greep hadden. Het Duitse volk scheen dit zonder meer te geloven, en zo werden al deze wetten en decreten overal meedogenloos uitgevoerd. Maar de waarheid lag anders. In werkelijkheid maakten de joden minder dan één procent van de bevolking uit.

De nazi-koorts breidde zich uit. Op 1 mei besloten de studenten van de Berlijnse universiteit een daad 'tegen de on-Duitse geest' te stellen. Ze verzamelden de werken van 'ongewenste schrijvers' en maakten er een enorme brandstapel van. Alles bij elkaar verbrandden ze 70.000 ton boeken.

Josef Goebbels hield er een toespraak bij. 'Het tijdperk van het extreme joodse intellectualisme is nu ten einde,' kondigde hij aan. 'Verlicht door deze vlammen zij nu onze gelofte: Het Rijk en de natie en onze Führer Adolf Hitler! Heil! Heil! Heil!'

Voortbrengsels van de 'on-Duitse geest' werden in heel Duitsland uit de bibliotheken verwijderd. Een derde van alle bibliotheekboeken in Duitsland overleefde deze actie niet.

Honderd jaar eerder scheen de grote Duitse dichter Heinrich Heine de toekomst te hebben gezien, toen hij zei: 'Dat was nog maar het voorspel. Waar ze boeken verbranden, verbranden ze tenslotte ook mensen.'

De Neurenberger wetten

In de loop van het volgende jaar verstevigde Hitler zijn macht, vaak door degenen die hem ook maar iets in de weg legden te vermoorden. Individuele geweldpleging en vandalis-

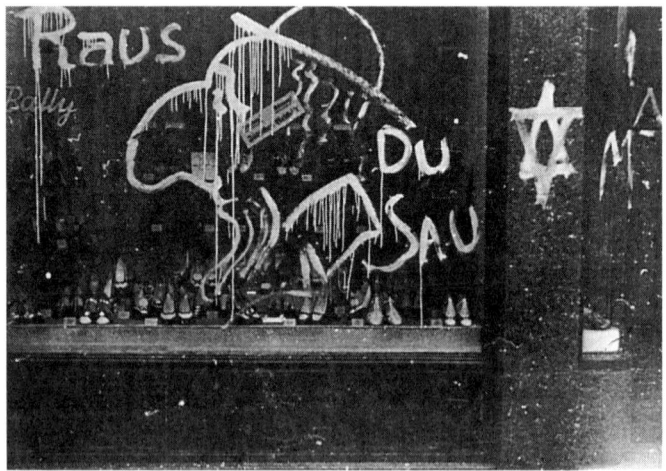

[Boven] JODEN ZIJN HIER ONGEWENST. Dit soort borden verscheen overal aan de grens van steden en dorpen.

[Onder] Rot op, zwijn! Kwaadaardige karikaturen en opschriften verschenen op de ramen van joodse winkels en kantoren.

me tegen joden duurde voort, maar van de regering kregen ze in die paar maanden niets nieuws te verduren.

Op 15 september 1935 gebeurde er iets waardoor elk beetje hoop dat het ergste nu misschien voorbij was, voorgoed de bodem in werd geslagen.

De Neurenberger wetten werden uitgevaardigd. Ze bestonden uit twee delen. Het ene heette 'Wet ter bescherming van Duits bloed en Duitse eer', het tweede 'Wet op het Rijksburgerschap'.

Eerst de beschermingswet.

'Huwelijken tussen joden en burgers van Duits of daaraan verwant bloed zijn verboden. Huwelijken die in weerwil van dit verbod zijn voltrokken zijn ongeldig, ook als ze ter ontduiking van deze wet in het buitenland zijn voltrokken'.

Seksuele omgang tussen joden en burgers van Duits of daaraan verwant bloed is verboden.'

'Het is joden niet toegestaan in hun huishouden vrouwelijke burgers van Duits of daaraan verwant bloed in dienst te hebben die jonger zijn dan 45 jaar.'

'Het is joden niet toegestaan de Duitse vlag of de Duitse nationale kleuren te voeren.'

Vervolgens de Wet op het Rijksburgerschap.

'Een burger van het Rijk is alleen die onderdaan van Duits of daaraan verwant bloed die door zijn gedrag aantoont dat hij bereid en in staat is het Duitse volk en het Rijk trouw te dienen.'

'Alleen een volle burger van het Rijk geniet volledige politieke rechten.'

Om elk mogelijk misverstand uit te sluiten, verschenen een paar weken later de toelichtingen. 'Een jood kan geen burger van het Rijk zijn. Hij heeft geen stemrecht in politieke zaken en hij kan geen openbaar ambt bekleden.'

Een jood werd eens en voor altijd gedefinieerd als een 'persoon die afstamt van tenminste drie grootouders die volledig joods van ras zijn' en iedereen die zichzelf als jood beschouwt.

Uiteindelijk zou één joodse ouder of grootouder al genoeg zijn.

De joden waren nu nagenoeg vogelvrij. Ze stonden volledig buiten de bescherming van de wet. Borden met JODEN HIER ONGEWENST of DE JODEN ZIJN ONS ONGELUK verschenen aan de rand van steden en dorpen. Ze werden uit plaatsen verdreven waar ze generaties lang hadden gewoond, zodat de gemeente zich *Judenrein* kon verklaren – 'van joden gezuiverd'. Cafés en restaurants hingen bordjes op met het opschrift VOOR JODEN EN HONDEN VERBODEN. Parkbanken werden voorzien van de tekst ALLEEN VOOR ARIËRS. Een joodse dokter die zijn bloed gaf om het leven van een Duitser te redden, werd tot zeventien jaar concentratiekamp veroordeeld wegens het besmetten van het bloed der natie, ofwel 'het bezoedelen van het ras'.

Alle joodse eigendommen moesten bij de overheid worden geregistreerd. Dit was de eerste van een reeks stappen die er uiteindelijk toe leidde dat de joodse bedrijven werden 'geariseerd' – voor een zacht prijsje, of gratis, aan niet-joodse Duitsers overgedaan.

Als een jood geen 'herkenbaar joodse' naam had, moesten de vrouwen 'Sarah' en de mannen 'Israël' aan hun naam toevoegen. De regering publiceerde een lijst met meer dan honderd 'herkenbaar joodse' namen, zoals Menachem, Isidore, Baruch, Ziporah, Chana en Beine.

In alle paspoorten van joden werd een *J* of het woord *Jude* gestempeld.

Zeventienduizend joden die oorspronkelijk uit Polen kwamen of de Poolse nationaliteit hadden, werden Duitsland uitgezet en in een dorp even over de Poolse grens gedumpt. De Poolse autoriteiten wilden hen eerst niet toelaten, en de Duitsers wilden hen niet terugnemen. Ze moesten wekenlang in smerige, met mest bevuilde stallen leven, tot de Polen van gedachten veranderden.

Kristallnacht, 9 november 1938. In heel Duitsland werden joodse winkelruiten ingeslagen. De winkels werden geplunderd en vernield.

De Kristallnacht

De ouders van de zeventienjarige Herschel Grynszpan, die in Parijs studeerde, bevonden zich onder de joden die in dat grensdorp zaten opgesloten. In zijn woede en verdriet schoot hij een lagere ambtenaar van de Duitse ambassade in Parijs dood. De nazi's gebruikten dit als excuus om een reusachtige pogrom tegen de joden en joodse bezittingen te ontketenen. Later is die de 'Kristallnacht' of de 'Nacht van het gebroken glas' gaan heten vanwege de enorme hoeveelheden glasscherven van kapotgeslagen ruiten van joodse winkels en woonhuizen die in heel Duitsland de straten bedekten. Hij vond plaats in de nacht van 9 op 10 november 1938.

De nazi's wilden het doen voorkomen alsof de pogrom een spontane 'uitdrukking van volkswoede over het moorddadige optreden van de joden' was. Maar het was een zorgvuldig geplande operatie. De Gestapo en de politiebureaus in het hele land kregen vooraf hun orders.

'Zeer binnenkort vinden er in heel Duitsland acties tegen joden plaats, vooral tegen hun synagogen. Ze mogen niet worden verhinderd.'

De ss-bureaus ontvingen de volgende opdracht: 'Neem maatregelen die geen gevaar voor Duitse levens en Duitse bezittingen inhouden.'

Een order aan het gemeentebestuur van Mannheim liet weinig aan de verbeelding over:

'Al de joodse synagogen binnen de Vijftiende Brigade moeten onmiddellijk worden opgeblazen of in brand worden gestoken. Naburige woningen van ariërs mogen niet worden beschadigd.' De order besloot als volgt:

'Deze actie moet in burgerkleding worden uitgevoerd.'

In het hele land werden er die nacht duizend joden vermoord. Meer dan 30.000 joodse mannen werden naar concentratiekampen afgevoerd – bijna de hele mannelijke joodse bevolking tussen achttien en vijfenzestig jaar oud. Minstens

In de Kristallnacht werden er meer dan 1.118 synagoges in brand gestoken of verwoest.

1.118 synagogen werden in brand gestoken of vernield. Volgens de eigen gegevens van de nazi's werden er bovendien 815 winkels, 29 warenhuizen en 171 huizen in brand gestoken of kort en klein geslagen. Ze waren er echter van overtuigd dat 'de werkelijke aantallen vele malen groter' moesten zijn.

Göring, Goebbels en andere hoge nazi's vergaderden over de vraag wat er vervolgens moest gebeuren. Het resultaat: de joden moesten zelf al het noodzakelijke herstelwerk doen en er ook voor betalen. Als ze geld van de verzekering kregen, moest dit aan het Rijk worden afgestaan. Bovendien werd hun een boete van 1 miljard rijksmark opgelegd – meer dan 1 miljard gulden. Die moesten ze betalen, zo luidde de verklaring, als straf voor hun 'afschuwelijke misdaad' jegens het Duitse volk.

De nazi's gingen nog verder. Ze vaardigden de ene antijoodse wet na de andere uit. Joden moesten al hun bezittingen van waarde aan het Rijk afstaan. Joden mochten geen radio hebben, geen telefoon gebruiken, er geen huisdieren op na houden, niet naar de kapper of de schoonheidssalon gaan. Ze mochten geen eten op de bon kopen, geen school bezoeken en niet van een openbaar zwembad gebruik maken.

In september 1941 werd het 'alle joden vanaf de leeftijd van zes jaar verboden zich zonder zichtbare jodenster in het openbaar te vertonen'. Voor het eerst sinds de Middeleeuwen deed een joods embleem zijn intrede in de beschaafde wereld, als teken van schande.

In oktober 1941 werd het joden verboden zonder toestemming hun huis te verlaten. Ze mochten hun land niet meer uit. Ze zaten in de val.

Waarom vluchtten ze niet?

Toen Hitler in 1933 aan de macht kwam waren er in Duitsland 500.000 joden. In 1939 waren er 300.000 naar het buitenland vertrokken. In 1941 waren er nog 164.000 over.

Waarom bleven er toch nog zoveel in Duitsland? Waarom wachtten ze zo lang? De oorzaken zijn talrijk en gecompliceerd. De nazi's wilden de joden het land uit hebben. Ze wilden een jodenvrij land.

Maar al hadden de joden het nog zo moeilijk, toch wilden ze liever niet weg. Als ze het land uit wilden, moesten ze een zware 'veiligheidsbelasting' betalen en al hun bezittingen overdragen aan de staat. Ze mochten maar heel weinig meenemen naar het buitenland. Ze moesten dus afstand doen van alles waarvoor ze een leven lang hadden gewerkt en met vrijwel niets opnieuw beginnen.

En 'opnieuw beginnen' is nooit gemakkelijk. Een nieuw leven beginnen in een nieuw land waarvan ze de taal niet kenden en waar ze hun oude beroep niet konden uitoefenen, was een zware opgave. Hoe moesten ze leven voordat ze de nieuwe taal behoorlijk konden spreken? Hoe moesten ze in het buitenland de kost verdienen? Emigreren betekende dat ze alles wat hun vertrouwd en dierbaar was moesten achterlaten. Duitsland was hun land, hun thuis.

De nazi's wisten keer op keer de joden een vals gevoel van veiligheid te geven. Ze vaardigden een wet uit, brachten die in praktijk en dan duurde het weer maanden voordat er opnieuw van overheidsgeweld tegen joden sprake was. De Duitse joden dachten dat ze in een hoogbeschaafd land woonden, en dat was natuurlijk ook zo. Een aantal van 's werelds grootste musici, filosofen en geleerden kwamen uit Duitsland. Ze konden niet geloven dat het nog erger zou kunnen worden. Elke keer hielden ze zichzelf voor dat het zo niet door kon gaan, dat nu de maat vol was. Ze konden zich niet voorstellen dat het ergste nog moest komen. Dat kon niemand ter wereld zich voorstellen.

Er hadden al meer dan duizend jaar joden in Duitsland gewoond. Ze hadden belangrijke bijdragen geleverd aan de kunsten en wetenschappen, aan de filosofie, het zakenleven, het

Der Stürmer

Sonder-Nummer

...iches Wochenblatt zum Kampfe um die Wahrheit

HERAUSGEBER: JULIUS STREICHER

| Nummer 20 | Nürnberg, im Mai 1939 | 17. Jahr 1939 |

Ritualmord

Das größte Geheimnis des Weltjudentums

Was ist ein Ritualmord? Heute tappt auch die sogenannte gebildete Schicht in Deutschland in dieser Frage nicht mehr völlig im Dunkeln herum. Der Nationalsozialismus hat dafür gesorgt, daß es in den Köpfen aller Deutschen zu dämmern beginnt. Am gründlichsten...

...bevölkerung sich aller Länder unterrichtet. In Deutschland, in Polen, in Rußland, in Rumänien, in der Türkei, in der Slowakei, kurz in all den Ländern, in denen Juden schon seit langer Zeit leben, ist auch das Wissen über den Ritualmord vorhanden. Die Alten erzählen es den Jungen und diese berichten es wieder ihren Kindern und Kindeskindern. Sie berichten, daß die Juden ein Mörderpolk sind. Daß sie nach dem Blut der Nichtjuden gieren. Daß sie gegen alle Nichtjuden einen unmenschlichen Haß empfinden. Und daß dieser Haß besonders beim jüdischen Purimfest und beim jüdischen Osterfest (Pessach oder Peßach) zum Ausbruch kommt. An diesen Festen ist es bei den Juden Brauch, daß sie, wo es ihnen möglich ist, Nichtjuden an sich locken, um sie umzubringen. Meist find es beim Purimfest ermordete Nichtjuden, die regelmäßig geschlachtet werden. Zum jüdischen Osterfest aber mordet der Jude mit Vorliebe nichtjüdische Kinder. Diese mordet er in grausamster und entsetzlichster Weise. Er fesselt und knebelt das Kind. Er peinigt und martert es auf ganze Körper. Er öffnet ihm die Adern. Er sammelt das Blut in Schalen. Er trinkt dieses Blut oder er verwendet es für "religiöse" Gebräuche. Ein solcher Brauch wird auch am jüdischen Osterfest (Pessach) ausgeübt. Der Jude mischt geschächtetes Blut des Nichtjuden in den Wein, den er trinkt. Und er mischt nichtjüdisches Blut in die "Mazzen" (ungesäuerte Brote), die er backt und zum Wein ißt.

Zu nebenstehendem Bild:

Im Jahre 1476 ermordeten die Juden in Regensburg sechs Knaben. Sie zapften ihnen das Blut ab und marterten sie zu Tode. Die Richter fanden in einem unterirdischen Gewölbe, das dem Juden Jossel gehörte, die Leichen der Ermordeten. Auf einem Altar stand eine mit Blut befleckte steinerne Schale.

(Bild und Bericht aus dem Buch: "Bavaria Sancta", III. Band S. 174)

SEX PVERI RATISPONE AB IVDAIS INTERFECTI.

Die Juden sind unser Unglück!

[Links] Voorpagina van *Der Stürmer*, een uiterst populair antisemitisch weekblad. De eigenaar en uitgever, Julius Streicher, was een groot vriend van Hitler. Het afgebeelde nummer was gewijd aan de Bloedbeschuldiging. Er staat in te lezen dat de joden 'dorsten naar het bloed van niet-joden'. Dit bereikt een hoogtepunt 'tijdens hun paasfeest, Pesach', als 'zij verkozen niet-joodse kinderen te doden'. Zij 'doen dit op een uiterst verschrikkelijke en gruwelijke manier... en vangen het bloed op in een kom. Ze drinken het bloed of gebruiken het voor "godsdienstige" rituelen.' Onder de naam van het blad staan de woorden: 'Duits weekblad voor de strijd om de waarheid'. Onder aan de voorpagina van elk nummer staat het devies: DE JODEN ZIJN ONS ONGELUK.

[Boven] Joden worden gedwongen op handen en knieën de straat te schrobben, terwijl leden van de Hitlerjeugd en de politie toekijken.

geldwezen, de geneeskunde en de wetgeving. Ze hadden in Duitse oorlogen gevochten en waren voor Duitsland gestorven. Misschien wel meer dan joden in enig ander land, voelden zij zich onverbrekelijk met hun land verbonden. 'Duitser dan de Duitsers', werd wel gezegd, en met trots.

Nu mochten ze niet meer leven zoals ze wilden. En het zou niet lang meer duren of ze mochten helemaal niet meer leven.

3. De getto's

Vandaag ga ik voor profeet spelen. Als het internationale jodendom erin zou slagen... Europa in een wereldoorlog te storten, dan zal het resultaat... geen overwinning van het judaïsme zijn, maar de vernietiging van de joden in Europa.
Adolf Hitler

De Tweede Wereldoorlog begon op 1 september 1939, toen Duitsland Polen binnenviel en Engeland en Frankrijk het land te hulp kwamen. Polen capituleerde nog geen maand later.

De joden in Oost-Europa

In Polen hadden al sinds 1300 joden gewoond. Hun manier van leven en hun verdeling over het land waren heel anders dan die van joden in Duitsland en de andere West-Europese landen.

Buiten Polen en Oost-Europa woonden de joden bijna uitsluitend in steden, vormden ze een betrekkelijk klein deel van de bevolking en waren ze min of meer in de samenleving geïntegreerd. Ze zagen eruit en gedroegen zich zoals alle anderen en ze spraken dezelfde taal.

In het oosten, echter, hoewel het merendeel van de joden ook daar in de steden woonde, leefde een flink aantal verspreid over duizenden kleine stadjes en dorpen. Veel meer dan in het westen woonden de joden hier in kleine gemeenschappen op het platteland. Ook maakten de joden hier een groter aandeel van de totale bevolking uit. In sommige streken wel zo'n dertig procent. Zowel in de grote steden als de kleinere plaatsen vormden ze afzonderlijke en gemakkelijk te herkennen gemeenschappen. Sommige dorpen waren helemaal joods; veel steden en dorpen hadden joodse wijken.

Deze joden waren onderwijzers en leraren, kooplieden, schoenmakers, musici, zakenlui, moeders, vaders en kinderen, net als alle andere mensen. Velen van hen waren buitengewoon vroom en besteedden een groot deel van hun tijd aan godsdienstige studie. De godsdienst beheerste hun leven, hun gedrag, en zelfs hun uiterlijke verschijning. De mannen droegen lange jassen en hoeden, ze hadden baarden en 'slaaplokken', gekrulde haarlokken aan weerszijden van het hoofd. Onder elkaar spraken ze Jiddisch, hun joodse taal, en geen Pools; in de kleinere plaatsen kenden velen zelfs geen Pools. Toen de Duitsers in 1941 Rusland binnenvielen, troffen ze daar een joodse bevolking aan die qua levenswijze maar weinig van de Poolse joden verschilde.

Wat betreft taal, gebruiken en kledij onderscheidden ze zich van de bevolkingen om hen heen. Hun cultuur was rijk, complex en sprankelend van leven. Volgens velen waren deze Oost-Europese joden de creatieve bron, het hart en de ziel van het judaïsme overal ter wereld. Aan dat leven hebben de nazi's voorgoed een einde gemaakt.

De nazi's in Oost-Europa

Dat de Duitsers in Polen en Oost-Europa de getto's stichtten, de massamoorden begonnen en al hun vernietigingskampen inrichtten, heeft waarschijnlijk drie belangrijke oorzaken.

In de eerste plaats woonden verreweg de meeste Europese joden in het oosten – niet minder dan vijf miljoen.

In de tweede plaats was de landoppervlakte enorm groot. Afgezien van de grote steden, waren de gemeenschappen door vele dunbevolkte kilometers bosrijk gebied van elkaar gescheiden. Naar hedendaagse begrippen waren de verbindingen tussen die gemeenschappen eenvoudig en primitief. Dit gaf de nazi's tot op zekere hoogte het voordeel van de verrassing.

Duitse soldaten hadden er veel plezier in orthodoxe joden van hun baarden te ontdoen.

Hun beoogde slachtoffers zouden waarschijnlijk minder verzet bieden als ze niet wisten wat hun boven het hoofd hing. Ook was er een zekere geheimhouding mogelijk. De Duitsers wilden de rest van de wereld niet laten weten waar ze mee bezig waren. Hierin zijn ze maar ten dele geslaagd, zoals we in de volgende hoofdstukken zullen zien.

In de derde plaats had Oost-Europa al een traditie van anti-semitisme, waarvan de Duitsers zich terdege bewust waren. Nog maar twintig jaar eerder hadden er grootscheepse pogroms plaatsgevonden en kleinere anti-semitische incidenten kwamen geregeld voor. De Duitsers wilden dat anti-semitisme zoveel mogelijk uitbuiten. Toen Polen zich overgaf, lijfden de Duitsers delen van het land bij Duitsland in. Een ander groot gebied, bij benadering het midden en het zuiden, werd in zijn geheel onder Duits gezag geplaatst, in het bijzonder dat van de s s. Het door de nazi's bezette Polen kreeg de naam *Generalgouvernement* – Gouvernement-Generaal.

Joodse bedrijven werden 'geariseerd'. De joden werden van de scholen verwijderd, uit parken, theaters en bibliotheken geweerd, en gedwongen de davidster te dragen. Al de antijoodse maatregelen die in Duitsland van kracht waren, werden ook hier toegepast. Daarbij legden de Duitsers tegenover de joden in Polen een uitzonderlijke kwaadaardigheid aan de dag.

Plunderingen, vernielingen, sadistische wreedheden, marteling en moord waren vrijwel onmiddellijk aan de orde van de dag. Soms was de joodse godsdienst het doelwit – een rabbi werd gedwongen op de thora te spugen, die alle joden heilig is. Een groep joden moest op handen en knieën om het hardst door hun synagoge kruipen en elke 'winnaar' werd doodgeschoten als hij naar buiten kwam. Joden werden op straat opgepakt en als dwangarbeiders te werk gesteld om greppels te graven of bomen te kappen, en werden soms nooit meer gezien. Duitse soldaten sneden met bajonetten de baarden van vrome joden af, of trokken ze met haarwortels en al uit. Ze onderwierpen vrouwen aan een 'medisch' onderzoek in de

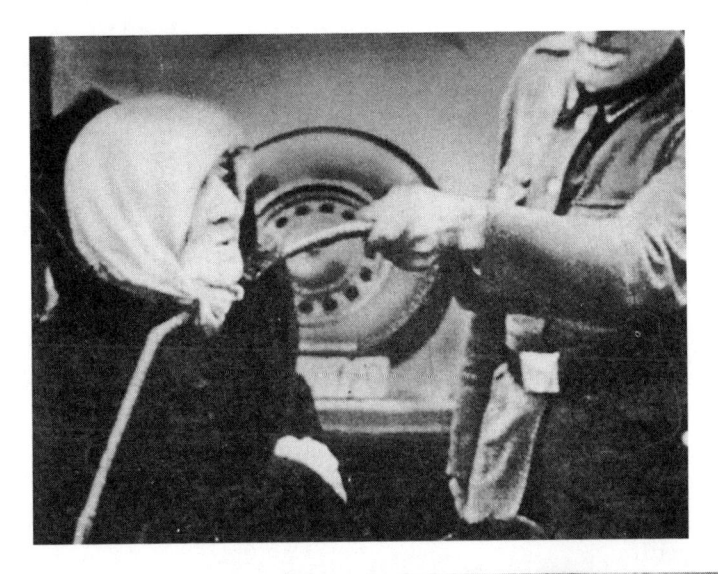

[Boven] Een oude joodse vrouw in Warschau wordt gekweld.

[Onder] De rabbi in de kar wordt door joden getrokken, in plaats van paarden. Op de achterkant van de foto staat de tekst: 'Joden tewerkgesteld'.

hoop 'verborgen voorwerpen van waarde' te vinden. Ze gebruikten joden als schietschijf.

Nog geen twee maanden nadat de nazi's Polen hadden bezet waren er vijfduizend joden vermoord.

Het begin van de getto's

Reinhard Heydrich was het hoofd van het Reichssicherheitshauptamt. Op 20 september 1939 vaardigde hij een richtlijn uit die de titel 'Het joodse probleem in bezet gebied' droeg. De richtlijn schreef voor dat alle joden in Polen en andere gebieden onder Duits gezag op speciale plaatsen moesten worden bijeengebracht die in de voornaamste steden van het Gouvernement-Generaal voor hen waren afgezonderd – de getto's.

Joden werden uit hun huizen verdreven, uit steden en dorpen waar hun families van generatie op generatie hadden gewoond. Met wat armzalige spulletjes uit hun vorige bestaan werden ze te voet of in goederenwagons naar de getto's gebracht. Onderweg stierven velen van honger en uitputting, of werden vermoord.

Het eerste getto werd ingericht in de Poolse stad Lodz. Het bevel daartoe maakte duidelijk dat dit slechts één stap was naar het uiteindelijke doel van de nazi's. Het werd gegeven door ss-brigadegeneraal Friedrich Übelhör.

'De stichting van het getto is vanzelfsprekend maar een tijdelijke maatregel. Wanneer en hoe het getto, en de stad Lodz, van joden gezuiverd zal zijn, is aan mij ter beoordeling. Ons einddoel moet in elk geval zijn, deze pestbuil volledig uit te branden.'

Het 'einddoel' bevond zich toen nog in het eerste ontwerpstadium. Voorlopig zouden de joden in de getto's worden vastgehouden tot de nazi's klaar waren om de volgende stap te nemen.

De gettomuur wordt gebouwd. De Duitse aannemer die het werk verrichtte werd met joods belastinggeld betaald.

JOODS WOONGEBIED – VERBODEN TOEGANG. Een ingang van het getto van Warschau.

De getto's bevonden zich in het oudste, meest vervallen gedeelte van de stad. De huizen waren in slechte staat, vaak de instorting nabij. Waar nog waterleiding en sanitair beschikbaar waren, lieten die het door de overbevolking al gauw afweten.

Het getto van Lodz was iets meer dan twee vierkante kilometer groot – ruwweg de omvang van twintig huizenblokken. Er woonden ongeveer 150.000 joden, zeven of acht op één kamer.

In het getto van Wilna, in Litouwen, woonden 25.000 joden in tweeënzeventig huizen in vijf straten. Ze leefden zo opeengepakt dat iedereen maar zo'n twee vierkante meter voor zichzelf had – een ruimte 'even eng als het graf'.

Het getto van Warschau mat ongeveer 2,5 vierkante kilometer. Het herbergde gedurende zijn bestaan tussen de 400.000 en 600.000 joden, meer mensen dan er in de Amerikaanse staat Vermont leven. Er woonden acht tot tien mensen in een kamer; dat aantal steeg tot veertien toen het getto werd ingekrompen.

De meeste getto's waren van de buitenwereld afgesloten. Sommige waren omgeven door hekken of prikkeldraadomheiningen, zoals in Lodz, of een muur, zoals in Warschau, die op kosten van de joden door een Duitse aannemer moest worden gebouwd. Voor de gettomuur in de Poolse stad Kraków werden grafzerken van de joodse begraafplaats gebruikt.

De joden mochten zonder speciale vergunning het getto niet uit. Op overtreding stond de doodstraf. Niet-joden mochten zonder vergunning niet naar binnen. Overtreders konden ter plekke worden doodgeschoten.

Het toezicht op en het hoogste gezag in de getto's berustten bij de nazi's. Maar op hun bevel werden er uit elk getto twaalf voormannen gekozen die samen een Joodse Raad vormden. Deze mannen werden belast met de dagelijkse leiding van het getto. Ze waren verantwoordelijk voor de gezondheidszorg, de huisvesting en de openbare orde. De joodse raden richtten ziekenhuizen in, openden gaarkeukens en leidden de voedseldistributie. In de grote getto's brachten ze zelfs een joods politiekorps op de been. Ze vormden, met andere woorden, het bestuur van zo'n gevangen stad-in-een-stad. De joodse raden waren ook verantwoordelijk voor de uitvoering van alle nazi-bevelen zolang het getto bestond.

In de getto's werkten de joden wanneer ze maar konden. Ze verstelden oude uniformen en kleren, maakten schoeisel van hout of van leer, matrassen, munitiekisten, manden en bezems. Hun beste klanten waren de Duitsers, vooral het leger. Ook produceerden ze de meeste dingen die nodig waren om het getto te laten functioneren.

Bedrijven van Duitse ondernemers en van de SS werkten zowel binnen het getto als buiten in het 'arische' Warschau en betrokken hun arbeiders uit de getto-bevolking. Wie zo'n baan had, maakte afmattende werkdagen van tien tot twaalf uur. De bijbehorende werkvergunning gaf de arbeiders recht op een heel klein beetje extra geld en een iets ruimer voedselrantsoen.

Uithongering

Uithongering was een bewuste taktiek van de nazi's. De hoeveelheid voedsel die het getto toegewezen kreeg kon elke week veranderen, soms elke dag. Maar het officiële weekrantsoen voor de joden in het Gouvernement-Generaal – beschreven als 'een bevolking die geen noemenswaardige arbeid verricht' – was uiterst klein. In het beste geval bedroeg het niet meer dan 1.100 calorieën per dag. Maar er waren lange perioden waarin zelfs dat kleine beetje niet gegeven werd. Voor een normale week waren dit de hoeveelheden die per jood werden toebedeeld:

Jong en oud bedelde op straat.

Kinderen hadden het meest te lijden van honger en kou.

Brood 400 gram
Vleeswaren 125 gram
Suiker 50 gram
Vet 25 gram

In het ergste geval betekende dit dat het joodse rantsoen maar zo'n 350 calorieën per dag bedroeg. Een volwassen persoon die acht uur per dag aan een bureau zit, heeft ongeveer 2.000 calorieën nodig om zijn gewicht op peil te houden. Een jongen van dertien heeft ongeveer 3.000 calorieën nodig en een baby 1.200. Als het lichaam veel minder dan deze hoeveelheden krijgt, verliest het snel gewicht. Op een gegeven moment begint het zichzelf op te eten en verdwijnen de spieren. Het lichaam teert weg. Een pijnlijke hongerdood volgt niet lang daarna.

De honger was de grootste marteling die de joden werd aangedaan. Er kwam geen eind aan en er viel niet aan te ontkomen. Hij bepaalde het leven van iedereen binnen de muren van het getto. Een gettobewoner beschreef de toestand als gevolg van de honger aldus:

'Honger was de klaagzang van de bedelaars die met hun dakloze gezinnen op straat zaten. Honger was de kreet van de moeders wier pasgeboren baby's wegkwijnden en stierven. Mannen vochten met hand en tand om een rauwe aardappel. Kinderen waagden hun leven met het binnensmokkelen van een paar knolrapen, waar hele gezinnen op zaten te wachten'.

Toen het bedelen niet meer lukte, stierven de mensen op straat. Een vrouw die men 's ochtends nog had zien bedelen werd 's avonds op diezelfde plek dood gevonden. Voorbijgangers bedekten de lijken met kranten tot de lijkwagen – een platte houten kar – ze op kwam halen.

De bejaarden en de zieken hadden het het moeilijkst en stierven het eerst. En de kinderen, 'de talloze kinderen wier ouders gestorven waren, zitten op straat. Hun lijfjes zijn griezelig mager, hun botten steken uit onder een gele huid die er uitziet als perkament... Ze kruipen op handen en voeten en kreunen...'

In 1940, het eerste jaar van het Warschause getto, stierven er 90 mensen van de honger. In 1941 steeg dat aantal tot 11.000. Op zijn hoogtepunt eiste de honger 500 levens per week.

De eigen cijfers van de nazi's mogen voor zichzelf spreken. Hier is het totale sterftecijfer van het getto van Warschau in de eerste acht maanden van 1941, volgens de opgave van Heinz Auerswald, de nazi-commissaris voor het gebied:

januari	898
februari	1.023
maart	1.608
april	2.061
mei	3.821
juni	4.290
juli	5.550
augustus	5.560

De koude

De Poolse winters zijn koud – bitterkoud. In januari daalt de temperatuur in Warschau vaak tot meer dan twintig graden onder nul. Als de nazi's de joden geen eten wilden geven, was van brandstof natuurlijk helemaal geen sprake. Ze namen hen zelfs hun warmste kleren af. Alle kleding van schaapsvel en bont, zelfs met bont gevoerde handschoenen, moesten worden ingeleverd ten behoeve van de soldaten aan het front of de Duitse burgers thuis.

Er was niet genoeg petroleum, steenkool – 'zwart goud' – of hout. Alles wat maar branden wilde werd opgestookt terwille van een beetje warmte. Hele woningen werden gesloopt. Oude gebouwen werden afgebroken. Horden mensen vielen er op aan, sloopten ze stukje bij beetje, sloegen muren kapot die soms instortten, wat weer doden en gewonden tot gevolg had.

In lompen gehuld, in kledingstukken die hen te groot of te klein waren, met kranten in jasjes en broeken gepropt, zaten ze op straat bij elkaar. 'Het ergste om te zien zijn de kleumende kinderen die geluidloos op straat zitten te huilen, met blote voeten, blote knieën en gescheurde kleren.'

Een klein meisje schreef in haar dagboek: 'Ik heb honger. Ik heb het koud. Als ik groot ben wil ik een Duitser zijn, want dan heb ik geen honger meer en heb ik het ook niet meer koud.'

Ziekte

Verzwakt door de honger, waren de gettobewoners een gemakkelijke prooi voor ziekte. Het grote aantal mensen dat in een ruimte werd gepropt die maar voor een fractie van dat aantal bedoeld was, overstelpte de nog aanwezige sanitaire voorzieningen. In de winter vroren de rioolbuizen stuk. Menselijke uitwerpselen werden met het afval op straat gezet, en de hongerende daklozen gebruikten noodgedwongen de straat als toilet. Water was schaars en zeep was een luxe die weinigen zich konden veroorloven.

Mensen die een zogenaamde natuurlijke dood stierven – aan een hartkwaal, aan kanker, aan longontsteking – stierven eerder en in grotere aantallen vanwege het gebrek aan eten, medicijnen en behoorlijke woonruimte. Maar het was de tyfus, een ziekte die een direct gevolg is van overbevolking en vervuiling, die verreweg de meeste levens eiste.

In het jaar 1941 stierven er in het getto van Warschau bijna 16.000 mensen aan tyfus. Dat is het officiële aantal. Maar de Joodse Raad had goede redenen om niet altijd het ware aantal op te geven. Tyfus is hoogst besmettelijk, en de nazi's waren bang voor epidemieën. Soldaten kwamen onaangekondigd het getto binnen en haalden de tyfuspatiënten weg, die niemand ooit terugzag. De raad loog over het aantal, zodat althans sommigen de tijd kregen weer beter te worden. Het juiste aantal van hen die in dat ene jaar aan tyfus stierven ligt volgens velen dichter bij de 100.000.

De straten

De joden van heel Oost-Europa werden naar de grootste getto's gebracht, die daardoor al vol zaten. In de volgende fase van het nazi-plan werden joden uit heel Europa aangevoerd – uit Oostenrijk, Nederland, Duitsland, Frankrijk, Griekenland – alle landen waar de Duitsers de baas waren. Ze werden in de getto's vastgehouden, al wisten ze dat niet, tot de nazi's met hun 'definitieve oplossing' konden beginnen.

De vreselijke overbevolking, waarbij er zeven à tien mensen in één vertrek moesten leven, dwong de bewoners om overdag de buitenlucht op te zoeken. Net als de daklozen zwierven ze de hele dag doelloos over straat.

Een niet-joodse Pool die een kort bezoek aan het getto van Warschau bracht, beschreef wat hij zag:

'Dit waren nog levende mensen, als je ze zo kon noemen. Want afgezien van hun huid, hun ogen en hun stemgeluid was er aan deze bevende gestalten niets menselijks meer. Overal was er honger, ellende, de afschuwelijke stank van ontbindende lijken, het deerniswekkende gekreun van stervende kinderen, de wanhopige kreten en zuchten van een volk dat onder onmogelijke omstandigheden voor zijn leven vocht...

Het was of de hele bevolking op straat leefde. Er was amper een vierkante meter onbezet. Toen we ons door de modder en het afval een weg zochten, schoten de schimmen van wat eens mannen en vrouwen waren geweest langs ons heen, op zoek naar iemand of iets, hun ogen schitterend van een krankzinnige honger of hebzucht.'

[Boven] 'Het leek wel of de hele bevolking op straat leefde.' Mensen die met acht, tien of meer op één kamer woonden, brachten de dag buiten bij de daklozen door.

[Onder] Kinderen waren de beste smokkelaars. Hier keert er een veilig door de muur terug.

Smokkelen

Als het getto zoiets als een vitale bloedsomloop bezat, dan hielden de smokkelaars die op gang. Het is zelfs mogelijk dat, zonder de smokkelaars, de nazi's erin geslaagd zouden zijn de getto's dood te hongeren.

Er werd hier en daar op grote schaal gesmokkeld, maar wat er van dag tot dag gebeurde was doorgaans kruimelwerk. Arbeiders die buiten het getto werkten, smokkelden naar binnen wat ze konden. Degenen die het zich veroorloven konden, betaalden bewakers om een oogje dicht te doen.

Als de joden op smokkelwaar werden betrapt – hoe onbeduidend ook – kregen ze de doodstraf, die soms onmiddellijk werd voltrokken. Hier is het officiële rapport van een Duitse bewaker in het getto van Lodz:

'Op 1 december 1941 had ik van 14.00 uur tot 16.00 uur dienst op post nr. 4 in de Holsteinstraat. Om 15.00 uur zag ik een jodin die in de omheining van het getto klom, haar hand door de omheining stak en enkele rapen van een passerende kar probeerde te stelen. Ik maakte gebruik van mijn vuurwapen. De jodin werd door twee kogels getroffen, die de dood tot gevolg hadden.

'Type vuurwapen: karabijn 98
'Gebruikte munitie: twee patronen
'[was getekend] Sergeant Naumann'

Sommigen hadden niet het geluk meteen te worden geëxecuteerd. Een joodse moeder werd betrapt bij het kopen van een ei van een Poolse boer. Beiden werden vastgehouden tot er genoeg gettobewoners konden worden verzameld om toe te kijken. Toen werden ze opgehangen. Hun lichamen bleven drie dagen hangen 'als les voor iedereen die ervan leren wilde'.

De meeste smokkelaars waren kinderen tussen de tien en

Soep voor hongerige wezen, verzorgd door de Joodse Raad wanneer het maar mogelijk was.

veertien jaar. Met hun kleine, magere lijfjes konden ze onder een opening van het prikkeldraad door kruipen of door een spleet in de muur, en langs dezelfde weg weer terugkomen. Lukte hun dat, dan was de hongerdood weer een dag uitgesteld. Lukte het niet, dan kon het gebeuren dat ze voor de ogen van hun wachtende moeders werden doodgeschoten. Soms trof ook hen het ongeluk niet onmiddellijk te worden gestraft. Een volwassene vertelde:

'Toen ik op een dag langs de muur liep, stuitte ik op een 'smokkeloperatie' die door kinderen werd uitgevoerd. De eigenlijke operatie scheen achter de rug te zijn. Er restte nog één ding. Het joodse jochie aan de andere kant van de muur moest nog door het gat in het getto terug glippen, met zijn laatste stukje buit. De helft van het kind was al zichtbaar toen hij begon te schreeuwen.

Tegelijkertijd klonk er aan de arische kant luid gevloek in het Duits. Ik snelde toe om het kind te helpen, en wilde het snel door het gat naar binnen trekken. Helaas bleef het jochie met zijn heupen in het gat steken. Met beide handen trok ik uit alle macht om hem binnen te halen. Hij bleef erbarmelijk schreeuwen. Ik hoorde hoe de politie aan de andere kant genadeloos op hem in sloeg...

Toen het me eindelijk lukte het jongetje door het gat te trekken, was hij al stervende. Zijn wervelkolom was verbrijzeld.'

Het joodse leven

Het getto was een reusachtige kooi, waarin duizenden mensen van alle mogelijke beroepen, kennis en vaardigheden gedwongen samenleefden.

Te midden van de ondraaglijke nazi-terreur, gekweld door honger en ziekte, en omringd door de dood, wisten deze ten dode opgeschreven mensen het getto iets van de kleur en le-

Aanplakbiljetten in het Jiddisch en Pools kondigden culturele en sociale evenementen in het getto aan.

vendigheid te geven van een echte stad.

Onderwijs was verboden, maar toch werd er in het geheim les gegeven in geschiedenis, talen, kunstbeoefening – met examens, cijfers, diploma's zelfs.

Toneelgezelschappen, van beroepsacteurs en amateurs, gaven voorstellingen.

Befaamde geleerden en deskundigen gaven lezingen.

Musici gaven concerten, zangers gaven recitals.

Wetenschappers deden onderzoek.

Er werden opera's gecomponeerd en uitgevoerd.

Er ontstonden geheime bibliotheken, met lange wachtlijsten voor boeken – geschiedenis, politicologie, goedkope romannetjes, klassieken, poëzie, liefdesverhalen, avonturenromans.

Wat leefden ze intens, deze joden, in het oog van de nazi's die niets anders wilden dan hun dood.

Het einde van de getto's

Men schat dat jaarlijks een vijfde van alle gettobewoners stierf als gevolg van ziekte en ondervoeding. In dit tempo zouden alle getto's binnen vijf of zes jaar totaal uitgestorven zijn. Maar dat ging de nazi's niet snel genoeg.

Het hoofd van de Veiligheidsdienst, Reinhard Heydrich, verklaarde: 'De evacuatie van de joden naar het oosten... verschaft ons al praktijkervaring van groot belang met het oog op de komende definitieve oplossing van het joodse probleem.'

4. De Einsatzgruppen

Dit is een roemrijke bladzijde van onze geschiedenis, die nooit geschreven is en nooit geschreven zal worden.
Heinrich Himmler, hoofd van de ss

Ze arriveerden een dag of twee, drie na de hoofdmacht van het leger bij de opmars door Rusland. In kleine groepen kamden ze de omgeving uit, en kwamen na een paar dagen of weken terug als ze hun karwei niet helemaal hadden afgemaakt.

Het waren de *Einsatzgruppen* – de eenheden voor bijzondere taken, mobiele executiepelotons, samengesteld uit soldaten die speciaal voor deze taak waren opgeleid. Ze gingen volgens een zorgvuldig uitgewerkt plan te werk. Na de oorlog beschreef een van hun commandanten dit plan als volgt:

De betreffende eenheid 'trok een dorp of stad binnen en beval de vooraanstaande joodse burgers alle joden bijeen te roepen met het oog op herhuisvesting. Ze moesten hun kostbaarheden aan de leiders van de eenheid afgeven en zich kort voor de executie van hun bovenkleding ontdoen. De mannen, vrouwen en kinderen werden naar een executieplaats afgevoerd, die zich in de meeste gevallen in de nabijheid van een extra diep uitgegraven tankval bevond. Vervolgens werden ze doodgeschoten, knielend of staand, en werden hun lijken in de greppel gegooid.'

Een geheim verslag van joden in Warschau gaf wat meer bijzonderheden:

'Mannen van veertien tot zestig jaar oud werden ergens verzameld – op een plein of een kerkhof – waar ze werden afgeslacht, met machinegeweervuur of handgranaten. Ze werden gedwongen hun eigen graf te graven. Kinderen uit weeshuizen, bewoners van bejaardentehuizen en ziekenhuispatiënten werden doodgeschoten; vrouwen werden op straat ver-

Een afdeling van Einsatzkommando D bij aankomst in een Pools stadje.

[Boven] Joden werden gedwongen hun eigen graf te graven.

[Onder] Leden van een Einsatzkommando aan het werk.

Rapport aan ss-chef Heinrich Himmler van Einsatzkommando A. De vier landen zijn Estland, Letland, Litouwen en Wit-Rusland, destijds deel van de Sovjet-Unie. De cijfers bij de doodskisten geven het aantal vermoorde joden aan, de andere cijfers het aantal dat nog in leven is. Estland, met 963 vermoorde joden, is 'jodenvrij'.

moord. In veel plaatsen werden de joden met onbekende bestemming afgevoerd en in de bossen in de omgeving geëxecuteerd.'

ss-kolonel Jäger, commandant van Einsatzgruppe A, beschrijft in een rapport een opdracht als volgt:

'De joden moesten op een of meer plaatsen worden verzameld en op de juiste plek moest voor het juiste aantal een greppel worden gegraven. De afstand van verzamelpunten tot greppel was gemiddeld vijf kilometer. De joden werden in groepen van 500 aangevoerd, met minstens 2 kilometer tussenruimte... in Roskiskis moesten er 3.208 mensen vijf kilometer worden vervoerd om te kunnen worden geliquideerd...

'Alleen dankzij zorgvuldige voorbereiding waren de manschappen in staat vijf acties per week uit te voeren...'

Er werden vergassingswagens ingezet. Dit waren gesloten vrachtwagens die zo ontworpen waren dat de uitlaatgassen van de motor aan de achterkant in de laadruimte konden worden binnengevoerd. De joden die in deze wagens werden opgesloten stierven een wisse dood. Het doel van deze grijze vrachtwagens werd al snel bekend en als ze de steden en dorpen binnenreden sloegen de mensen op de vlucht. De executiepelotons gingen door met hun handwerk. Een nazi-deelnemer beschreef zijn taak:

'De executie zelf duurde drie tot vier uur. Ik nam er zelf van begin tot eind aan deel. Ik pauzeerde alleen af en toe om mijn karabijn te herladen. Ik kan daarom niet zeggen hoeveel joden ik zelf in die drie à vier uur heb gedood, omdat er tijdens die tussenpozen iemand anders mijn werk overnam. Al die tijd dronken we behoorlijk veel schnaps om de stemming er in te houden.'

Men schat dat er door de Einsatzgruppen op deze manier twee miljoen joden zijn omgebracht.

Maar het ging te langzaam en kostte te veel munitie die elders nodig was. De nazi's hadden voor de overgebleven joden andere plannen ontwikkeld.

5. De Endlösung

Wij kunnen deze... joden niet doodschieten en we kunnen ze niet vergiftigen. Toch zullen wij maatregelen nemen die tot hun uiteindelijke vernietiging zullen leiden.
   Hans Frank, gouverneur van het door de nazi's bezette
   Polen

In 1941 was nazi-Duitsland op het hoogtepunt van zijn macht. De invasie van Rusland, begonnen op 22 juni, was tot dan toe bliksemsnel verlopen. Duitsland bezette of beheerste nu bijna heel Europa, in het oosten zowel als in het westen. De kaarten op blz. 82 en 83 geven aan hoever de Duitsers in nog geen drie jaar waren gevorderd.

In heel Oost-Europa waren de joden in getto's bijeengedreven. Elders werden de joden door de gewone nazi-voorschriften geleidelijk van hun landgenoten geïsoleerd; hier en daar was het al zover dat ze alleen nog maar in bepaalde, afgebakende wijken mochten wonen.

Wat moesten de nazi's met al die joden beginnen? Ze stierven in de getto's, maar dat duurde te lang. De Einsatzgruppen deden hun werk, maar ook dat ging te langzaam en kostte te veel. Bovendien was het inmiddels bekend wat ze kwamen doen en maakten de nazi's zich zorgen dat hun beoogde slachtoffers een goed heenkomen zouden zoeken.

De Einsatzgruppen waren van weinig of geen nut in de kleinere of dichter bevolkte landen van West-Europa, zoals België, Nederland en Frankrijk. Daar was de bevolking geconcentreerd in de steden; de mobiele executiepelotons vonden daar geen grote onbewoonde gebieden waar ze de sporen van hun werk konden verbergen. Ook was het anti-semitisme er niet zo sterk als in het oosten en bestond de kans dat de niet-joodse bevolking haar joden zou proberen te helpen en daardoor moeilijker in de hand te houden zou zijn. Daar kwam nog bij dat deze landen zich dichter bij de vrije wereld bevonden en daarmee meer contacten onderhielden, en de Duitsers wilden niet dat hun activiteiten overal bekend zouden worden.

Het bleef dus de vraag wat er met de joden moest gebeuren. De Duitsers hadden met gedwongen emigratie geprobeerd hun eigen land en Oostenrijk van joden te ontdoen. Ze hadden zelfs met de gedachte gespeeld een 'joods thuisland' te vestigen op het Franse eiland Madagascar, voor de kust van zuidoost Afrika. Er bestonden al plannen voor een joodse kolonie daar, die in haar eigen onderhoud kon voorzien en onder toezicht van de nazi's goederen voor het Derde Rijk zou produceren. Ook was er al gedacht aan sterilisatie als middel om te verzekeren dat het 'joodse ras' zou uitsterven.

Maar al die plannen en ideeën werden losgelaten. Door de verovering van Polen en de invasie in Rusland ging het nu om zoveel joden dat emigratie niet meer haalbaar was. Volgens hun eigen schatting, rekening houdend met de landen die ze nog niet aangevallen of verslagen hadden, zouden ze uiteindelijk met elf miljoen joden te maken krijgen. Voor zoveel mensen was nergens genoeg plaats te vinden.

Er bestonden al concentratiekampen in Duitsland en in bijna alle landen onder Duitse heerschappij. Daar werden zowel joden als niet-joden heen gestuurd. De bewakers waren getraind in wreedheid en de omstandigheden waren er onmenselijk. Duizenden waren al in de kampen om het leven gekomen. Maar noch de kampen, noch de getto's en de Einsatzgruppen brachten de oplossing van het 'joodse probleem' van de nazi's. Er was een andere aanpak nodig.

In het concentratiekamp Auschwitz werden in de zomer van 1941, 250 ziekenhuispatiënten en 600 Russische krijgsgevangenen in een gesloten ruimte gestopt en gedood met een gifgas dat de naam Zyklon B had. De proef, die aantoonde dat het mogelijk was om grote groepen mensen in één keer te

Europa vóór de nazi's.

Europa onder nazi-heerschappij.

doden, werd 'geslaagd' genoemd; de bouw van de gaskamers in Auschwitz kon beginnen en werd het jaar daarop voltooid.

In het kamp Chelmno werden op 8 december 1941 de vergassingswagens van de Einsatztruppen weer in gebruik genomen. De grootscheepse vernietiging van joden met koolmonoxidegas werd nu dagelijks werk.

Het plan voor de definitieve oplossing van het joodse probleem was in werking gezet.

De conferentie over de Endlösung

'Ik draag u hierbij op alle nodige voorbereidingen te treffen... voor de volledige oplossing van het joodse probleem in de Europese gebieden onder Duitse invloed...

Verder draag ik u op mij zo spoedig mogelijk een overzicht voor te leggen van de organisatorische en praktische maatregelen die benodigd zijn voor de gewenste definitieve oplossing van het jodenprobleem.'

Reinhard Heydrich, het hoofd van de Rijksveiligheidsdienst, ontving op 30 juli 1941 dit bevel van veldmaarschalk Hermann Göring. Om nog steeds onbekende redenen gebeurde er vijf maanden lang niets. Maar toen belegde Heydrich een conferentie, die op 20 januari 1942 moest beginnen.

De hoge ambtenaren, verantwoordelijk voor het bestuur van de gebieden onder Duits gezag, kwamen bijeen in een fraaie villa in Wannsee, een rijke voorstad van Berlijn. Adolf Eichmann, chef van Bureau IVB-4 van het Departement van Joodse Zaken, notuleerde.

Het is bijna onmogelijk voor te stellen. Deze mensen, die voor het merendeel goed ontwikkeld waren, die stuk voor stuk hoge rangen en belangrijke posities bekleedden, zaten daar samen te beraadslagen hoe ze het beste grote hoeveelheden mensen konden vermoorden. Ze gebruikten de lunch, ze rookten, ze werden door personeel in witte jasjes bediend.

Reinhard Heydrich, hoofdarchitect van de Endlösung. Hitler noemde hem 'de man met het hart van staal'.

Ongetwijfeld werd er ook gelachen, zoals dat tijdens bijeenkomsten meestal gebeurt. Ze praatten over 'oplossingen', 'verplaatsingen', 'vraagstukken', 'problemen', 'herhuisvesting', 'concentratie van bevolkingen'. Ze hadden het ook kunnen hebben over een termietenkolonie of een kakkerlakkennest. En genietend van hun cognacje na de maaltijd waren ze ongetwijfeld ingenomen met het efficiënte, gedegen plan dat ze hadden uitgewerkt en dat in de praktijk de dood van miljoenen zou betekenen.

Er werd besloten dat de joden uit heel Europa naar het oosten zouden worden getransporteerd, naar de getto's in het door de nazi's bezette Polen en Rusland. Te beginnen met de joden in het Gouvernement-Generaal zouden zij die konden werken in kampen worden ondergebracht die voor hen gebouwd of in aanbouw waren. Daar zouden ze gedwongen worden zich dood te werken. Zij die erin slaagden in leven te blijven, zouden daarmee bewezen hebben van betere kwaliteit te zijn dan de rest, en zouden worden afgemaakt. Heydrich zei het als volgt:

'In het kader van de definitieve oplossing moeten de joden onder passende bewaking naar het oosten worden overgebracht en daar bij de passende arbeidsdienst worden ingedeeld. Arbeidsbekwame joden, gescheiden naar geslacht, zullen in werkploegen naar die gebieden worden gebracht om wegen aan te leggen. Het spreekt vanzelf dat een groot gedeelte van hen door natuurlijk verloop zal worden geëlimineerd.

Het restant moet op gepaste wijze worden behandeld. Dit restant vertegenwoordigt een natuurlijke selectie die, indien in vrijheid gesteld, in staat moet worden geacht de kern te vormen van een nieuw jodendom.'

Het plan was een toonbeeld van nazi-efficiency. Joodse werkkracht zou Duitsland helpen de oorlog te winnen, waarbij er honderdduizenden zouden sterven en zodoende de nazi's de moeite besparen hen te doden. Dan, als de oorlog ge-

Een vergassingswagen bij Chelmno.

wonnen was, zouden de enkelen die nog in leven waren worden geliquideerd, omdat ze een gevaar vormden en bovendien geen nut meer hadden.

In werkelijkheid werd dit plan niet precies zo uitgevoerd. Sommige joden werden inderdaad in leven gehouden om te werken. Maar miljoenen werden uit de getto's gehaald en rechtstreeks naar de gaskamers vervoerd.

Voor het grootste deel bleef het plan echter onveranderd. Het transport werd georganiseerd. Er werd een systeem ontwikkeld om 'arbeidsbekwame joden' uit te zoeken en de 'arbeidsongeschikten' – d.w.z. kinderen onder de twaalf, bejaarden, zieken en zwangere vrouwen – te selecteren. De nazi's hadden alles tot in de puntjes geregeld.

Reinhard Heydrich

Reinhard Heydrich was uit de Duitse marine geschopt wegens 'gedrag een officier en een heer onwaardig'. Hij werd lid van de nazi-partij en de ss, en werkte zich geleidelijk aan op tot luitenant-generaal en veiligheidschef van het Derde Rijk. Hij was een lange, slanke, blonde man met doordringende, diepliggende, blauwe ogen. Hij verdiende zijn bijnaam: 'het blonde beest'.

Heydrich had bewezen absoluut geen genade te kennen voor al diegenen die als 'vijanden van de staat' werden beschouwd. Zijn Gestapo en veiligheidspolitie werden alom gevreesd, zelfs onder Duitsers. Heinrich Himmler, zijn chef en hoofd van de ss, gaf hem onbeperkte volmacht om Hitlers bevel tot de Endlösung uit te voeren. Hitler zelf had Heydrich 'de man met het hart van staal' genoemd.

Heydrichs auto werd op 27 mei 1942 door leden van het Tsjechische verzet in Praag opgeblazen en hij stierf kort daarna.

De nazi's kozen het mijnwerkersstadje Lidice in Tsjechoslowakije als het doelwit van hun wraak. Alle mannen en jongens werden doodgeschoten, de vrouwen en kinderen werden naar concentratiekampen gestuurd en het hele stadje werd met de grond gelijkgemaakt. De naam Lidice werd van de Duitse landkaarten verwijderd.

Als eerbewijs aan Heydrich werd de vernietiging van de joden in Polen Operatie Reinhard genoemd.

6. Andere slachtoffers

De wet van het bestaan vereist onafgebroken doden, opdat de beteren kunnen leven.
Adolf Hitler

In één opzicht waren de nazi's beslist democratisch. Elke groep mensen die ze als hun mindere beschouwden werd door hen met de grootste wreedheid behandeld. Zelfs in hun eigen land vonden ze groepen om uit te roeien, in het belang van 'vaderland, volk en Führer'.

Alleen de joden moesten van de aarbodem worden weggevaagd. Maar vier andere groepen waren ook aangewezen voor wat de nazi's 'speciale behandeling' noemden. Dat waren de ongeneeslijk zieken, de zigeuners, de Poolse elite en de Russische krijgsgevangenen.

De ongeneeslijk zieken

Hitler tekende op 1 september 1939 een bevel waarmee Operatie T4 in gang werd gezet. Dokters kregen toestemming de ongeneeslijk zieken te selecteren zodat ze konden worden gedood. In het bevel werden ze beschreven als 'leven dat het leven onwaardig is'. De 'genadedood', ofwel euthanasie, werd toegepast op de volgende mensen:
– senielen;
– geestelijk gehandicapte volwassenen en kinderen;
– alle joden in psychiatrische inrichtingen;
– zij die minstens vijf jaar in een ziekenhuis, inrichting, verzorgingstehuis e.d. waren verpleegd;
– misvormde baby's;
– lijders aan epilepsie;

– arbeidsongeschikte invaliden;
– lijders aan een ongeneeslijke ziekte die als gevolg daarvan arbeidsongeschikt waren.

Voor de zuiverheid van het arische bloed moesten deze zieke mensen sterven. Ze in leven houden was bovendien oneconomisch, omdat ze niets produceerden en, zo zeiden de nazi's, voorbeelden waren van 'nutteloze eters' in het rijk.

Er werd begonnen met mensen te laten verhongeren, vooral kinderen; anderen werden met een dodelijk gif geïnjecteerd. Maar dat was niet efficiënt. Twee jaar voordat de Einsatzgruppen zich ervan gingen bedienen, deden de vergassingswagens hun intrede. Ook maakte het Derde Rijk in Operatie T4 voor het eerst gebruik van gaskamers, bijna achttien maanden voor de 'geslaagde proef' met grote groepen in Auschwitz. Uitlaatgas van een vrachtwagen, of koolmonoxidegas uit een tank werd in een gesloten ruimte geleid. Zo werden in speciaal voor dit doel ingerichte centra kleine groepen mensen vergast.

De twee ss'ers die de leiding van deze operatie hadden – Christian Wirth en Victor Brack – gebruikten de hier opgedane ervaring toen het tijd was voor de massale jodenmoord in 1941.

Na de dood van de patiënt ontving zijn of haar familie een brief waarin stond dat hun familielid aan een 'hartverlamming' was gestorven en dat 'gezien zijn/haar ernstige ziekte het leven voor de overledene een kwelling was. U dient dus zijn/haar verscheiden als een bevrijding te zien'. De lichamen werden gecremeerd.

Maar inmiddels begon het tot het Duitse volk door te dringen wat er gebeurde. Er werden honderden protestbrieven geschreven en de kerk liet een luide veroordeling horen. Op bevel van Hitler werd het programma in 1941 beëindigd.

Operatie T4 had aan 90.000 of meer 'onwaardige levens' een einde gemaakt, waaronder die van 3.000 kinderen. Er zijn bewijzen dat het programma hervat zou zijn als Duitsland de oorlog had gewonnen, en dat dan tot de slachtoffers ook de burgers en soldaten hadden behoord die invalide waren geworden door de oorlog die Duitsland begonnen was.

De zigeuners (Roma)

Er leefden zigeuners in Duitsland sedert de vijftiende eeuw, wat ze voor de nazi-wet tot staatsburgers maakte. De nazi-juristen konden daar geen vrede mee hebben en verdeelden hen daarom in twee categorieën: 'sedentair' en 'nomadisch'. De eerste categorie bestond uit zigeuners die in huizen waren gaan wonen en vast werk hadden; die mochten blijven waar ze waren. De tweede bestond uit zigeuners die op de traditionele zigeunermanier van plaats naar plaats trokken; ze werden in concentratiekampen opgesloten als 'asocialen', een door de nazi's uitgevonden categorie van mensen die niet thuishoorden in een beschaafde maatschappij.

Het nazi-beleid jegens de zigeuners bleef de hele oorlog verward. Een paar hooggeplaatste Duitsers geloofden dat sommige zigeuners zuivere ariërs waren en dus mochten blijven leven, terwijl alle andere moesten sterven. In 1943 verhinderde Himmler de deportatie van bepaalde Duitse zigeuners, ook al waren Goebbels en andere hoge nazi's het niet met hem eens.

Toch werd hun aanwezigheid door de partij officieel beteld als 'het zigeunergevaar'. Er werden hun beperkingen opgelegd van het soort waaraan ook de joden onderworpen waren; alleen hoefden ze geen tekens of emblemen op hun kleding te dragen. Ze werden in gettoachtige kampen gehuisvest, of in wijken binnen de joodse getto's. Duizenden van hen werden naar concentratiekampen of vernietigingskampen getransporteerd, waar velen werden vergast. Ook de Einsatzgruppen eisten onder de zigeuners hun tol.

Heinrich Himmler, hoofd van de ss, was alleen verantwoording schuldig aan Hitler en bezat een vrijwel onbegrensde macht.

Omdat ze een nomadenvolk zijn en voornamelijk aan de rand van de maatschappij leven, zijn er van de zigeuners weinig statistieken voorhanden. Op grond van de bevolkingscijfers van voor en na de oorlog in alle betrokken landen, schat men dat er tussen de 300.000 en een miljoen zigeuners door de nazi's zijn vermoord.

De Poolse elite

De nazi's meenden dat sommige mensen minder dan mensen waren. Ze noemden hen *Untermenschen* – inferieure mensen. De joden, die eigenlijk geen mensen waren, moesten helemaal worden uitgeroeid. De *Untermenschen* mochten blijven leven, maar zonder enige rechten en als slaven van het Duitse rijk.

Tot de *Untermenschen* behoorden alle Slavische volken. Dit waren Oost-Europeanen – Polen, Esten, Letten, Litouwers, Oekraïners en Russen. De nazi's waren van plan hen uit grote gebieden te verwijderen en te vervangen door Duitsers. Dit konden Duitsers uit Duitsland zelf zijn, of etnische Duitsers, die buiten Duitsland geboren waren maar Duits waren opgevoed.

Waarschijnlijk omdat Polen de grootste bevolking van Slaven had en daarbij het grootste landoppervlak bezat waarover de nazi's helemaal konden beschikken, begonnen ze daar met hun operatie; als Duitsland de oorlog gewonnen had zouden Rusland en de andere landen aan de beurt komen.

Omdat het volk een kneedbare massa onder Duits gezag moest worden die alles deed wat hun overheersers wilden, was het nodig eerst alle leiders te verwijderen. Dat waren de creatieven en ontwikkelden – kunstenaars, schrijvers, legerofficieren, artsen, juristen, priesters, leraren, enzovoort. Ze werden opgepakt en naar concentratiekampen gestuurd. De meesten van hen stierven als gevolg van de omstandigheden daar, of werden doodgeschoten.

De nazi's hadden ook het vervolg al gepland. Toekomstige generaties zouden verhinderd worden zich boven het *Untermensch*-niveau te verheffen, althans als Polen. 'Indien nodig,' zei Himmler, 'door hun kinderen weg te halen en ze bij ons groot te brengen.' De Duitsers hadden zelfs aan Poolse scholen gedacht. Volgens Himmlers beschrijving zou er alleen 'elementair rekenen tot 500' worden onderwezen; ook moesten ze hun eigen naam kunnen schrijven en moest hun worden geleerd dat het hun heilige plicht was de Duitsers te gehoorzamen; verder moesten ze eerlijk, ijverig en braaf zijn. 'Lezen is volgens mij niet nodig'.

De nazi's verloren de oorlog voordat ze hun plan helemaal konden uitvoeren. Wat ze wel konden uitvoeren was al verschrikkelijk genoeg.

Van de drie miljoen niet-joodse Polen die in de Tweede Wereldoorlog werden vermoord, behoorde één miljoen tot de meest ontwikkelde en creatieve mensen van hun land.

Russische krijgsgevangenen

Voor het Russische volk was een 'bijzondere behandeling' weggelegd, en wel om twee redenen. Ten eerste waren de Russen Oost-Europeanen, dus inferieur. Ten tweede kwamen ze uit een communistisch land en communisme was voor de nazi's bijna synoniem aan judaïsme.

De Duitsers hadden Rusland nog niet veroverd, maar dankzij de krijgsgevangenkampen konden ze toch al met de uitvoering van hun plannen beginnen. De gevangen soldaten waren niet alleen Russen, ze hadden bovendien daadwerkelijk tegen de nazi's gevochten. Daarom verdienden ze een bijzonder hardvochtige behandeling.

In mei 1944 schatte het Duitse leger dat het 5,16 miljoen Russische krijgsgevangenen had gemaakt, waarvan de meeste tijdens de eerste veldtochten in 1941. Daarvan waren er nog maar 1.871.000 in leven; 473.000 stonden te boek als 'geëxecuteerd' en 67.000 waren ontsnapt. Dat komt uit op ongeveer 3 miljoen doden.

De meeste sovjet-krijgsgevangenen werden in grote kooien gezet, open hokken zonder beschutting, omgeven door hekken of prikkeldraad. Ze stierven aan onderkoeling, of van de honger. Als ze niet in die zogenaamde kampen stierven, werden ze gebruikt voor medische proeven, of als proefkonijnen in de eerste gaskamers die in de vernietigingscentra werden gebouwd.

Zo gingen de nazi's, de 'brengers van de beschaving', om met de 'inferieure volken' in de delen van de wereld waar zij het voor het zeggen hadden.

7. Deportaties

Van de joden zal niet veel overblijven... Wat de Führer over hen voorspeld heeft begint op een verschrikkelijke manier uit te komen.
Jozef Goebbels

Razzia's

'Op 11 augustus 1942 stortten de ss, de sd en de bereden politie zich als een bende wilden op de joodse wijk van Zamosc. Het was een volslagen verrassing. De onmensen te paard zaaiden de ergste paniek; ze galoppeerden door de straten, schreeuwden beledigingen en sloegen met hun zwepen om zich heen. Onze gemeenschap telde toen ongeveer 10.000 mensen. In een oogwenk, zonder dat ze zelfs maar beseften wat er gebeurde, werden 3.000 mannen, vrouwen en kinderen, die willekeurig van de straten en uit de huizen waren geplukt, naar het station gedreven om met onbekende bestemming te worden afgevoerd.'

Zo begon de deportatie naar de kampen vanuit het Poolse getto van Zamosc.

Maar de schok en de verwarring van die razzia was niet de aanpak die de Duitsers bij voorkeur volgden. Ze wilden dat het verzamelen van joden voor deportatie zo soepel en ordelijk mogelijk zou verlopen. Het mooiste zou zijn als de joden zich vrijwillig zouden melden. Om dat voor elkaar te krijgen gebruikten de Duitsers alle mogelijk leugens en trucs om hen te misleiden.

Meestal noemden de Duitsers de deportaties 'herhuisvesting in het oosten'. Ze beweerden dat de levensomstandigheden daar beter zouden zijn. Er zou werk zijn voor wie wilde en kon, meer eten, betere huisvesting en dokters om voor de zieken te zorgen. In sommige delen van Griekenland vertelde

Haar laatste ogenblikken thuis. Over enkele uren zal zij met haar familie naar een kamp worden afgevoerd. Zij overleefde de oorlog en woont nu in de Verenigde Staten.

men de joden dat zij hun Griekse geld in Duitse rijksmarken konden omwisselen om ze ervan te overtuigen dat de 'herhuisvesting in het oosten' echt was. In één getto kregen zij die zich vrijwillig meldden warme kleren voor de reis. Het wreedste van alles was de belofte van een extra voedselrantsoen. De uitgehongerde joden meldden zich, kregen hun brood, verslonden het gretig en werden dan in goederenwagons gepropt en afgevoerd naar hun dood.

De leugens en het bedrog namen oneindig veel vormen aan. Bijvoorbeeld: er werden vijftienhonderd joden gevraagd om 'in een visfabriek' te werken; negentienhonderd joden meldden zich vrijwillig aan. Enkele honderden 'gestudeerde, jonge' joden werden gevraagd voor 'archiefwerkzaamheden'; er meldden zich duizenden.

De leugen van het werk was gemakkelijk te geloven. Het lag voor de hand dat een land in oorlog alle werkkrachten nodig had die het kon vinden. Het lag allerminst voor de hand een arbeidspotentieel van die omvang te vernietigen. Het feit dat de nazi's dit ondanks hun grote behoefte aan arbeidskrachten toch deden, toont eens te meer aan hoe vastbesloten ze waren de joden uit te roeien.

Toch verliepen de deportaties niet altijd zo probleemloos als de nazi's wel hadden gewild. Sommige joden wisten nog niet, of wilden niet geloven, dat ze vermoord zouden worden, maar konden evenmin de leugens geloven; anderen wisten de waarheid. Dus verstopten ze zich, waar en hoe ze maar konden – in schoorstenen, in riolen, verborgen kastruimten, in zelfgegraven schuilkelders. De soldaten die de razzia uitvoerden, ging grondig en nauwkeurig te werk. Na een razzia ergens in Rusland werden bijvoorbeeld de volgende richtlijnen opgesteld:

'De troepen die aan de razzia deelnemen moeten altijd van bijlen, hakmessen of soortgelijk gereedschap zijn voorzien, omdat bijna alle deuren, enz., vergrendeld of afgesloten zijn en alleen met geweld kunnen worden geopend.'

Een moeder met kleine kinderen wordt gedeporteerd.

[Boven] Melden voor deportatie in het getto van Warschau.

[Onder] Kinderen uit het weeshuis in het getto van Lodz stappen in de trein.

Duitse joden melden zich voor deportatie. Anders dan in het oosten werden joden in West-Europa vaak in passagiersrijtuigen vervoerd, om de schijn op te houden dat ze naar een 'werkbestemming' gingen en goed behandeld zouden worden. De rijtuigen zijn op de achtergrond te zien.

Voor het geval de joden zich hadden verstopt, gold de richtlijn:

'Een groot aantal mensen kan worden aangetroffen in de nauwe ruimte tussen de vloer en de grond. In dat geval is het aan te bevelen de vloerplanken van buiten af op te lichten en politiehonden naar binnen te sturen... of een handgranaat naar binnen te gooien, waardoor de joden geen andere keus hebben dan uit hun holen te komen.'

Als geen enkel ander middel hielp, was het 'aan te bevelen adolescenten te beloven dat zij gespaard zullen worden als zij helpen de schuilplaatsen te vinden. Deze methode heeft altijd succes'. Vervolgens werden ook zij afgevoerd.

Dikwijls, echter, zoals in Zamosc, namen de nazi's niet de moeite om valse beloften te doen. Ze zetten gewapende wachtposten om het getto heen en verschenen onverwacht, zonder waarschuwing. Het resultaat was, als zo vaak bij de nazi's, een bloedbad. Een inwoner van Zamosc vertelde:

'Het schouwspel dat het getto na de overval bood dreef de overlevenden tot waanzin. Overal lijken, in de straten, op de binnenplaatsen, in de huizen; baby's, van de derde of vierde verdieping omlaag gegooid, lagen verpletterd op het trottoir. De joden moesten zelf de doden begraven.'

De joodse raden en de joodse politie

De bevelen van de nazi's werden aan het getto doorgegeven door de joodse raden. Die waren verantwoordelijk voor het bestuur van de getto's, in absolute gehoorzaamheid aan de voorschriften en eisen van de nazi's.

Voordat de deportaties begonnen, maakten de raden het mogelijk dat de getto's op een ordelijke manier functioneerden. Nu de machine van de Endlösung begon te draaien, kregen ze de opdracht het voor elke deportatie gevraagde quotum joden te leveren. In het getto van Warschau stegen de quota gestaag en tenslotte moest de raad per dag zesduizend joden selecteren. Uiteindelijk werden dat er zelfs tienduizend per dag. De raad maakte een lijst van hen die weg moesten. De joodse politie hielp bij het verzamelen, soms met hulp van de plaatselijke niet-joodse politie of door vrijwilligers die door de nazi's waren geworven.

De vraag hoe de joodse raadsleden de nazi's op deze manier konden 'dienen' is niet eenvoudig te beantwoorden. Bedenk wel dat vóór die tijd absoluut niemand in de getto's ook maar vermoedde dat de nazi's van plan waren de joden uit te roeien. Er was vrijwel geen beschaafd, zinnig mens die zich zoiets kon voorstellen. Hoe erg het leven in het getto ook was en hoe ondraaglijk de eisen van de nazi's ook werden, de mogelijkheid dat enorme aantallen joden werden afgevoerd om vermoord te worden, was nooit bij iemand opgekomen.

Veel van deze mensen die de bevelen van de nazi's moesten uitvoeren, leefden in verschrikkelijke gewetensnood. Telkens als er weer een barbaars bevel doorkwam waren er ongetwijfeld sommigen die geloofden dat ze hielpen de joden voor een nog erger lot te behoeden. Sommigen genoten ongetwijfeld gewoon van hun macht. Zelfs toen ze de waarheid kenden, geloofden velen nog dat ze, door de nazi's de gevraagde quota te leveren, de anderen konden redden.

Allemaal wisten ze dat zij en hun gezinnen vermoord zouden worden als ze niet gehoorzaamden, samen met honderden andere onschuldige joden die voor hun weigering zouden moeten boeten. Toen de quota bleven stijgen en het selecteren van gegadigden voor deportatie steeds afschuwelijker werd – kinderen onder de tien en volwassenen boven de vijfenzestig, bijvoorbeeld – pleegden sommigen van hen zelfmoord of meldden ze zich met hun gezinnen vrijwillig voor deportatie.

In de grotere getto's, zoals dat van Warschau, werden de bevelen uitgevoerd door nazi-vrijwilligers en de joodse politie. Het valt niet te ontkennen dat sommige leden van die joodse politie bijna even wreed waren als de nazi's zelf, genietend van een macht waarvan ze niet beseften dat die maar tijdelijk was. Meedogenloos namen ze deel aan het bijeendrijven van hun mede-joden voor deportatie.

Voor hen gelden dezelfde vragen als voor de joodse raden. Waarom deden ze het? Hoe konden ze zoiets doen? Als ze de bevelen van de nazi's niet opvolgden, werden ze doodgeschoten – dat was natuurlijk een van de redenen. Hun vrouwen en kinderen waren van deportatie vrijgesteld, zolang ze erin slaagden de voorgeschreven quota te leveren. Toen een joodse politieman een gillend kind uit de armen van een radeloze ouder rukte, vroeg iemand hem hoe een mens zoiets kon doen. Dit was zijn antwoord:

'Hoe kom je erbij dat ik een mens ben? Misschien ben ik wel een wild dier. Ik heb een vrouw en drie kinderen. Als ik om vijf uur mijn vijf stuks niet heb afgedragen, nemen ze mijn eigen kinderen. Begrijp je wel? Ik vecht voor mijn eigen kinderen!'

Het antwoord is dus niet zo eenvoudig te geven. Oordelen of deze mensen goed of slecht waren is een hachelijke zaak. Misschien heeft niemand het recht om zo'n oordeel te vellen. Zij werden gedwongen beslissingen te nemen die weinig mensen vóór hen hadden moeten nemen. Zij moesten uitmaken wie van hun eigen mensen mochten blijven leven en wie er moesten sterven. Als ze verkozen deze bevelen niet op te volgen, wisten ze dat ze daarmee tegelijkertijd een andere keuze hadden gemaakt. Ze zouden worden geëxecuteerd, in de wetenschap dat ook hun vrouwen en kinderen als gevolg van hun dienstweigering zouden worden vermoord.

Uiteindelijk maakte het niets uit wat ze deden. Joden waren joden. De leden van de raden en de joodse politie ondergingen hetzelfde lot als alle anderen.

De treinen

Op bevel van ss-chef Heinrich Himmler werd aan de deportatietreinen voorrang gegeven boven andere treinen. De reizen vanaf de getto's en deportatiecentra vereisten de coördinatie van letterlijk honderduizenden kilometers spoorlijn en duizenden spoorwagons, het opstellen van nauwkeurige dienstregelingen en de inzet van grote hoeveelheden personeel.

Deze reusachtige en hoogst gecompliceerde operatie werd voor een groot deel opgezet en draaiende gehouden door één enkele man: ss-luitenant-kolonel Adolf Eichmann, Bureau IVB-4 van het Departement van Joodse Zaken. Hij en zijn ondergeschikten hadden de bevoegdheid gekregen de treinen onder welke omstandigheden dan ook rijdend te houden. Zelfs ambtenaren die hoger in rang waren moesten aan de eisen van Eichmanns afdeling gehoorzamen. Himmler had hem die volmacht gegeven, en Himmler ontleende zijn gezag onmiddellijk aan Adolf Hitler zelf. Himmler had gezegd: 'Voor mij is het belangrijkste, nu en altijd, dat er zoveel joden als menselijkerwijs mogelijk is naar het oosten worden overgebracht. Ik wil voortdurend op de hoogte worden gehouden... van het aantal joden dat er per maand is gedeporteerd en hoeveel er op dat moment nog over zijn.'

En zo bleven de treinen hun joodse vracht naar de kampen vervoeren.

De dienstregelingen met de tijden van aankomst en vertrek zagen eruit als een gewoon spoorboekje. Alle treinen werden op dezelfde manier aangegeven, alleen waren de jodentransporten gemerkt met 'DA' als ze van buiten Polen kwamen en met 'PK' of 'PJ' als ze uit het Gouvernement-Generaal afkomstig waren. De namen van de stations waar ze stopten waren niet anders gedrukt dan die van de andere stations: Chelmno, Treblinka, Auschwitz...

De spoorwegmaatschappijen van alle betrokken landen

De nazi's lieten drie dagen lang geen eten in het getto toe. Daarna maakten ze bekend dat iedereen die zich vrijwillig voor 'herhuisvesting' meldde, brood zou krijgen.

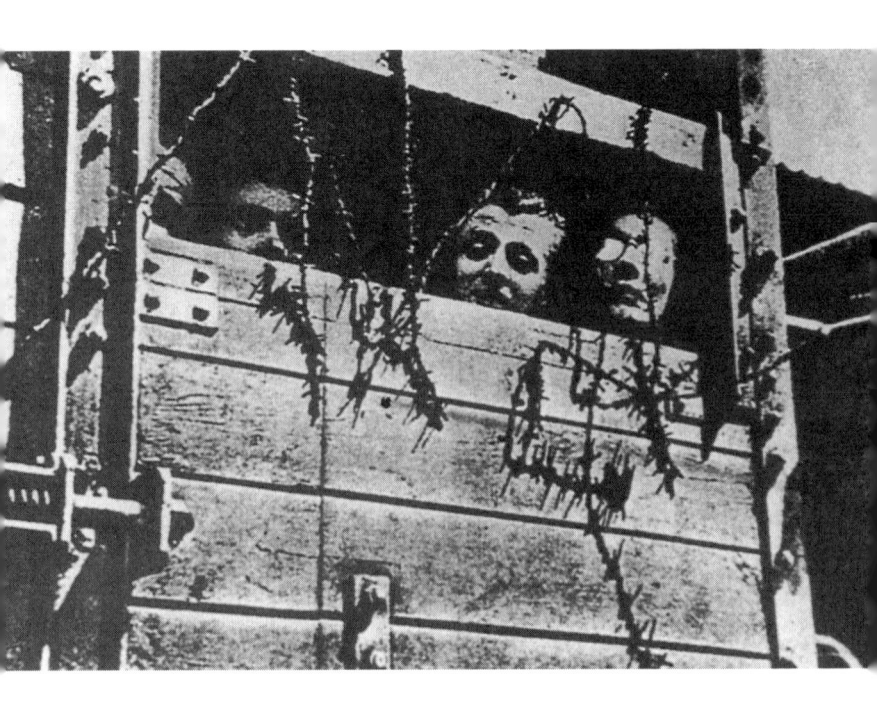

Naar Treblinka.

brachten het vervoer van de joden bij de ss in rekening, net zoals ze dat voor andere passagiers zouden hebben gedaan. De Duitse spoorwegen hanteerden een speciaal goedkoop tarief voor groepen van vierhonderd of meer. Kinderen onder de tien gingen voor half geld. Onder de vier jaar mochten ze gratis mee. Dit waren enkele reizen. De bewakers op de treinen betaalden retourtarief.

De tarieven golden voor passagiersvervoer, maar de joden reisden in goederenwagons.

Deze wagons boden officieel plaats aan 8 paarden of 40 soldaten. Nu werden er in één wagon 120 à 130 mannen, vrouwen en kinderen gepropt.

De deuren werden vergrendeld. Er was geen ruimte om te zitten of te liggen. Er was geen eten, geen water en geen verwarming tijdens de reis, die in de koudste tijd van het jaar meerdere dagen kon duren. Als er al licht binnenkwam, dan kwam het door een kleine opening die met tralies of prikkeldraad was afgesloten. 's Winters vroren veel mensen onderweg dood. 's Zomers eisten de dorst en de verstikkende hitte levens. Het vuil en de stank waren onbeschrijflijk. Sommigen baden, sommigen schreeuwden, sommigen zwegen, sommigen werden gek. Als er een trein met duizend joden – volgens schema – arriveerde, waren er dikwijls al tweehonderd dood.

De treinen kwamen uit heel Europa, bijna zonder onderbreking. Zelfs toen het duidelijk was dat Duitsland de oorlog ging verliezen, werden treinen die voor soldaten en munitie nodig waren, voor de jodentransporten gebruikt.

De nazi's feliciteerden elkaar. Hier is een deel van een brief van Karl Wolff, chef van Himmlers persoonlijke staf, aan een ambtenaar van het ministerie van Vervoer:

'Met bijzonder veel genoegen heb ik kennisgenomen van uw verklaring dat er nu twee weken lang elke dag een trein 5.000 leden van het Uitverkoren Volk naar Treblinka heeft vervoerd, zodat wij in staat zijn deze volksverhuizing in verhoogd tempo uit te voeren.

Ik dank u nogmaals... en zou u dankbaar zijn als u aan deze aangelegenheid ook in de toekomst uw persoonlijke aandacht wilt blijven geven.'

8. De kampen

Ik ben van mening dat er bronzen gedenkplaten moeten worden geplaatst waarop te lezen staat dat wij de moed hadden deze grootse en zo nodige taak te verrichten.
    Odilo Globocnik, ss-Commandant van Politie van Lublin,
    leider van de Operatie Reinhard

De aankomst

'De deuren van de wagons werden opengetrokken. Het geschreeuw was oorverdovend. ss'ers met zwepen en halfwilde herdershonden waren overal. Ouders schreeuwden de namen van zoekgeraakte kinderen, het gegil van de moeders overstemde het geblaf van de bewakers.'

Ze werden naar het eind van het perron gedreven, waar ze twee lange rijen moesten vormen, mannen aan de ene kant, vrouwen en kinderen aan de andere. Eén voor één passeerden ze twee dokters. Daar werd meteen de eerste selectie gemaakt. Rudolf Höss, de kampcommandant van Auschwitz, beschreef hoe dat in zijn werk ging:

'Wij hadden in Auschwitz twee ss-artsen van dienst, die de gevangenen bij aankomst inspecteerden. De gevangenen werden langs een van de artsen geleid, die ter plaatse een selectie uitvoerde. Zij die konden werken gingen door naar het kamp. Anderen werden direct naar de gaskamers gestuurd. Kleine kinderen werden zonder uitzondering gedood, omdat ze te jong waren om te werken.'

Wie naar rechts werd gestuurd, had nog een paar dagen, weken, of maanden te leven. Wie naar links moest, wachtte een onmiddellijke dood. Een overlevende van Auschwitz beschreef de gang van zaken bij aankomst als volgt:

'Ik was in de gelegenheid de beruchte Dr. Mengele het macabere spel van leven en dood met zijn wijsvinger te zien spelen. Hij stond daar met een gezicht van ijs, zonder een spier te vertrekken, en terwijl slachtoffer na slachtoffer voor hem verscheen, zwaaide die vinger als een metronoom heen en weer. Die vinger was het enige aan hem dat leefde; een zelfstandig organisme dat, begiftigd met een vreemde macht, zijn gruwelijke mededeling deed...

'Toen [de kinderen] tegenover deze automaat kwamen te staan, strekten ze hun deerniswekkende armpjes uit en smeekten en soebatten: 'Alstublieft, Herr General, kijk eens hoe sterk ik ben. Ik kan werken. Ik wil blijven leven. Kijk eens hoe sterk.' Maar de als mens vermomde rekenmachine bewoog zijn vinger naar links. Ze gingen allemaal naar de gaskamers. De Duitse economie had aan de werkkracht van twaalfjarigen geen behoefte.'

Het waren niet alleen kinderen die onmiddellijk naar de gaskamers werden gestuurd. Ook bejaarden, zieken, invaliden en zwangere vrouwen werden ongeschikt tot leven verklaard. 'Ongelukjes' kwamen ook voor; soms werden jonge, gezonde mannen en vrouwen ook naar de gaskamers verwezen.

Degenen die niet direct naar de gaskamers werden gestuurd, waren dus de gelukkigen. Maar hoe gelukkig waren ze, wat voor leven stond hen te wachten, als dit het eerste was dat ze in Auschwitz zagen:

'Op de weg lagen overal lijken; lichamen hingen aan de prikkeldraadomheining; er klonken voortdurend schoten. Vlammen laaiden hoog op; een reusachtige rookwolk rees boven hen omhoog. Uitgehongerde, uitgemergelde menselijke geraamten strompelden op ons af en stootten onsamenhangende klanken uit. Ze zakten voor onze ogen ineen...'

Het onmogelijke

Het is misschien wel onmogelijk om over de kampen te schrijven.

Wie niet in een kamp heeft gezeten en het heeft overleefd, maar er alleen maar over leest, merkt na een poosje dat al die woorden ineenvloeien tot één hels tafereel. Wat daar gebeurd is, valt niet in woorden uit te drukken.

Het is mogelijk om martelingen te beschrijven, te vertellen over wreedheden die werden bedreven om te vernederen, om ondraaglijke pijn te veroorzaken, of om te doden. De gang van zaken in het kamp kan in een schema worden weergegeven. De dagelijkse bezigheden kunnen in een rooster worden gespecificeerd. Maar de ervaring er te zijn geweest, het leven in deze kampen te hebben geleefd, kan nooit worden overgebracht op iemand die het niet zelf heeft meegemaakt.

Een overlevende zei eens:

'Zoals onze honger niet het gevoel is een maaltijd te missen, zo is ook voor de manier waarop wij het koud hebben een nieuw woord nodig. Wij zeggen 'honger', wij zeggen 'vermoeidheid', 'angst', 'pijn', 'winter', maar dat zijn andere dingen. Dat zijn vrije woorden, gemaakt en gebruikt door vrije mensen die in hun eigen huizen leefden en leden. Als de [kampen] langer hadden bestaan, zou een nieuwe, hardvochtige taal kunnen uitdrukken wat het betekent om de hele dag te zwoegen in de wind, bij temperaturen onder nul, gekleed in niet meer dan een hemd, een onderbroek, een dun jasje en een broek, met in je lijf niets dan uitputting, honger en het besef dat het einde nabij is.'

Dit was niet alleen maar een moordmachine. Niet alleen maar een organisatie om mensen te vergassen, zich dood te laten werken, dood te martelen, dood te hongeren. De mensen die in deze kampen leefden – vervuild, uitgehongerd, ziek, omringd door ziekte, dood en verderf – leefden in het besef dat het halen van elke volgende dag een kwestie van toeval was, van puur geluk.

De steengroeve bij Mauthausen, een van de eerste kampen. Gevangenen droegen zware stenen op hun rug de 'trap des doods' op. De meesten stierven binnen zes à twaalf weken, als ze niet eerder vermoord werden.

Alleen door geluk ontkwamen ze aan de selectie voor het dagelijkse quotum dat voor de gaskamers was bestemd. Alleen geluk voorkwam dat ze werden doodgeslagen om een reden die totaal geen reden was; dat ze als doelwit voor schietoefeningen werden gebruikt; dat ze van uitputting in elkaar zakten, zodat ze automatisch door de dichtstbijzijnde bewaker werden afgemaakt; dat ze ziek werden en onmiddellijk naar de gaskamers werden afgevoerd.

Wat er in de kampen gebeurde, gaat de menselijke verbeeldingskracht te boven.

Maar de kampen waren werkelijkheid, ze bestonden echt. Miljoenen mensen vonden er de dood. Anderen overleefden ze amper. Daarom moeten we toch proberen erover te vertellen. In de eerste plaats ter nagedachtenis van hen die de kampen niet hebben overleefd. In de tweede plaats, om er aboluut zeker van te zijn dat zoiets nooit ofte nimmer meer gebeurt.

Doeleinden

De eerste concentratiekampen zijn waarschijnlijk gebouwd omdat de bestaande gevangenissen niet groot genoeg waren om de enorme aantallen mensen te bevatten die door de nazi's werden gearresteerd. Dachau, bijvoorbeeld, ging open in 1933, het eerste jaar dat Hitler aan de macht was. De vijf andere grote kampen in Duitsland en het naburige Oostenrijk, Buchenwald, Sachsenhausen, Flossenburg, Mauthausen en Ravensbrück, het vrouwenkamp, werden allemaal al voor de oorlog in bedrijf genomen.

De eerste gevangenen waren politieke gevangenen, tegenstanders van het regime, waaronder joden die al vóór 1938 waren opgepakt. Zij kregen gezelschap van de zogenaamde 'asocialen', zoals de nazi's iedereen noemden die volgens hen ongeschikt was voor de beschaafde maatschappij. Onder hen waren beroepsmisdadigers, dakloze zwervers, zigeuners, prostituees en mensen die niet wilden werken. Daarna kwamen de nonconformisten, zoals homoseksuelen en jehova's. Die laatsten vormden een gevaar, omdat hun geloof hun verbood in militaire dienst te gaan.

Elke gevangene kreeg een nummer op een lapje stof dat op zijn of haar kleren moest worden genaaid. Een driehoekje van een bepaalde kleur gaf aan tot welke categorie gevangenen men behoorde. De politieke gevangenen droegen rood, de asocialen zwart. Rose was voor de homoseksuelen. De jehova's droegen paars. Groen was de kleur van de recidivisten, de meest onverbeterlijke daarvan werden als bewakers van de anderen aangesteld. In die beginjaren werden de joden ook in deze categorieën ingedeeld; hun kampuniformen werden gemerkt met een driehoek van de betreffende kleur die over een gele driehoek was aangebracht, zodat ze samen de zespuntige davidster vormden.

De eerste massa-arrestatie van joden-als-joden vond plaats na de Kristallnacht in 1938. De 35.000 die naar de kampen werden gestuurd werden weer vrijgelaten, als ze nog leefden, wanneer hun verwanten genoeg betaalden en erin slaagden emigratiepapieren voor hen te bemachtigen. Alle vrijgelaten gevangenen hadden, onder bedreiging van represailles tegen hun familie en henzelf, moeten zweren dat ze zouden zwijgen over de omstandigheden in de kampen en wat ze daar hadden ondergaan.

Toen de oorlog begon kregen de kampen enorme aantallen nieuwe gevangenen te verwerken. Krijgsgevangenen, Poolse academici, anti-nazi's, verzetsmensen, enzovoort. Er moesten nieuwe kampen worden gebouwd. Aan vele daarvan waren tientallen kleinere kampen verbonden, waar de omstandigheden even slecht, of nog slechter waren dan in het hoofdkamp.

Dachau, bijvoorbeeld, had er 168 en Buchenwald 133. Aan het eind van 1942 waren er 16 grote kampen en letterlijk honderden kleine, en het aantal kampen bleef groeien tot en met het laatste jaar van de oorlog. Op de kaart op bladzijde 83 staan alleen de belangrijkste kampen aangegeven.

Slavenarbeid

In de oorlog veranderden de kampen in een reusachtige slavenarbeidsonderneming. Aan elk kamp was een ss-werkplaats verbonden, waarvan sommige al voor de oorlog van start waren gegaan. Mauthausen had zijn steengroeve, Ravensbrück zijn textielfabriek, Auschwitz had behalve een ss-wapenfabriek ook een viskwekerij en een landbouwproeftuin.

De ss liet niet alleen gevangenen in zijn eigen fabrieken werken, maar 'verhuurde' ze ook aan Duitse particuliere ondernemingen. Vertegenwoordigers daarvan kwamen zo nu en dan in de kampen zelf hun arbeiders uitzoeken. De ondernemers betaalden vier à zes rijksmark per arbeider per dag – zo'n vier tot zes gulden – om die zich op hongerrantsoenen dood te laten werken. I. G. Farben, dat meer dan 20.000 slavenarbeiders in dienst had, betaalde vier rijksmark voor een geschoolde arbeider, drie rijksmark voor een ongeschoolde, en anderhalve rijksmark voor een kind.

Sommige van deze bedrijven hebben namen die ons ook nu nog bekend in de oren klinken. Behalve I. G. Farben zijn er bijvoorbeeld Krupp, Siemens, Telefunken en Porsche.

De getto's in Oost-Europa werden als tijdelijke reservoirs van joodse dwangarbeiders beschouwd. Daarnaast werden er speciaal voor de joden in heel Oost-Europa en bezet Rusland honderden dwangarbeiderskampen ingericht. Alleen al in het Gouvernement-Generaal waren er 125.

Strikt genomen waren dit geen concentratiekampen, hoewel de omstandigheden er even beroerd en soms nog beroerder waren. Een bouwterrein werd als werkkamp betiteld, ook al waren er voor de tewerkgestelde joden geen barakken en

De geëlektrificeerde omheining van Auschwitz.

sliepen ze op de grond; ze kregen vrijwel niets te eten en hadden alleen hun gewone kleren als bescherming tegen de vrieskou of de verzengende hitte. Als ze aarzelden, of van uitputting flauwvielen, werden ze wegens 'werkweigering' doodgeslagen. Deze arbeiders en die in de getto's werden ten slotte ook naar de kampen getransporteerd en vermoord – voor zover ze nog leefden. De vernietigingskampen zelf zijn grotendeels door joodse dwangarbeiders gebouwd.

Het is waar dat er zowel joden als niet-joden tot slavenarbeid zijn gedwongen. Maar ook is waar dat de joden met opzet slechter werden behandeld dan enige andere groep. Zelfs toen hun arbeid voor de Duitse oorlogsinspanning nodig, ja onmisbaar was, bleven ze hoe dan ook voorbestemd om te sterven. 'Uitroeiing door werk' was officieel regeringsbeleid.

De reden was heel eenvoudig. Wat de joden produceerden kon de nazi's helpen de oorlog te winnen. Maar een van de voornaamste doeleinden van die oorlog was het uitroeien van de joden.

De vernietigingskampen

Je kunt bijna niet zeggen dat de vernietigingskampen verschilden van de concentratiekampen. De vernietigingskampen hadden gaskamers en de andere vaak niet. Maar in Buchenwald en andere concentratiekampen waren aparte ruimten voor massa-executies ingericht. Het sadisme van de bewakers en kampleiding, de barbaarse omstandigheden en de honger eisten elke dag duizenden levens. Alleen al in Auschwitz stierven er een keer in december en januari vierhonderd mensen per dag zonder dat er gas aan te pas kwam.

Toch was er een duidelijk verschil. De vernietigingskampen toonden, misschien wel meer dan wat ook in de geschiedenis van het regime, hoe diep de nazi's de joden haatten en hoe ze alles op alles zetten om hen te verdelgen.

Zoals gezegd werden de hoofdlijnen van de Endlösung in januari 1942 door de Conferentie van Wannsee uitgezet, maar het is duidelijk dat het idee al lang voor die tijd was geboren. De slachtoffers van de vergassingswagens die in bezet Oost-Europa en Rusland rondreden en van de massa-executies door de Einsatzgruppen, het waren bijna allemaal joden. Koolmonoxide werd voor het eerst gebruikt om joden te vergassen in Chelmno, in december 1941, een maand voor de Conferentie van Wannsee; de proef met Zyklon B in Auschwitz had nog eerder plaatsgevonden, in de zomer van 1941. Heydrich zelf had de vroegere moordpartijen en de getto's als 'voorlopige' of 'tijdelijke' maatregelen betiteld. De definitieve maatregel werd nu duidelijk.

Volgens de deskundige adviezen van de twee mannen die de leiding hadden van het euthanasieprogramma, Christian Wirth en Victor Brack, werden zes kampen in vernietigingscentra veranderd. Alle zes gebruikten ze gas. Twee kampen – Auschwitz en later ook Chelmno – gebruikten Zyklon B, een gif dat oorspronkelijk werd gebruikt om insecten en ratten te verdelgen. De andere gebruikten koolmonoxidegas, dat door een dieselmotor werd geproduceerd en in een gesloten ruimte werd geleid. De zes kampen, alle in Polen, werden in deze volgorde in bedrijf genomen:

Chelmno	december	1941
Auschwitz	februari	1942
Belzec	maart	1942
Sobibor	april	1942
Treblinka	juli	1942
Maidanek	september	1942

Drie kampen – Belzec, Sobibor en Treblinka – werden speciaal gebouwd voor Operatie Reinhard, het vermoorden van alle Poolse joden.

Mannen en vrouwen wachten gescheiden op de selectie. De ss'er rechts, die een sigaret rookt, is waarschijnlijk de beruchte kamparts Josef Mengele. Zijn witte handschoenen zijn zichtbaar.

Van aankomst tot afhandeling

Het perron en de gebouwen van aankomst waren zo ingericht dat de slachtoffers geen vermoeden kregen van wat hen te wachten stond. Van buiten gingen ze achter geboomte schuil. Wie er aankwam kreeg de indruk dat hij in een tijdelijk doorgangskamp of een werkkamp terecht was gekomen, tot hij daadwerkelijk in de gaskamer was. In de gaskamers waren namaakdouchekoppen aangebracht, zodat ze op doucheruimten leken.

Het hele proces – van aankomst tot afhandeling – werd zo snel mogelijk uitgevoerd. De slachtoffers werden vanaf de trein door al de stadia heen gejaagd. Dit had tot doel hen in een voortdurende shocktoestand te houden, waardoor ze geen gelegenheid kregen zich te realiseren wat er in werkelijkheid met hen gebeurde. Het hield hen in verwarring, zodat ze alle bevelen zouden opvolgen zonder zich te verzetten. Hoe verwarder en meegaander ze waren, hoe minder werk de ss'ers aan hen hadden.

De opeenvolging van handelingen was kort en simpel. De treinen werden geleegd, de bagage werd opgestapeld, en de selectie gemaakt van hen die mochten blijven leven. Soms was er geen selectie en werd iedereen vergast.

De slachtoffers werden dan, vaak in de looppas, naar een andere plek gebracht. Daar kregen ze het bevel zich uit te kleden. Gewillig of onder dwang gingen ze de gaskamers in. De zware deur werd vergrendeld en een paar minuten later was iedereen gestikt.

Sommige van de joden die in leven waren gelaten, haalden de lijken uit de gaskamers. Ze hadden de opdracht de lichamen van gouden tanden en nog resterende sieraden te ontdoen, kleren en bagage te doorzoeken en te sorteren, en het haar van de vrouwen af te knippen. Deze en andere joden brachten de lijken vervolgens met hun blote handen of op karren naar de kuilen. In de beginjaren werden ze in massagraven begraven; later werden ze verbrand. In Auschwitz en in sommige van de concentratiekampen, zoals Buchenwald, werden de doden in grote, voor dat doel ontworpen ovens gecremeerd. Het vullen van de ovens en het verwijderen van de as was ook het werk van de joden die in leven waren gelaten.

Uiteindelijk werden ook zij gedood, en werd hun plaats door andere jonge, gezonde joden uit nieuwe transporten ingenomen.

Misleiding

In alle kampen werden bordjes opgehangen met aanwijzingen in verschillende talen. In Chelmno kon men lezen: NAAR DE DOKTER en NAAR DE TOILETTEN. In Belzec: WASGELEGENHEID EN INHALEERTOESTELLEN. In Auschwitz stonden er banken langs de muren, met genummerde haken erboven.

In Treblinka, het laatste van de drie vernietigingskampen die speciaal voor Operatie Reinhard waren gebouwd, was aan de misleiding de meeste zorg besteed. Het punt van aankomst zag eruit als een spoorwegstation – compleet met een klok (waarvan de wijzers nooit bewogen), wachtkamer, kaartjesloket en dienstregelingen. Zij die niet snel genoeg konden lopen – invaliden en hoogbejaarden – werden naar een gebouw gestuurd waarboven een Rode-Kruisvlag wapperde en waarop ZIEKENZAAL te lezen stond. Ze gingen een wachtkamer binnen met gestoffeerde stoelen, liepen door een andere deur weer naar buiten, kregen daar een nekschot en werden in een greppel gegooid.

Een grote davidster prijkte op de gevel van het gebouw waarin zich de gaskamers bevonden. Het zware gordijn dat de deur afschermde droeg een Hebreeuws opschrift dat luidde: DIT IS DE POORT WAARDOOR DE RECHTVAARDIGEN ZULLEN BINNENGAAN.

Gezinnen werden gescheiden.

Alsof dit nog niet genoeg was, kregen de slachtoffers soms van bewakers met witte jassen een handdoek en een stukje zeep voordat ze de gaskamer in gingen. Soms kregen de kinderen een snoepje. De bewakers voerden een toneelstukje op; ze spraken de slachtoffers aan met 'dames en heren', 'mevrouw' en 'meneer', en legden uit dat de 'douches' een noodzakelijke hygiënische maatregel inhielden; na afloop zouden ze eten krijgen.

De misleidingsspelletjes kenden geen grenzen. Een overlevende van Auschwitz herinnerde zich de toespraak die een ss-officier voor een groep Griekse joden in de kleedruimte, voor de deur van de gaskamer, afstak.

'Namens de leiding van het kamp heet ik u allen welkom. Dit is geen vakantieoord, maar een werkkamp. Zoals onze soldaten hun leven wagen aan het front om voor het Derde Rijk de overwinning te behalen, zo moet ook u werken voor het welzijn van een nieuw Europa. Hoe u dit aanpakt is geheel uw eigen zaak. Aan een ieder van u wordt deze kans geboden.

Wij zorgen voor uw gezondheid en wij bieden u tevens goed betaald werk. Na de oorlog zullen we iedereen op zijn verdiensten beoordelen en hem dienovereenkomstig behandelen.

Welnu, wilt u zich nu allen ontkleden. Hang uw kleren aan de daarvoor bestemde haak en onthoud altublieft het nummer. Als u gebaad heeft is er voor iedereen een kom soep en koffie of thee.'

De voorstelling had meestal het gewenste resultaat. De overlevende vertelde verder: 'Als makke schapen kleedden ze zich uit, zonder dat er geschreeuwd of geslagen hoefde te worden... Even later was de ruimte leeg, op de schoenen, de kleren, het ondergoed, de koffers en de dozen na, die over de vloer verspreid lagen... Aldus misleid, waren honderden mannen, vrouwen en kinderen nietsvermoedend, zonder slag of stoot, de grote kamer zonder ramen binnengegaan.'

Ongeschikt om te leven.

De misleiding werkte het beste bij slachtoffers uit het westen van Europa. De joden daar hadden nog niet van het vergassen gehoord; de geruchten hadden hen nog niet bereikt. Sommigen van hen waren voor een kort verblijf naar een getto gebracht alvorens hun laatste reis te beginnen. Maar velen hadden het barbaarse optreden van de nazi's nog niet aan den lijve ondervonden. Bij hen begon de misleiding al meteen nadat ze zich voor 'herhuisvesting' hadden aangemeld. Soms werden ze in passagiersrijtuigen naar de vernietigingskampen vervoerd; ze kregen onderweg zelfs te eten – 'uit de restauratiewagen', werd hun verteld. De meesten geloofden wat hun was wijsgemaakt, dat ze onderweg waren naar een gebied 'in het oosten' waar werk voor hen was en waar ze het veel beter zouden krijgen. Over het geheel genomen stelden ze het soepele functioneren van de vernietigingsmachine voor weinig problemen.

De joden uit Polen en Oost-Europa vergden echter vaak een andere behandeling. Die hadden de getto's meegemaakt en de verschrikkelijke reis in gesloten veewagons overleefd. Velen van hen kenden of vermoedden de waarheid, en de ss wist dat. Daarom werden zij niet met kalmerende toespraakjes ontvangen, maar met geschreeuw en verwarring. Ze werden met geweld de wagons uitgejaagd, van alle kanten toegeblaft in een taal die ze niet verstonden, en met zwepen en knuppels naar hun dood toegeslagen.

Maar of het nu rustig gebeurde, of met behulp van knuppels en geweren, het eindresultaat was hetzelfde. 'Als de laatste over de drempel [van de gaskamer] was, sloten twee ss'ers de zware stalen deur die van een rubberen afdichting was voorzien, en vergrendelden die.'

Op bevel van een ss-officier werden de Zyklon b-kristallen door openingen in het plafond gestrooid, of de dieselmotor gestart. Het duurde vijf minuten tot drie kwartier voordat het gas zijn werk had gedaan.

De aantallen

Wij zullen nooit weten hoeveel slachtoffers er precies in elk kamp om het leven zijn gebracht, omdat de ss geen telling bijhield van de mensen die direct van de trein naar de gaskamers gingen. Een benadering van het aantal doden in elk van de zes vernietigingskampen wordt hieronder gegeven. De rechterkolom geeft het aantal bekende overlevenden.

KAMP	SLACHTOFFERS	OVERLEVENDEN
Chelmno	360.000	3
Belzec	600.000	2
Sobibor	250.000	64
Treblinka	800.000	minder dan 40
Maidanek	500.000	minder dan 600
Auschwitz	1.500.000 tot 2.000.000	enkele duizenden (omdat het zowel een concentratiekamp als een vernietigingskamp was)

Nazi-economie

De nazi's wilden niet alleen de joden uitroeien, ze wilden er nog geld aan verdienen ook. Er waren zorgvuldig plannen uitgedacht om ervoor te zorgen dat dit zou gebeuren.

De vernietigingsmachine moest zoveel mogelijk zichzelf bedruipen. Zo werd de rekening voor het vervoer van de joden naar de kampen, die de spoorwegen naar Eichmanns afdeling stuurden, betaald uit de opbrengst van gestolen joodse bezittingen. De joden hielpen bij de bouw van de kampen. Ze werkten in de ss-bedrijven en de ss liet zich betalen voor hun werk in particuliere ondernemingen. Joodse timmerlieden, elektriciens, loodgieters, enzovoort, deden zelf het meeste noodzakelijke werk in de kampen.

Sommigen werden gebruikt als *Sonderkommandos* – speciale werkgroepen, bestaande uit driehonderd man, of meer. Ze wachtten de transporten op en namen de slachtoffers hun bagage af. Ze sjouwden de lijken van de gaskamers naar de verbrandingsovens of de massagraven, en moesten ervoor zorgen dat de hele vernietigingsafdeling gesmeerd bleef draaien. Als ze in leven bleven en geen zelfmoord pleegden, werden ze vroeg of laat zelf doodgeschoten of vergast en werd er een nieuwe groep uitgekozen om hetzelfde werk te doen.

De kleren en de bagage die door de slachtoffers werden achtergelaten gingen naar grote sorteerloodsen. In Auschwitz werden de drie enorme gebouwen die voor dit doel gebruikt werden door de gevangenen zowel als de ss met de naam 'Canada' aangeduid. Niemand weet precies waarom; de gebouwen lagen een kilometer of drie buiten het eigenlijke kamp en misschien leken ze even vreemd en ver weg als dat grote land dat ze geen van allen kenden.

Als de moordmachine op volle toeren draaide, waren de reusachtige pakhuizen vrijwel vol; de vijfendertig magazijnen van Auschwitz waren tot de nok gevuld. Twee- tot drieduizend joden, voornamelijk vrouwen, doorzochten alle bezittingen op verborgen kostbaarheden. Zelfs tubes tandpasta werden leeggeknepen voor het geval er edelstenen in waren verstopt.

Alles werd gesorteerd en apart opgeborgen. Bovenkleding en ondergoed, nog bruikbare schoenen, alles kreeg zijn eigen plaats. Brillen, potten en pannen, tabakspijpen, pennen, boeken, portemonnees, horloges – niets werd weggegooid. Etenswaren moesten onmiddellijk worden ingeleverd.

Zweepslagen waren nog de lichtste straf voor wie iets uit 'Canada' meenam. Toch was het werken daar zeer in trek. Met gevaar voor eigen leven smokkelden gevangenen dingen het hoofdkamp in waarmee ze bewakers konden omkopen of ruilhandel konden bedrijven. Voedsel aten ze meestal meteen op. Kleine voorwerpen stopten ze in hun oksels of tussen hun dijen. Ze droegen gesmokkelde kleding onder hun gevangenisplunje, stopten dingen in hun mouwen en broekspijpen, verborgen edelstenen in hun mond. Zij behoorden tot de fortuinlijkste gevangenen in het kamp. Ze waren beter gevoed en dat was hen aan te zien, en wat ze uit 'Canada' meenamen maakte hen naar kampmaatstaven rijk.

Alle bezittingen kwamen aan Duitsland ten goede. Geld, goud en de meeste dingen van waarde gingen naar een speciale rekening bij de grootste Duitse bank. Horloges, vulpennen, portemonnees en portefeuilles in goede staat werden verkocht of aan gewonde soldaten cadeau gegeven. Kleren in slechte staat werden gebundeld, gewogen en als vodden verkocht. Vrouwenhaar werd verzameld en gewassen en er werden voeringen voor handschoenen en sokken van duikbootbemanningen van geweven. Kleren in goede staat werden 'voor een redelijke prijs' aan verschillende hulporganisaties in en buiten Duitsland verkocht.

De kleren gaven wel eens wat problemen. Toen er duizenden kostuums en jurken aan Winterhulp waren geleverd, klaagden de beambten daar dat 'de meeste kleren vlekken vertonen en hier en daar door bloed en vuil zijn verontreinigd.' In een partij van tweehonderd jurken 'is van 51 stuks de jodenster niet verwijderd'. Ze kregen de kleren voor een lagere prijs.

De nazi's stalen natuurlijk ook. De verleiding was te groot voor wat Himmler de 'fatsoenlijke, trouwe mannen' van de ss noemde. En soms hoefden ze niet eens te stelen. Onder bepaalde omstandigheden konden ze gewoon iets vragen, zoals een gouden pen of leren laarzen van een bepaalde maat. Dit werd toegestaan terwille van hun moreel, als extra beloning voor het 'gevaarlijke en moeilijke werk' dat ze in de kampen deden.

Niemand zal ooit weten hoeveel ze gestolen hebben. Evenmin zal iemand ooit weten hoeveel deze plundering van de doden in totaal heeft opgebracht. Alleen al bij Operatie Reinhard werd er voor naar schatting 180 miljoen rijksmark aan bezittingen gestolen – ongeveer 200 miljoen gulden. De werkelijke waarde was waarschijnlijk vele malen hoger.

De nazi's kregen officieel het bevel om joodse eigendommen te betitelen als 'door de joden gestolen, verborgen en opgepotte goederen'. Maar hoe ze het ook noemden, vast staat dat Himmler althans één keer de zuivere waarheid sprak, toen hij zei: 'We hebben ze alles afgenomen wat ze bezaten'.

9. Het leven in de kampen

Wij werden tot de harde conclusie gedwongen dat dit volk van het aangezicht der aarde verwijderd moest worden. Wij hebben [deze taak] aangepakt en uitgevoerd zonder dat onze mannen en onze leiders er in geest en ziel enige schade van hebben ondervonden.
    Heinrich Himmler, hoofd van de SS

De joden die in de vernietigingskampen werden gespaard, werkten in de vernietigingsmachine totdat ook zij werden vermoord. Joden die naar de concentratiekampen werden gestuurd, waaronder het hoofdkamp van Auschwitz, werden ook gespaard om te werken, zolang ze in leven konden blijven. Hun inlijving in het kamp was een weldoordacht stappenplan.

De inlijving

De chaos van de aankomst en de eerste selectie op het perron had een bedoeling; dat was gepland. De SS'ers 'hadden de opdracht ons moreel te breken, om elk spoortje menselijk gevoel in ons te doden, om ons met doodsangst en paniek te vervullen. De verlammende angst die ons op het moment van onze aankomst werd aangejaagd heeft ons nooit meer verlaten.'

De bewegende vinger had sommigen naar het leven verwezen, althans voor een poosje, al wisten ze het toen nog niet. De afzonderlijke groepen mannen en vrouwen werden door schreeuwende bewakers met geweerkolven en knuppels het kamp in gedreven. Bij de ingang van Auschwitz gingen ze door de grote poort met het opschrift ARBEIT MACHT FREI! – Arbeid bevrijdt. In Buchenwald luidde het opschrift JEDEM DAS SEIN – Elk krijgt wat hij verdient.

Ingang van Birkenau, het vernietigingskamp van Auschwitz.

Trillend van angst, sommigen bloedend, terwijl ze voortdurend werden uitgescholden, werden ze naar een onverwarmde ruimte gebracht waar ze zich moesten uitkleden. Hun koffers en bundels waren hun op het aankomstperron afgenomen. Nu moesten ze ook nog hun kleren afstaan. Jurken, kostuums, jasjes, gingen op één hoop, schoenen op een andere. Van ringen, horloges, sieraden en geld werden aparte hoopjes gemaakt.

ss'ers liepen in en uit. Er werden bevelen geschreeuwd. Andere gevangenen met armbanden om kwamen binnen met stokken en sloegen er meedogenloos op los als iemand aarzelde of een vraag stelde. De vrouwen ondergingen een dubbele vernedering, omdat ze zich in het bijzijn van de mannen moesten uitkleden.

Even later kwamen de kappers – gevangenen die vaak in hun vroegere leven kapper of schoonheidsspecialist waren geweest. Met botte messen werden het hoofdhaar en de baarden van de mannen afgeschoren. Het hoofdhaar van de vrouwen werd dicht bij de schedel afgeknipt en viel in bossen op de vloer. Hun okselhaar en ander lichaamshaar werd afgeschoren.

'We hadden niets meer dan onze naakte lichamen – zelfs ons haar was ons afgenomen. Alles wat we bezaten was letterlijk ons naakte bestaan.'

Met scheldwoorden en stokslagen werden ze naar de douches gejaagd – echte douches, als het straaltje ijskoud water die naam al verdiende. Er was geen zeep, geen handdoek, en het straaltje hield na een paar minuten op.

Nog naakt en rillend van de kou werden ze vervolgens 'gedesinfecteerd', ontluisd, met een stinkende, kleverige blauwe vloeistof.

Met nog meer geschreeuw en slag werden ze een andere ruimte ingejaagd en kregen ze eindelijk kleren. Ze wisten toen niet dat dit de kleren van anderen waren die nog maar even tevoren waren vermoord. Iemand kon een broek krijgen die zo groot was dat hij opgebonden moest worden, een overhemd zo klein dat het niet kon worden dichtgeknoopt. Een vrouw kreeg soms een zijden avondjurk of een rijbroek uitgedeeld. Voor hun voeten kregen ze houten klompen; te groot of te klein, dat deed er niet toe. Later werden er in de meeste kampen uniformen van grove stof uitgedeeld, meestal gestreept.

Meteen daarna kregen ze hun nummers. In Auschwitz werd het nummer in blauw op de linkeronderarm getatoeëerd. Dat was voortaan alles wat ze waren – hun nummer. Als ze wilden eten en drinken, een slaapplaats wilden hebben, als ze niet afgeranseld of doodgeschoten wilden worden omdat ze het vergeten waren, dan was dit nummer alles wat ze hier waren.

Een overlevende, destijds zeventien jaar oud, herinnerde zich dat de kampleider naar hen toe kwam en het letterlijk zo zei: 'Voortaan hebben jullie geen identiteit meer. Geen plaats van herkomst. Het enige wat jullie hebben is een nummer. Behalve dat nummer hebben jullie niets.'

'In één ogenblik,' schreef een andere overlevende, 'werd de werkelijkheid ons geopenbaard: we hadden de bodem bereikt. Dieper kan een mens niet zinken, zelfs niet in zijn fantasie. Niets behoort ons meer toe; ze hebben ons onze kleren afgenomen, onze schoenen, zelfs ons haar; als we spreken, luisteren ze niet naar ons, en als ze wel luisteren, verstaan ze ons niet. Ze nemen ons zelfs onze namen af...'

Het kampleven

Een ss-commandant, Krause genaamd, zag bij een bezoek aan Auschwitz dat een gevangene een laag nummer op zijn arm had, wat inhield dat de man er al lange tijd was. Krause zei: 'Een gevangene mag in een concentratiekamp niet langer dan zes weken in leven blijven. Als hij na zes weken nog leeft, betekent dat dat hij zich heeft aangepast en daarom onmiddellijk geliquideerd moet worden.'

Uit deze opmerking, en uit de gang van zaken bij de aankomst en inlijving van de gevangenen, blijkt duidelijk dat vrijwel alles wat er gebeurde van tevoren gepland was. Bijna elk onderdeel van het kampleven was erop gericht de gevangenen lichamelijk en geestelijk kapot te maken.

Als de gevangene niet van honger stierf, stierf hij door ziekte. Als hij niet door ziekte stierf, werd hij vermoord door toedoen van het kamppersoneel – een afranseling, een 'spelletje', of regelrechte moord. Als hij voor dit alles gespaard bleef, kon het onmogelijk zware werk alsnog zijn einde betekenen. En als hij zelfs dat wist te overleven, werd de regelmatige selectie voor de gaskamers hem noodlottig.

De kampen waren niet bedoeld om in te leven. Ze waren ontworpen als oorden om in te sterven.

De slaapbarakken werden blokken genoemd. Ze waren voor vijfhonderd mensen bedoeld, maar er lagen er tweeduizend in. Op elke brits sliepen vier of vijf mensen, om en om. De 'matras' was een laagje smerig stro op kale houten planken. Een paar emmers dienden als toilet.

Om vier uur 's ochtends of nog vroeger werden ze gewekt en moesten ze buiten aantreden. Ze stelden zich op in rijen van vijf en dan begon het appèl. Het aantal gevangenen moest kloppen met de lijst. Als er ook maar één ontbrak, kon het appèl drie, tien, soms zelfs vierentwintig uur duren. Zij die in de loop van de nacht gestorven waren moesten ook op het appèl verschijnen en hun lijken werden naar buiten gesleept om te worden meegeteld. Als ze daar stonden in hun vodden, zakten vele van de uitgehongerde, zieke, verzwakte gevangenen ter plaatse in elkaar. Zo dienden de appèls tevens als selectie. Als een bewaker of opzichter vond dat het gelid niet strak genoeg was, of als de manier waarop iemand zijn muts droeg, of het feit dat een vrouw die dag een halsdoek omhad, hem niet aanstond – met andere woorden, zonder echte reden

– werden de betreffende gevangenen gestraft, geslagen, soms zelfs doodgeschoten.

Het meeste werk werd buiten het kamp verricht. In Auschwitz en andere kampen marcheerden de gevangenen naar hun werk onder begeleiding van een orkest. In de kampen zaten enkele van de beste musici van Europa. Elke ochtend en avond moesten ze marsen spelen en werden de gevangenen gedwongen om als soldaten strikt in de maat naar hun werk en terug naar het kamp te marcheren.

Op het werk werd toezicht gehouden door 'kapo's' – leiders – die uit de gevangenen zelf waren gekozen. Meestal waren het joden die bij de ss in de gunst probeerden te komen door er met harde hand voor te zorgen dat alle bevelen stipt werden uitgevoerd. Er waren ook niet-joden bij, beroepsmisdadigers of moordenaars. Als beloning kregen ze beter eten en een betere huisvesting. Maar als de ss een kapo te 'zacht' vond, of als de werkgroep niet aan de verwachtingen voldeed, kon hij of zij erop rekenen hetzelfde lot als de andere gevangenen te ondergaan.

Het werk was slopend en richtte de gevangenen lichamelijk te gronde. Alsof dat nog niet genoeg was, dwongen sommige kapo's hen in de looppas te werken, of sloegen ze er genadeloos op los. Het was gewoon dat van een werkgroep in de loop van de dag de helft stierf. Anderen, die op het punt van instorten stonden, werden door hun medegevangenen naar het kamp teruggeholpen. Maar bij de ingang rechtten ze hun rug en marcheerden ze in de pas het kamp in op de maat van de muziek, op tijd voor een volgend appèl.

Ziekte had vrij spel. De gevangenen kregen geen schone kleren en kregen zelden of nooit toestemming zich te wassen. De luizen en vlooien die in het onvermijdelijke vuil welig tierden, verspreidden tyfus en dysenterie waaraan duizenden stierven. Alle kampen hadden ziekenhuizen, vaak bemand door gevangenen die dokter of verpleegster waren geweest. Maar dit waren geen witgejaste redders in de nood.

Voor de duizenden patiënten in het ziekenhuis waren er tweehonderd of driehonderd aspirines beschikbaar. In veel kampen waren de ziekenhuizen gevreesd; er werden daar vaker selecties voor de gaskamers gedaan dan elders, want in de tijd die een gevangene nodig had om beter te worden, kon hij niet werken.

Niet alleen de omstandigheden en de ziekten eisten hun tol. Een andere beproeving was wat door gevangenen en bewakers 'gymnastiek' werd genoemd. Gevangenen, meestal de zwaksten, werden gedwongen in de smerige modder kniebuigingen en opdrukoefeningen te doen en werden afgeranseld of doodgeschoten als ze erbij neervielen. Ze moesten langdurig zware stenen boven hun hoofd houden, en kregen slaag als ze hun armen lieten zakken of de steen lieten vallen. Twee of drie joden moesten 'tikkertje' spelen; wie aangetikt werd, werd doodgeschoten omdat hij verloren had. ss-bewakers gebruikten joden als doelwit bij hun schietoefeningen. Ze mikten dan op de handen of de neus en vermoordden het slachtoffer vervolgens omdat het niet meer in staat was te werken.

Hun voedsel – een waterige zouteloze soep van rotte groente en bedorven vlees, een half ons brood en 'thee' – was ongeschikt voor consumptie, behalve voor hen die al stierven van de honger. Van alle kwellingen was de honger de ergste. Die hield nooit op, die was evenzeer deel van hun lichaam als hun beenderen. Ze aten gras – en werden afgeranseld als ze betrapt werden – stalen broodkorsten uit de kleren van dode gevangenen. Honger lag ten grondslag aan elk moment van hun leven in de kampen. Het duurde niet lang voor het zover was.

'Twee weken na mijn aankomst,' schreef een overlevende, 'had ik al de voorgeschreven honger, die chronische honger die vrije mensen niet kennen, waarvan je 's nachts droomt en die zich in al je leden nestelt... Op mijn hielen had ik al die gevoelloze zweren die maar niet willen genezen. Ik duw karren, ik werk met een schop, ik verpieter in de regen, ik huiver in de wind; mijn lichaam is al niet meer van mij: mijn buik is gezwollen, mijn armen en benen broodmager, mijn gezicht is 's ochtends opgezet en 's avonds ingevallen; sommigen van ons hebben een gele huidskleur, anderen zijn grijs. Als we elkaar een paar dagen niet gezien hebben, herkennen we elkaar nauwelijks meer.'

Velen stierven in de kampen, niet doordat ze voor de gaskamer waren geselecteerd, of door een andere in het kamp gebruikelijke oorzaak. Niet langer in staat dit leven te verdragen, gingen sommigen 'aan het draad'; ze pleegden zelfmoord door zich tegen het onder stroom gezette draad aan te gooien. Anderen waren levende doden. Om onbekende redenen werden ze door de gevangenen *Muselmann* – Duits voor moslim – genoemd. Ze hadden een stadium van uitputting bereikt waarin het licht in hun ogen was gedoofd. Ze liepen niet, ze bewogen zich schuifelend voort; ze spraken niet. Ze waren innerlijk gestorven tijdens het wachten op de dood, en de dood is dan niet meer ver weg.

De selecties

Met min of meer regelmatige tussenpozen werden er selecties voor de gaskamers uitgevoerd. Sommige selecties betroffen het hele kamp, andere maar één blok. In het ziekenhuis kon elk moment worden geselecteerd.

De gevangenen werden naar hun blokken gecommandeerd. Een of meer ss-artsen, vergezeld van een of twee van hun favoriete gevangenen en soms door een paar bewakers, verschenen op het terrein en begaven zich naar het blok dat voor die dag was uitgekozen.

De selecties vonden plaats in het blok of buiten in de open lucht. Soms moesten de gevangenen op een drafje langs de dokter lopen, die naar rechts of naar links wees als ze hem passeerden. Vaker gebeurde het dat alle gevangenen op een geschreeuwd commando van de blokoudste stram in de houding moesten gaan staan. Dikwijls moesten ze zich uitkleden, vooral de vrouwen. De gevangene die de dokter assisteerde, of de blokoudste, riep de nummers van de gevangenen af van een lijst, terwijl hij of zij langs de rijen liep. In Auschwitz moesten alle gevangene hun linkerarm uitsteken. Terwijl de dokter zijn selectie maakte, werden de nummers van de betreffende gevangenen op de lijst doorgestreept.

Iedereen die te ziek was om van zijn of haar brits af te komen, was er automatisch bij, evenals iedereen die in elkaar zakte of niet meer voldoende rechtop kon staan. Wie een niet-genezen wond had, een eenvoudige huiduitslag, een ziekte of zwakte die hij of zij niet verbergen kon, was automatisch veroordeeld. Ook hier werden, net als op het aankomstperron, 'fouten' gemaakt, en werd iemand die niet minder gezond was dan de andere geraamtes in de barak, van de lijst gestreept.

De geselecteerden werden niet meteen meegenomen. Ze wachtten uren-, soms dagenlang in de wetenschap dat hun einde nabij was. Tenslotte werden ze overgeplaatst naar een barak – in Auschwitz was dat Blok 25 – waar ze opnieuw moesten wachten, zonder eten of drinken, tot hun aantal groot genoeg was om het gebruik van het gas 'rendabel' te maken. Dat moment was onontkoombaar.

Josef Mengele en de ss-geneeskunde

Josef Mengele was van alle kampartsen het meest gevreesd. Als hoogste kamparts in Auschwitz had hij de leiding bij alle selecties. Knap van uiterlijk, altijd elegant gekleed in maatuniformen en altijd met witte handschoenen aan, had hij zich de bijnamen 'Mooie Duivel' en 'Engel des Doods' verworven. Hij maakte er een punt van om op elke joodse feestdag een

Ingang van het hoofdconcentratiekamp in Auschwitz. Boven de poort staat het opschrift ARBEID MAAKT VRIJ.

selectie te doen. De gevangenen vergaten wel eens een dag, maar hij nooit; ze noemden hem hun 'joodse kalender'.

Mengele werd in het bijzonder gevreesd door de vrouwen. Hij maakte er een gewoonte van onverwacht in hun afdeling van het kamp te verschijnen en dan moesten ze zich steevast ontkleden. Terwijl hij de zieke, uitgehongerde vrouwen buiten de barak, met hun armen boven hun hoofd, voor zich langs liet lopen, floot hij een opera-aria en wees hij met zijn rijzweepje naar links of rechts.

Hij bracht ook vaak een bezoek aan het ziekenhuis. Nieuwkomers daar, meestal vrouwen, konden nog niet bevatten hoe het hier werkelijk toeging. Ze kwamen naar het ziekenhuis voor medische hulp. Mengele nam plaats in een stoel en wist met zijn charme elke patiënt aan het praten te krijgen. Gerustgesteld door zijn knappe verschijning, vertelden ze hem zonder terughouding van hun kwalen. Regelmatig glimlachend, schijnbaar zorgvuldig luisterend, maakte hij op zijn gemak zijn selectie van hen die niet meer konden werken.

Voor de oorlog was Mengele verbonden aan het door de nazi's gestichte Instituut voor Erfelijkheidsbiologie en Rassenonderzoek. In Auschwitz zette hij zijn 'wetenschappelijk onderzoek' voort, waarbij hij voor zijn proeven gevangenen gebruikte. Hij was vooral geïnteresseerd in tweelingen, die daarom direct naar hem toe gingen, en niet naar de gaskamer. Hij wilde achter het geheim van hun geboorte komen, terwille van het Derde Rijk, dat die kennis dan gebruiken kon om meer nazi's te kweken.

Het is vooral Mengele aan wie overlevenden van de holocaust met afschuw terugdenken. Maar er waren in de kampen veel meer ss-dokters die mensen als proefdieren gebruikten. Ze deden dat met volledige goedkeuring van het ministerie van Gezondheid in Berlijn. Ze deden allemaal min of meer hetzelfde. Ze genazen geen zieken, integendeel. De nazi-dokters in de kampen maakten de geneeskunde medeplichtig aan moord.

Overleven

Het is bijna niet te geloven dat er joden zijn die de kampen hebben overleefd. Toch is dat het geval. Misschien zijn ze bij toeval aan selectie, of aan een fatale mishandeling of ziekte ontsnapt. Maar het was beslist geen toeval dat hen er doorheen heeft geholpen.

De kampreglementen waren bedoeld om overleven onmogelijk te maken. Als een gevangene in leven wilde blijven, moest hij een manier vinden om de reglementen te ontduiken. En dat is sommigen gelukt. Om te beschrijven wat ze deden, werd in alle kampen hetzelfde woord gebruikt: 'organiseren'. Eén overlevende definieerde het het beste:

'Het belangrijkste woord in de Auschwitztaal, 'organiseren', vormde de sleutel tot overleven. Het betekende stelen, kopen, ruilen, ritselen. Als je iets wilde hebben, moest je iets hebben om te ruilen. Sommige mensen waren de hele dag bezig met 'organiseren': ze stalen van hun medegevangenen, kochten anderen om, ruilden een broodkorst voor een kan water, een verfrommeld blaadje schrijfpapier voor een ruimere hoek van een brits.'

Werden ze betrapt met iets dat ze niet mochten hebben, dan betekende dat minstens een pak slaag. Ondanks dat bleven ze ruilen, kopen, omkopen en stelen. Daarbij ging het om dingen als een warm kledingstuk, een paar schoenen, een deken, naald en draad, en zelfs een kommetje of een lepel, onmisbaar voor wie wilde eten.

In Auschwitz smokkelden gevangenen die in 'Canada' te werk waren gesteld kleine eetbare zaken en kleren mee. Ook juwelen en goud vonden hun weg naar het hoofdkamp (papiergeld werd als wc-papier gebruikt). Gevangenen die aardappels rooiden smokkelden er één, twee mee, zoveel als ze er konden verbergen. Gevangenen die buiten het kamp werkten kwamen soms in contact met een burger die ze om konden kopen. Zelfs sommige ss-bewakers waren 'te koop'.

Vrouwen, geselecteerd om te werken. Ze hebben de eerste stappen van het kampleven achter de rug en staan klaar om naar hun barakken te worden gebracht.

Maar meestal waren het de kleine dingen, dingen die in de normale wereld achteloos in de vuilnisbak zouden zijn gegooid. Zulke dingen konden het verschil betekenen tussen leven en dood, al was het maar voor die ene dag.

Alle overlevenden praten over de hechte relaties die ze met anderen hadden. 'Eenlingen' maakten het niet lang. Met gevaar voor eigen leven hielp de ene gevangene een zieke medegevangene zich tijdens een selectie verborgen te houden. Het karige etensrantsoen werd met een bijzonder zwakke gevangene gedeeld. Een bloem die buiten het kamp werd gevonden, werd naar binnen gesmokkeld en als cadeautje weggegeven. Een gevangene die tijdens een lang appèl dreigde ineen te zakken, werd, ingeklemd tussen de lichamen van de gevangenen voor en achter hem, met vereende krachten overeind gehouden.

Dit wil niet zeggen dat de kampen oorden waren van edelmoedig en onzelfzuchtig gedrag. Dat zeker niet. Misschien probeerden de meeste gevangenen niet in leven te blijven door zich in de gunst te werken bij de hogergeplaatsten in het kamp, maar er waren er veel die dit wel deden. Sommige kapo's en blokoudsten traden bijna even wreed op als de ss zelf. Anderen logen, bedrogen en stalen wanneer en zoveel ze maar konden van zieke of slapende medegevangenen.

Elke gevangene moest in de eerste plaats aan zichzelf denken. Wie wilde overleven moest volkomen zelfzuchtig zijn. Hij 'organiseerde' en vocht in de allereerste plaats om zelf in leven te blijven. Als hij daarin slaagde, dan – en alleen dan – dacht hij eraan en had hij de kracht om een ander te helpen. En als een gevangene een andere gevangene hielp, werd dat gewoonlijk weer op een andere manier beloond – misschien met niet meer dan een extra stukje brood als hij door zwakte niet meer tot 'organiseren' in staat was.

Veel overlevenden spreken van hun sterke wil in leven te blijven om later te kunnen getuigen. In weerwil van alles wat hen omringde, geloofden ze dat Duitsland de oorlog zou verliezen. Daarom moesten zij in leven blijven om te kunnen vertellen wat er hier was gebeurd. Ze wisten dat de systematische vernietiging van mensenlevens in de kampen het voorstellingsvermogen van normale mensen in een normale wereld te boven zou gaan. Om de mensheid van deze gruwel te overtuigen, moesten levende getuigen hun verhaal kunnen doen. Alleen dan zou gerechtigheid mogelijk zijn. Als zij het verhaal van de nachtmerrie van de kampen konden vertellen, zouden zij kunnen helpen voorkomen dat dit kwaad ooit weer wortel zou kunnen schieten en tot bloei komen.

'Het is gek,' schreef een vrouw over Auschwitz, 'maar iedereen wilde leven. In die verschrikkelijke wereld was plaats voor hoop en voor dromen. Voor ons geestesoog schitterden de prachtigste visioenen van het leven na de oorlog. Wij stelden ons voor dat na de oorlog de mensen door de ervaring wijzer zouden zijn geworden en een paradijs op aarde zouden scheppen, zonder oorlogen en zonder vervolging. Is het een wonder dat iedereen de nederlaag van Duitsland wilde meemaken en de wereld die er zou ontstaan als dat was gebeurd?'

'Er waren dingen die ik moest doen,' zei een andere overlevende, 'woorden die ik moest spreken... om de wereld te laten weten wat ik had gezien en doorgemaakt, uit naam van de miljoenen die het ook hadden gezien – maar die niet meer konden spreken. Van hun dode, verbrande lichamen zou ik de stem zijn.'

'Sommigen van ons moesten het overleven,' schreef een vijftienjarige, 'om ze allemaal te trotseren, en op een dag de waarheid te kunnen vertellen.'

10. Terugvechten

Luister, moordenaars, tuig dat jullie zijn! Als jullie mij nu leven en geluk zouden bieden op voorwaarde dat ik mijn geloof op zou geven en 'ariër' zou worden, dan spoog ik jullie in het gezicht. Want jullie zijn moordenaars, het laagste gedierte op deze aarde, en wij zijn joden.
Een Oekraïense jood tot zijn Duitse bewakers, even voor zijn dood.

Ik weet niet wie deze oorlog zal winnen, maar één ding weet ik zeker – mensen zoals jij, een volk zoals het jouwe, zal nooit verslagen worden, nooit!
Duitse soldaat tot een Tsjechische jood

Waarom vochten de joden niet terug? Gingen ze 'als schapen ter slachting' de dood tegemoet, zoals sommige schrijvers beweren?

Het heeft er zeker de schijn van. In bijna alle gevallen waren de joden in de meerderheid, maar toch lukte het de nazi's bijna zes miljoen joden te vermoorden. Waarom verzetten ze zich niet?

Het woord 'verzet' betekent in een oorlogssituatie meestal dat er daadwerkelijk weerstand wordt geboden, dat er openlijk met wapens en munitie wordt teruggevochten. Die definitie is op zichzelf juist. Maar er zijn ook ander manieren om weerstand te bieden en terug te vechten. De joden bedienden zich van al die manieren, en gingen op het laatst hun vijanden ook met wapens en explosieven te lijf.

Dat er zo weinig over joodse verzetsdaden bekend is, komt doordat maar zo weinig joden ze overleefden. Geschreven getuigenissen zijn schaars; sommige zijn jaren na de oorlog gevonden, verstopt onder vloerplanken of begraven in de grond. Omdat er zo weinig overlevenden zijn en er nauwelijks een verslag uit die tijd zelf bestaat, moeten we het met de naziverslagen doen. En waarom zouden zíj hierover de waarheid vertellen?

De waarheid is deze: de joden hebben op alle manieren die hun mogelijk waren tegen de nazi's gevochten.

Hoe ze vochten, werd door meerdere factoren bepaald. Ten eerste door hun geschiedenis, tradities en godsdienst, die alle drie pleitten tegen openlijk verzet. Ten tweede door de loop van de gebeurtenissen en de omstandigheden waaronder ze plaatsvonden. Ten derde, in het geval van gewapend verzet, door de hoeveelheid ondersteuning en munitie die ze konden bemachtigen. Daarover gaat het volgende hoofdstuk.

Geschiedenis, tradities en godsdienst

De joden hebben een lange geschiedenis van vervolging. Lijden was, in de een of andere vorm, vrijwel hun hele bestaan al hun lot geweest. Ze hadden daarvan geleerd en probeerden die lessen op hun nieuwe situatie toe te passen.

Ze waren in het verleden vaak van huis en haard verdreven, maar het was hun altijd gelukt om overnieuw te beginnen en ergens anders welvarende gemeenschappen op te bouwen. Omdat ze vroeger alleen in bepaalde gebieden mochten wonen, stichtten ze afzonderlijke woonwijken, de getto's, die grotendeels voor zichzelf konden zorgen. Omdat bepaalde beroepen voor hen verboden waren, bekwaamden ze zich in andere soorten werk. Ze waren herhaaldelijk door onverwachte, bloedige pogroms geteisterd, maar er waren genoeg mensen overgebleven om hun gemeenschappen te herstellen en verder te leven.

Regeringen hadden anti-semitische wetten uitgevaardigd, en de joden hadden geleerd ze te gehoorzamen of te ontduiken. Zulke regeringen waren gekomen en weer gegaan, en de regering die daarna kwam was vaak wat minder tiranniek dan

Britsen in Auschwitz. Op elke brits sliepen drie tot vijf mensen.
De 'matras' bestond uit smerig stro.

de vorige. Ze dachten dat het nazi-regime een regering was zoals alle andere. Moordlustiger, misschien, en met een obsessie voor joden, maar zoals elke regering zou ook deze weer verdwijnen en dan zou alles weer beter worden.

Toen hun rechten hun werden ontnomen en ze als minder dan tweederangsburgers in hun eigen land moesten leven, was dat een ervaring die ze uit hun eigen verleden kenden. Omdat het hun verboden werd in Duitsland en de bezette gebieden bepaalde beroepen uit te oefenen, vonden ze ander werk en zetten ze hun eigen zelfhulp-organisaties op. Toen ze uit hun huizen werden gehaald en in getto's werden opgesloten, wisten ze dat dit in het verleden ook met andere joden was gebeurd. Deze nieuwe getto's waren misschien wel wreder en moorddadiger, maar zij die het overleefden – er waren immers altijd overlevenden geweest – zouden er wel weer in slagen de draad op te pakken.

Ze werden ervan beschuldigd dat ze de oorlog begonnen waren, dat ze christenkinderen vermoordden om het bloed voor het bereiden van hun paasbroden te gebruiken, dat ze al het geld van de wereld in handen hadden. Maar er waren altijd al leugens over hen verspreid; ze waren eraan gewend. Toen ze werden geslagen en vermoord om geen andere reden dan dat ze joden waren, hadden ze de herinnering aan vroegere pogroms om op terug te vallen. Dit was verschrikkelijker dan ooit tevoren, maar zij die overbleven zouden doorgaan, net zoals de joden dat vroeger hadden gedaan.

De joden waren al bijna tweeduizend jaar geen natie meer; er bestond niet zoiets als een joods land. Ze hadden daarom ook nooit een eigen leger gehad. Ze hadden gevochten in de legers van de landen waarin ze woonden, vaak met veel vaderlandsliefde en heldenmoed. Maar nooit hadden ze als joden in een joods leger gevochten. Maar heel weinig joden hadden enige ervaring met gewapende strijd. Ze kenden de technieken niet en wisten niet hoe ze aan de benodigde middelen moesten komen. Het idee van openlijk terug te vechten kwam eenvoudig niet bij hen op.

De joodse godsdienst versterkte die mentaliteit nog. De joden waren een diep-religieus volk. Dat gold in het bijzonder voor de Oost-Europese joden, maar de minder orthodoxen en zij die helemaal geen godsdienst praktiseerden kwamen allemaal uit dezelfde traditie en waren erdoor beïnvloed.

De vroomsten onder hen geloofden niet dat fysieke kracht het van het kwaad in de wereld kon winnen. God alleen kon de overwinning behalen, en hun gebeden waren machtiger dan het sterkste leger op aarde. Hij alleen begreep waarom dit alles gebeurde en het was godslastering aan Hem te twijfelen. Velen gingen blijmoedig biddend de dood in, in de overtuiging dat ze een martelaarsdood stierven, *Kiddoesj ha Sjem* – ter ere Gods.

Ze wisten dat elke daad van verzet hun dood zou betekenen. Zo'n daad stond gelijk aan zelfmoord, en zelfmoord was bij de joodse wet verboden. Het menselijk leven was het hoogste en heiligste goed. Iemand van het leven beroven was daarom een van de ergst mogelijke zonden. Omdat vechten doden betekende en ook een nazi een mens was, wilden de joden niet vechten.

Niets in hun geschiedenis – in de wereldgeschiedenis – had hen voorbereid op het plan van de nazi's om alle joden, waar ook ter wereld, te vermoorden. En, wat niet minder belangrijk was, ze wisten niets van dit plan totdat de uitvoering ervan al was begonnen.

Gebeurtenissen en omstandigheden

'Waarom hebben we het over een burgerbevolking,' vraagt een overlevende, 'met naar verhouding veel bejaarden en kinderen, terwijl er in diezelfde tijd ook hele legers van goedgetrainde soldaten werden vernietigd? Bedenk wel dat de nazi-strijdmacht het ene leger na het andere verpletterde en erin slaagde bijna heel Europa en delen van Afrika te bezetten.'

Ongewapende, verbijsterde mannen, vrouwen en kinderen vonden goed georganiseerde, zwaar bewapende soldaten tegenover zich, die precies wisten wat ze deden en die bovendien de volledige vrijheid hadden gekregen om daarbij elke mogelijke wreedheid te begaan. Wat viel er onder zulke omstandigheden nog terug te vechten?

Behalve soldaten en wapens gebruikten de Duitsers nog een ander machtig wapen om verzet te kop in te drukken. Ze stelden elk individu verantwoordelijk voor het gedrag van de groep, en de groep voor het gedrag van elk individu. In de praktijk betekende deze collectieve verantwoordelijkheid dat velen, soms honderden, werden gedood als ook maar één persoon probeerde terug te vechten. Uit talloze verhalen blijkt hoe grondig de nazi's hierbij te werk gingen. Twee passages uit een verslag van Einsatzkommando A in Litouwen kunnen voor al die verhalen model staan:

Uit Kowno, 11 oktober 1941: '315 joodse mannen, 721 joodse vrouwen, 818 joodse kinderen (represaillemaatregel omdat een Duitse politieagent in het getto beschoten werd).'

Uit Wilna, 2 september 1941: '864 joodse mannen, 2.109 joodse vrouwen, 817 joodse kinderen (represaillemaatregel omdat Duitse soldaten door joden werden beschoten).'

Hoe konden ze vechten, als de straf daarvoor de dood inhield van hun familie en vrienden – van honderden onschuldige mensen?

De overgebleven joden in Duitsland hoopten tegen beter weten in dat er op den duur wel een eind aan hun vervolging zou komen. Over die vervolging was in Oost-Europa nog maar weinig bekend. Toen de Einsatzgruppen in het kielzog van de zegevierende Duitse legers arriveerden, troffen ze in het algemeen een bevolking aan die nog duizelde van de schok van het nazi-optreden, en in het bijzonder joden die er meestal geen vermoeden van hadden wat er met hen ging gebeuren.

Het waren niet alleen het verrassingseffect en de onwetendheid die verzet onwaarschijnlijk maakten. De misleidingstaktieken van de nazi's droegen daar nog het hunne toe bij. Voorbeelden daarvan zijn in het vorige hoofdstuk al gegeven, maar laten we nooit vergeten dat de nazi's alles hebben gedaan om in elke fase van het vernietigingsproces hun ware bedoelingen voor de joden verborgen te houden, vanaf de term 'herhuisvesting in het oosten' voor de deportaties tot en met de bordjes met het opschrift NAAR DE DOUCHES in de kampen zelf. Ze gingen zelfs zover, dat ze hun slachtoffers briefkaarten naar huis lieten sturen met de boodschap dat ze het goed maakten en werk hadden – dit na aankomst in het namaakspoorwegstation van Treblinka.

De joden in de getto's waren van verkeer met de buitenwereld afgesneden. Toen de berichten over de massamoord en de vernietigingskampen hen bereikten, weigerden ze doorgaans die te geloven. De monsterlijke daad van de uitroeiing ging hun verbeeldingskracht te boven. Toen het eindelijk tot hen door begon te dringen, waren de gevangenen in de kampen en de getto's lichamelijk en geestelijk verzwakt door de nazi-terreur, en afgesneden van elke hulp van buitenaf.

En als het ze al lukte te ontsnappen, waar konden ze zich dan in veiligheid stellen? De niet-joodse bevolking in de buurt van de kampen en getto's zat ook onder het juk van de nazi's. In Oost-Europa stond op het helpen van joden de doodstraf. Ook daar gold de collectieve verantwoordelijkheid; hele families, zelfs hele dorpen, werden geëxecuteerd omdat ze één jood hadden verborgen. In West-Europa, Duitsland inclus, was de straf weinig minder zwaar: veroordeling tot het concentratiekamp.

En, helaas, had het grootste deel van de bevolking weinig sympathie voor de joden. Dat gold voor bijna al de bezette landen; de weinige uitzonderingen zullen in een volgend hoofdstuk aan de orde komen. Het was het duidelijkst in delen van Oost-Europa, vooral in Polen en de Oekraïne, waar een anti-semitische traditie in het voordeel van de nazi's werkte. In sommige steden en dorpen werden de nazi's zelfs warm onthaald. Verklikkers, die aan het verraden van joden verdienden, waren overal actief. Elk land voorzag de ss van vrijwilligers, inclusief bewakers voor de vernietigingskampen. Veel mensen waren het met de doelstellingen van de nazi's eens en boden de joden geen enkele hulp. Joden die erin slaagden te ontsnappen konden nauwelijks enige hulp verwachten, zelfs niet van hun eigen landgenoten.

Na de eerste gebeurtenissen in de beginjaren van het naziregime verlieten duizenden huis en haard en zochten elders een veilige verblijfplaats. Veel joden slaagden daarin, maar een nog groter aantal vluchtte niet ver genoeg en liep als gevolg van de snelle opmars van de nazi's elders in Europa in de val. Duizenden anderen probeerden weg te komen maar konden niet, omdat geen enkel land hen wilde hebben; ook zij zaten in de val.

Dit waren allemaal redenen om niets te doen, om zich te onderwerpen en te sterven zonder zelfs maar een vuist te ballen. Ze wegen zwaar; ze verklaren ten dele waarom er niet meer verzet werd gepleegd.

Want er werd wel degelijk verzet gepleegd. Tegen de grootste moordmachine die de wereld ooit gekend had, vochten de joden terug met alle middelen die in hun bereik lagen.

Sabotage

Elke opzettelijke vertraging of sabotagedaad van de dwangarbeiders in de bedrijven van Duitse ondernemers en de ss werd op de gebruikelijke nazi-manier bestraft. Toch kwamen ze ontelbare malen en in eindeloos veel verschillende vormen voor.

Een gaskamer.

Opzettelijke vertragingen vonden overal met grote regelmaat plaats. Als de kapo of de Duitse opzichter onnozel, dronken of een beetje minder gewelddadig was, daalde de productie tot het punt waarop het begon op te vallen, en werd vervolgens weer normaal. Onmisbare mensen waren dagenlang 'te ziek' om te werken. Een belangrijke machine raakte telkens 'defect'. Lorries vol steenkool liepen uit de rails. Lopende banden vlogen door onbekende oorzaak in brand.

In kledingherstelateliers werden uniformmouwen dichtgenaaid, knoopsgaten vergeten, ritssluitingen scheef ingezet. Schoenen werden gerepareerd met lijm die oploste in water. In brandstoftanks werd zand en alcohol gegooid.

Franse jodinnen in Auschwitz saboteerden een proef met het kweken van rubberproducerende planten. Driekwart van de vuurwapens die in Buchenwald werden gemaakt, werden als onbruikbaar teruggestuurd. Van de tienduizend v-1 en v-2 raketten die in Dora-Mittelbau werden vervaardigd, bereikte minder dan de helft zijn doel.

In Dachau werden tankmotoren gesaboteerd. In Ravensbrück munitie en reserveonderdelen. Uit Sachsenhausen kwamen vliegtuigen met fatale fouten, uit Neuengamme onderzeeërs.

Zo slim als ze waren, schenen de Duitsers toch niet te begrijpen dat slaven niet altijd goed werk leveren voor wrede meesters. Ze overschatten de macht van hun terreur, en onderschatten de moed van hun slachtoffers.

Verzet in het dagelijks leven

Het mag nogmaals gezegd worden: de nazi-voorschriften waren bedoeld om het leven onmogelijk te maken, zowel in de kampen als in de getto's.

Gehoorzamen betekende vroeg of laat de dood. Wie niet gehoorzaamde, stierf onmiddellijk. Dus werden de voorschriften zoveel gehoorzaamd als nodig was. En zo weinig als mogelijk was.

De voortdurende dwang werd op alle niveaus weerstaan. In de getto's, die steden van de stervenden, ging onder de ogen van de nazi's een verborgen, intens leven zijn gang. Ondanks de dreigende straf bond men de strijd tegen de honger aan door voedsel naar binnen te smokkelen. Er werden zelfhulpgroepen opgezet om de daklozen te helpen en de zieken te verzorgen met de weinige middelen die voorhanden waren. Een overlevende van het getto van Warschau vertelde:

'De nazi's bevalen de joden hun geld en roerende goederen af te geven, maar de joden gehoorzaamden niet. De nazi's verboden de joden om handel te drijven of een handwerk uit te oefenen, maar de joden werkten in het geheim en vervaardigden clandestien gebruiksartikelen. De nazi's verboden gemeenschappelijk gebed, maar de joden kwamen ondanks dit verbod bijeen en hielden diensten op weekdagen en feestdagen. De nazi's verboden de joden om scholen te beginnen, maar de joden organiseerden [in het geheim] kleuterscholen en scholen voor alle leeftijdsgroepen...'

In de kampen stonden, nog meer dan in de getto's, alle onderdelen van het dagelijks leven in dienst van de dood. In dit licht bezien is het geen overdrijving te stellen dat in leven blijven alleen al een vorm van verzet was. Overlevenden zeggen vaak dat het veel inspanning vergde om niet 'de gemakkelijkste uitweg' te kiezen – de dood. Een jood die bleef leven trotseerde de wil van de nazi's.

Maar het verzet ging verder dan dat. Een getuigenis uit Auschwitz:

'Ons hele leven stond in het teken van [verzet]. Als de vrouwen die in 'Canada' werkten artikelen die voor Duitsland bestemd waren in het belang van hun medegevangenen ontvreemdden, was dat verzet. Als arbeiders in de spinnerijen het waagden hun werktempo te vertragen, was dat verzet. Als we ... onder de neuzen van onze meesters een 'feestje' organiseer-

Crematorium 2 in Birkenau.

den, was dat verzet. Als we clandestien brieven van het ene kamp naar het andere stuurden, was dat verzet. Als we probeerden, en soms met succes, twee leden van een gezin te herenigen – bijvoorbeeld door in een groep brancarddragers een gevangene door een andere te vervangen – was dat verzet.'

Ze verborgen vrouwen die op het punt stonden te bevallen, zodat de moeder en haar pasgeboren kind ontsnapten aan een wisse dood. Ze redden het leven van een gevangene die voor de gaskamer was geselecteerd door in plaats van zijn nummer dat van een dode gevangene op te geven. De godsdienstige joden stonden vóór de anderen op om hun ochtendgebeden te doen en zeiden elke avond *kaddisj* – het gebed voor de doden.

Dit waren stuk voor stuk daden van verzet, want ze waren alle verboden. In die koninkrijken van de dood vereiste dit ongelooflijk veel moed.

Rebellie

Verhalen over rebellie behoren tot de herinneringen van iedereen die de kampen heeft overleefd. Ook de nazi's maken er melding van. Bijna niemand die erbij betrokken was kan het nog navertellen.

In Amsterdam deed de Gestapo een inval tijdens een geheime vergadering en werd met zoutzuur en kogels ontvangen.

Gewond maar nog niet dood, sprong een Poolse slager uit een met lijken gevulde kuil en beet de ss-commandant de keel af.

Overlevenden uit het getto vielen in een gevangenis in Kraków met hun blote handen de bewakers aan en wisten er een aantal ernstig te verwonden.

Een jongen in een transport uit Grodno in Polen gooide in Treblinka een handgranaat naar bewakers.

Een Française ontrukte een ss'er zijn dolk en doorstak hem ermee.

Tweeduizend nieuw-aangekomenen in Sobibor rukten planken van de goederenwagons en gingen hun beulen te lijf.

Toen een bewaker hem belette afscheid van zijn moeder te nemen, viel de zoon de man met zijn zakmes aan.

Vijfduizend joden uit Wilna vonden wapens en stelden zich teweer. Volgens de nazi's vielen er aan Duitse zijde twee zwaargewonden en ontsnapten er vijftig joden.

Een veertienjarige Tsjechische jongen sprong een bewaker op de rug, wierp hem tegen de grond en sloeg hem met zijn blote vuisten tot bloedens toe in het gezicht.

Op weg naar de gaskamer in Sobibor sprak een oude man luid een gebed uit en sloeg, toen hij klaar was, een ss'er in het gezicht.

Vijfentwintighonderd joden uit de stad Brody in de Oekraïne kwamen in opstand, vernielden hun deportatietrein en doodden een aantal bewakers; honderden slaagden erin te ontsnappen.

Eén gebeurtenis komt in bijna alle herinneringen uit Auschwitz voor, vooral in die van de vrouwen. In sommige verhalen is ze een Franse balletdanseres, in andere komt ze uit Oost-Europa. De details verschillen, maar de hoofdlijnen zijn hetzelfde. In alle verhalen wordt ze beschreven als een beeldschone vrouw, met lang zwart haar. Haar naam is onbekend.

Een trein met gevangenen stopte langs het aankomstperron. 'Plotseling werd de deur van onze coupé met veel lawaai geopend en een ss'er schreeuwde dat wij ons moesten uitkleden en naakt op het perron moesten aantreden... Hij begon ons met zijn geweerkolf te slaan.

'We moesten spiernaakt naar buiten komen; mannen, vrouwen en kinderen. De danseres... was de enige die zich niet uitkleedde.'

Ze dwongen haar zich ook te ontkleden. Een andere getuige vervolgt:

'De ss'ers keken geboeid toe... Ze zocht steun tegen een

betonnen pilaar en bukte zich, terwijl ze even haar voet optilde om haar schoen uit te trekken. Wat er toen gebeurde ging bliksemsnel: in een oogwenk had ze haar schoen in haar hand en boorde de hoge hak in het voorhoofd [van een ss'er]. Hij kromp ineen van de pijn en sloeg zijn handen voor zijn gezicht. Op dat moment wierp de jonge vrouw zich op hem en ontfutselde hem zijn pistool. Er klonk een schot. [Een andere bewaker] gaf een schreeuw en viel neer. Even later klonk er een tweede schot... dat miste. Toen het derde schot: een ss'er hinkte zo snel als hij kon naar de deur.'

En ten slotte 'gebruikte ze de laatste kogel voor zichzelf'.

Maar ze had teruggevochten.

Ontsnappen

De deportatietreinen reden snel. De deuren waren aan de buitenkant vergrendeld en dichtgespijkerd. Gewapende wachtposten hielden overal langs de route de trein in het oog. Om uit deze rijdende doodskisten te ontsnappen, moesten de gevangenen de vloerplanken lostrekken en zich dan onder de rijdende trein op de spoorbaan laten vallen, of zich door de kleine met prikkeldraad bespijkerde openingen heen wurmen en naast de rails op de grond smakken. Als er door de val geen botten gebroken waren en de schietende wachtposten hun doel misten, was de volgende stap een vlucht in het bos.

Velen probeerden het en stierven langs de rails. In de bossen stierven sommigen van ontbering. Of ze werden gepakt, opgebracht en weer op transport gesteld. Het nu volgende verhaal is karakteristiek. Het komt van een jongen van een jaar of twaalf, onderweg naar Belzec.

'Ik besloot te ontsnappen. We waren met een paar jongens, en we trokken het prikkeldraad voor het raampje weg. Ik klom naar het raampje, wurmde mezelf erdoorheen en sprong. Het was donker, de ss-wachtposten schoten de hele tijd, ook al

Josef Mengele, de chef-arts in Auschwitz. Door zijn knappe uiterlijk, gecombineerd met het genoegen waarmee hij selecties en medische experimenten uitvoerde, kreeg hij de bijnaam 'De mooie duivel'. Deze foto komt uit zijn ss-dossier.

zagen ze niemand ontsnappen, alleen maar om af te schrikken. Ik viel op de grond, de trein reed voorbij...

Ik liep op een pad, en toen zag ik opeens een Oekraïner, die tegen me riep: 'Waar ga jij naartoe?' Ik antwoordde dat ik naar [de stad] Kolomyya ging. 'Dus jij bent uit de trein ontsnapt. Kom maar mee naar de politie,' zei hij, en hij wilde mijn hand grijpen...

Ik rende weg. Ik rende alsof de dood me op de hielen zat en wist te ontsnappen...

Even later werd ik door drie Oekraïners ingesloten. Ze brachten me naar een kleine barak... waar ik nog een paar joden ontmoette die net als ik aan het transport waren ontsnapt en gevangen waren. We werden geslagen...

Langs de spoorbaan lagen veel slachtoffers die, net als ik, van de trein waren gesprongen. Sommige waren dood; anderen leefden nog, maar hadden polsen en benen gebroken.

'In Kolomyya... werden we weer geslagen en toen naar de Gestapo gebracht en opgesloten.'

Wat deze jongen overkwam, kon iedereen overkomen die het waagde uit een trein te ontsnappen. Sommigen bereikten de vrijheid, maar veel waren dat er niet. Ze moesten zich de rest van de oorlog schuilhouden en proberen te leven van wat ze in het bos konden vinden, of ze vonden plaatselijke bewoners bereid hen in huis te nemen. Sommigen kwamen in de bossen verzetsgroepen – partizanen – tegen en sloten zich bij hen aan om tegen de Duitsers te vechten zolang ze konden.

Gevangenen die uit de kampen ontsnapten ontmoetten dezelfde problemen, als ze de bossen al bereikten. Bovendien waren daar de ss'ers, die met honden de wijde omgeving uitkamden. Er waren veel ontsnappingspogingen – 667 uit Auschwitz, in de vijf jaar dat het kamp bestond. Weinig pogingen slaagden – van niet meer dan 76 gevangenen is bekend dat ze de vrijheid bereikten.

Niet alle gevangenen kregen de gelegenheid te vluchten. Van de meesten was de bewegingsvrijheid in het kamp uiterst beperkt. Ze mochten alleen van hun blok naar hun werk en naar het appèl en weer terug; hun afwezigheid zou direct worden opgemerkt. Maar sommigen, die een hogere functie hadden, konden zich vrijer bewegen – artsen en verpleegsters, loodgieters en elektriciens, lijkdragers, koeriers en dergelijke. Zij ondernamen naar verhouding de meeste vluchtpogingen.

Vluchtpogingen kwamen in alle kampen voor, ook in Belzec, Treblinka en Sobibor. Overal waren dezelfde problemen als in Auschwitz.

Een ontsnapping moest zorgvuldig, stap voor stap, worden voorbereid. Geheimhouding was een absolute voorwaarde; alleen de weinigen die men door en door vertrouwde, wisten ervan. Er moesten reisbenodigdheden worden 'georganiseerd'. Kleren, geld en voedsel werden naar binnen gesmokkeld, meestal uit 'Canada', en verstopt. Contact met de buitenwereld was onmisbaar. De arbeiders van buiten die soms in het kamp werkten, waren, hoewel het hun verboden was met de gevangenen te praten, de gebruikelijke leveranciers van kaarten en gegevens over veilige routes en betrouwbare burgers (ze lieten zich voor deze informatie dik betalen).

Het kamp werd door een dubbele omheining van onder stroom gezet prikkeldraad omgeven. De hele omtrek werd door gewapende wachtposten bewaakt, terwijl anderen de omheining vanaf wachttorens in het oog hielden.

Zodra er een gevangene op het appèl ontbrak, ging de zoekactie van start. Werd hij niet in het kamp gevonden, dan begonnen de sirenes te loeien en speurden tientallen ss'ers met honden, geholpen door de plaatselijke politie, meter voor meter de omgeving af.

Als het de vluchteling lukte aan dit alles te ontkomen, bevond hij zich in een gebied dat door Duitsers werd bewoond. Voor alle zekerheid waren alle Polen uit een gebied van 80 vierkante kilometer om het kamp geëvacueerd en was hun plaats ingenomen door etnische Duitsers – mensen van Duitse afkomst die in Polen waren opgegroeid.

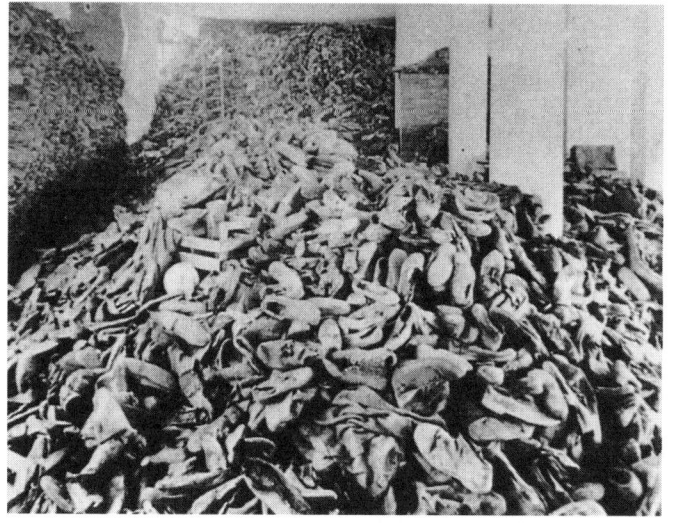

Trouwringen en schoenen van de slachtoffers, alles ten bate van het Derde Rijk.

Kwam hij ook hier veilig doorheen, dan stond hem een gevaarlijke, moeizame voettocht te wachten naar waar hij dacht dat hij veilig zou zijn. Als hij niet door nazi-sympathisanten werd gepakt, of door zogenaamde helpers werd verraden, lukte het hem soms in leven te blijven tot er veiliger tijden aanbraken.

Het is een wonder dat het ook maar iemand lukte uit welk kamp dan ook te ontsnappen. Toch is het gebeurd. Vier uit Auschwitz gevluchte gevangenen brachten het eerste bericht over de gaskamers en het vernietigingsplan van de nazi's naar het westen. Zij die zich in de bossen bij de partizanen aansloten, brachten de nazi's meer schade toe dan de geschiedenis ooit zal vermelden. Velen verloren bij die acties het leven en zullen altijd anoniem blijven.

Alle mogelijke manieren

De macht die zich tegen de joden in Europa keerde, leek onoverwinnelijk. Ze hadden weinig vrienden en de terreur kende geen grenzen. Door niets in hun leven waren ze hierop voorbereid, of konden ze hierop zijn voorbereid. Daadwerkelijk vechten lag niet in hun aard. Toch verzetten ze zich op alle manieren die in hun gruwelijke omstandigheden nog mogelijk waren.

Ze lieten zich niet zomaar afslachten. Zodra ze wisten dat ze uitgeroeid zouden worden, vochten ze met dezelfde inzet als de dapperste soldaat in het modernste leger. Met wapens in hun handen vochten ze terug op een manier die door de nazi's werd begrepen.

11. Gewapend verzet

De laatste wens van mijn leven is vervuld. De joodse zelfverdediging is een feit. De joodse gewapende weerstand en wraak zijn werkelijkheid geworden.
Mordechai Anielwicz, leider van de Joodse Strijdorganisatie in het getto van Warschau.

De feiten

De feiten zijn deze: in de getto's, in de concentratiekampen, zelfs in de vernietigingskampen, was gewapend verzet tegen de nazi's geen zeldzaamheid. In alle door de nazi's bezette landen waar joden waren, was een joodse ondergrondse en een joods verzet.

Hoeveel joodse verzetsacties er precies hebben plaatsgevonden, zal niemand ooit weten. De heimelijkheid waarin ze moesten gebeuren en het voortdurende gevaar van arrestatie betekenden dat er zelden iets over op schrift werd gezet, of dat de weinige schriftelijke getuigen werden verborgen en niet meer zijn teruggevonden. Van de weinige overlevenden zijn er elk jaar minder over, en samen met hen sterven hun herinneringen.

Toch weten we dat de vijfentwintig gevallen van gewapend verzet die de kaart op bladzijde 170 aangeeft, maar een deel van het verhaal zijn. In de loop der jaren komen er bewijzen van andere opstanden boven water. Dagboeken en memoires die lang ongelezen in archieven overal ter wereld hebben gelegen, zijn ontdekt; geschreven getuigenissen van verzetsmensen zijn gevonden; meer overlevenden hebben inmiddels hun verhaal gedaan; nazi-verslagen zijn gepubliceerd.

Als we het succes alleen afmeten aan de nederlaag van de vijand, dan moet het joodse verzet als een mislukking worden beschouwd. De nazi's verloren uiteindelijk de oorlog, maar niet voordat ze het grootste deel van de joden in Europa hadden omgebracht; ze waren bijna in hun opzet geslaagd.

De opstanden waren echter in een ander opzicht wel degelijk geslaagd. De joden vochten realistisch, zonder hoop op een overwinning. Ze vochten voor hun eer als joden en als mensen, en voor een waardige dood. Ze gaven het hoogste voorbeeld van menselijke moed onder onmogelijke omstandigheden.

De timing

Het openlijke verzet kwam pas goed op gang toen de joden eindelijk beseften dat wat hen te wachten stond niet nog meer barbaarse wreedheid en slavernij was, maar geplande, meedogenloze vernietiging

In de getto's was medio 1942 al meer dan de helft van de bevolking weggevoerd. De vernietigingskampen waren een bekend feit; de overgebleven joden wisten dat ze ten dode waren opgeschreven. In de kampen was begin 1943 de moordmachine langzamer gaan draaien. De overgebleven joden wisten dat hun dood onvermijdelijk was als ze niet langer nodig zouden zijn om de machine draaiend te houden. In de getto's en de kampen begonnen de ondergrondse bewegingen in het geheim de opstand voor te bereiden.

De problemen waarmee ze te kampen hadden waren in getto's en kampen dezelfde. De ondergrondse kreeg weinig of geen hulp van niet-joden in de buitenwereld; vaak werden leden verraden door dezelfde mensen bij wie ze om hulp aanklopten. Velen werden betrapt en stierven de marteldood of werden vergast voordat ze hun plannen konden uitvoeren. Toch lukte het hun, met eindeloos geduld en de grootste omzichtigheid, enkele wapens naar binnen te smokkelen, een proces dat jaren kon vergen; ze verborgen bijlen en messen, die ze soms zelf hadden gemaakt.

Toen ze met wapens en munitie vochten, wisten ze met hun moed en intelligentie de nazi's steeds weer te overrompelen. Zoals Goebbels aan zijn dagboek toevertrouwde: 'Je ziet waartoe de joden in staat zijn als ze gewapend zijn.' Als ze geen wapens hadden, vochten ze met stokken, kokend water, ijzeren staven, zoutzuur, of hun blote handen.

Als ze vochten, op welke manier dan ook, brachten ze de Duitsers verliezen toe die veel hoger waren dan op grond van hun gevechtsopleiding en aantal te verwachten zou zijn geweest.

Het getto van Warschau

Op 5 december 1942 bevalen de nazi's alle joden in het getto van Warschau zich te melden 'voor registratie' en voor twee dagen eten mee te brengen. In het getto, waarin eens 500.000 mensen gevangen zaten, waren er nog maar iets meer dan 115.000 over. Ze werden verzameld in een gebied van zeven huizenblokken, dat werd omheind en door gewapende wachtposten bewaakt.

De 'twee dagen' werden een week. In die ene week werden ongeveer 10.000 joden per dag gedeporteerd en 3.000 doodgeschoten. In het getto bleven 45.000 joden in leven.

De joden noemden die opeengepakte massa van menselijke ellende 'de heksenketel'. Zij vormde een keerpunt in de geschiedenis van het getto, want het was in die periode dat het besluit tot de openlijke opstand werd geboren. Een gettoleider schreef in zijn dagboek:

'Het publiek wil de vijand zwaar laten boeten. Wij zullen hem te lijf gaan met messen, met stokken, met kogels. Wij zullen niet meer toestaan dat hij mensen bijeendrijft, mensen op straat oppakt, want iedereen weet nu dat elk werkkamp

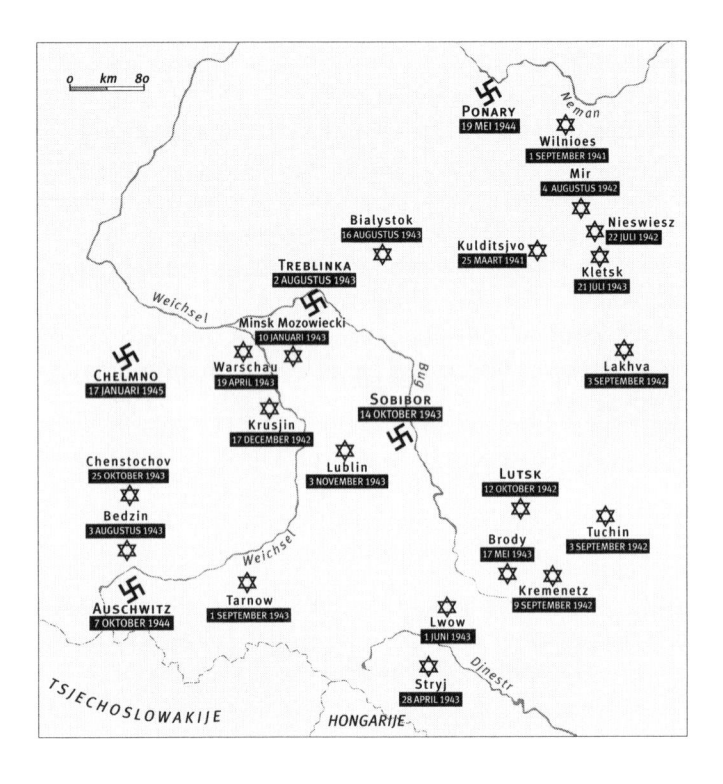

Joodse opstanden 1942-1945

Ondanks de enorme militaire overmacht van de Duitsers kwamen veel joden, hoewel sterk verzwakt door honger en ten prooi aan de wrede nazi-terreur, in opstand tegen hun lot. Op deze kaart staan twintig getto's en vijf vernietigingskampen waar dit het geval was.

✡ Getto's waarin joden tegen de Duitsers in opstand kwamen, met data. Bij deze opstanden wisten velen naar de bossen te ontsnappen, waar zij zich aansloten bij joodse, Poolse of Russische partizanengroepen.

卐 Vernietigingskampen waarin de joden in opstand kwamen, met data. In bijna alle gevallen werden de opstandigen later gepakt en vermoord.

alleen maar de dood betekent. Wij moeten ons verzetten. Jong en oud moet zich tegen de vijand teweerstellen.'

Er bestond al een ondergrondse beweging. De leden daarvan hadden voor de oorlog tot joodse jeugdorganisaties behoord. De twee grootste groepen waren de Zionisten, die naar een joodse staat in Palestina streefden, en de leden van de Joodse Arbeidsbond, die de joden tot vrije burgers van een socialistisch Polen wilden maken. Nu sloten alle groepen zich aaneen tot de Joodse Strijdorganisatie, die met de initialen van haar Poolse naam ZOB werd genoemd. De leden waren jong, rond de twintig en jonger. Hun leider was drieëntwintig.

Ze waren niet getraind in gewapende strijd. 'Elke gewone Duitse soldaat weet meer van vechten dan wij,' zei een lid. Maar een ander zei eenvoudigweg: 'We hebben niets meer te verliezen – maar alles te winnen.'

Het ontbrak hun niet alleen maar aan training. Ze hadden ook vrijwel geen wapens. Toen ze de niet-joodse Poolse ondergrondse – het Binnenlandse Leger – om hulp vroegen, kregen ze precies tien revolvers. 'Ik betwijfel,' zei de commandant van het Leger, 'of ze die wapens wel zullen gebruiken.'

Met groot gevaar voor hun leven waagden de meest 'arisch'-uitziende jonge vrouwen en meisjes, sommige waren niet meer dan kinderen, zich buiten de muur van het getto. Daar kochten ze voor enorme bedragen wapens van Italiaanse soldaten, Duitse deserteurs, van iedereen die genoeg op geld belust was om zijn wapen te verkopen. De wapens werden langzaam aan het getto binnengebracht, soms stukje bij beetje.

De ondergrondse bouwde bunkers – geheime schuilplaatsen zonder zichtbare ingang. Deze ruimten, achter kachels, onder toiletten, tussen muren, onder kelders en op zolders, varieerden in grootte van hokjes waarin maar een paar mensen pasten tot zalen waarin er tientallen gingen. Sommige waren alleen van het hoognodige voorzien, andere uitgerust met verwarming, elektriciteit, water, voedsel, een radio en soms zelfs een kleine bibliotheek.

Ze maakten verbindingsgangen tussen ruimten binnen gebouwen en tussen zolder- en kelderbunkers in aangrenzende gebouwen; ze groeven tunnels tussen kelders en binnenplaatsen. Zo konden ze zich onbelemmerd door een heel huizenblok verplaatsen zonder buiten te komen.

Deuren en ramen werden met zandzakken gebarricadeerd. Er werden wachtposten ingesteld in de hoekwoningen, die het beste uitzicht op de straat boden.

De nazi's probeerden verschillende keren de joden met de gebruikelijke beloften ertoe te bewegen zich te melden voor deportatie. De ZOB verspreidde pamfletten waarin de leugens stuk voor stuk werden ontzenuwd, en maar weinig joden meldden zich.

De nazi's troffen voorbereidingen voor de 'herhuisvesting' van fabrieksarbeiders en het weghalen van de machines. In de nacht voor de eerste deportatie liet de ZOB een grote fabriek met uitrusting en al in vlammen opgaan. De volgende ochtend kwamen er maar vijfentwintig arbeiders uit eigen beweging opdagen.

De Duitse autoriteiten moeten toen al geweten hebben dat dit het werk van de ondergrondse was. De leider van de Joodse Raad had zelfs al tegen een nazi-officier gezegd: 'Ik sta machteloos. Anderen hebben het nu voor het zeggen.' Toch deden de Duitsers weinig om de leden op te sporen of aan hun activiteiten een einde te maken.

De verklaring ligt waarschijnlijk voor de hand: ze dachten dat de joden onder de minste druk zouden bezwijken; ze rekenden erop dat de joden niet zouden vechten. Maar dat bleek een vergissing.

Onverwacht, op 8 januari 1943, werd het getto omsingeld en marcheerden er SS-troepen naar binnen. Ze werden door de ZOB met geweervuur ontvangen. Er volgden drie dagen van gevechten, waarin de nazi's veel minder joden konden oppakken dan gewoonlijk. Onder de Duitse soldaten vielen vijftig doden en gewonden.

De verliezen van de ZOB waren hoog. Maar de Duitsers werden gedwongen zich terug te trekken.

Het nieuws bracht het getto in grote opwinding. Duizenden gingen de bunkers in, bereid daar te blijven tot ze er met geweld zouden worden uitgejaagd, bereid het verzet te helpen zoveel ze konden. De verzetsstrijders kregen eten, kleren, alles wat ze nodig hadden, op één ding na: wapens.

De Poolse ondergrondse, misschien even verrast als de Duitsers, gaf de ZOB nog eens negenenveertig revolvers, vijftig handgranaten en een hoeveelheid springstof. Het verzet bracht geld bijeen om nog meer voorraden te kopen, door belasting te heffen onder de gettobewoners en zelfs de Joodse Raad geld afhandig te maken.

De ondergrondse had nu de leiding; alle krachten werden besteed aan het organiseren van de gewapende strijd. Ze vormden groepen van tien; minstens acht mannen en hoogstens twee vrouwen per groep; minstens de helft van de groep moest over eigen wapens beschikken. In totaal waren er iets meer dan duizend strijders.

SS-Brigadegeneraal Jürgen Stroop ontving zijn bevelen van Himmler: 'De razzia's in het getto van Warschau moeten met ijzeren vastberadenheid en zo meedogenloos mogelijk worden uitgevoerd. Hoe meer geweld, hoe beter. Wij hebben onlangs nog gezien hoe gevaarlijk die joden zijn.' Stroop had er het volste vertrouwen in dat de opstand binnen drie dagen neergeslagen zou zijn.

Op 19 april 1943 werd het getto 's morgens in alle vroegte omsingeld door SS'ers, Duitse politie en SS'ers uit de Oekraïne en Litouwen. Om zes uur trokken meer dan tweeduizend zwaarbewapende soldaten het getto in, gevolgd door mitrailleurs, tanks en vrachtwagens vol munitie.

De joodse strijders vielen aan. Om vijf uur 's middags, na elf uur van felle strijd, moesten de Duitsers zich uit het getto terugtrekken.

'We konden ons geluk niet op,' zei een strijder. De joden

omhelsden en kusten elkaar in de straten. Een jonge vrouw vertelde: 'De vreugde onder de joodse verzetsstrijders was groot en, stel je het wonder, het mirakel voor: die Duitse helden trokken zich terug, doodsbang voor de joodse bommen en handgranaten, zelfgemaakt... Wij, de weinigen, met onze armzalige wapens, wij hebben de Duitsers uit het getto verdreven.'

De nazi's zetten zware artillerie en tanks in. De joden vochten terug met revolvers, geweren, een paar zelfgemaakte mijnen en benzinebommen. Toen ze een tank zagen branden, schreef een verzetsstrijder: 'We dansten van vreugde. Het was het gelukkigste moment van ons leven.'

De nazi's stelden de ZOB een ultimatum. In plaats van zich over te geven, bestookten de joden hen met geweervuur en handgranaten.

De nazi's begonnen de huizen van het getto in brand te steken. 'Wij zagen,' schreef Stroop in zijn dagrapport, 'dat de joden en bandieten liever het vuur ingingen dan ons in handen te vallen.' De ZOB stak op haar beurt het pakhuis met gestolen joodse bezittingen in brand.

De nazi's gebruikten vlammenwerpers om de joden uit de bunkers te verdrijven. 'De enige methode,' zei Stroop, 'om dit ongedierte te dwingen aan de oppervlakte te komen.' Velen werden door de ZOB gered.

De nazi's sloten het gas, de elektriciteit en het water in het getto af. Om hen te tarten hees de ZOB de verboden rood-witte Poolse vlag naast de blauw-witte vlag van de joden.

Op 8 mei, na drie weken vechten, omsingelden de Duitsers het hoofdkwartier van de ZOB. Toen de mensen in het gebouw zich niet wilden overgeven, pompten de nazi's gifgas naar binnen. Bijna honderd ZOB-leden, waaronder hun leider, kozen de dood, liever dan zich gevangen te laten nemen.

Een paar dagen later ontsnapten er vijfenzeventig joden door het vuil van de riolen naar het 'arische' deel van de stad,

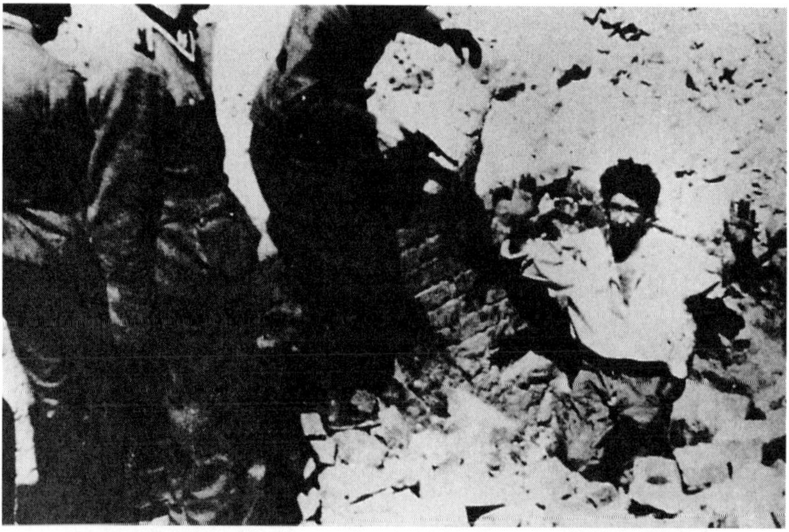

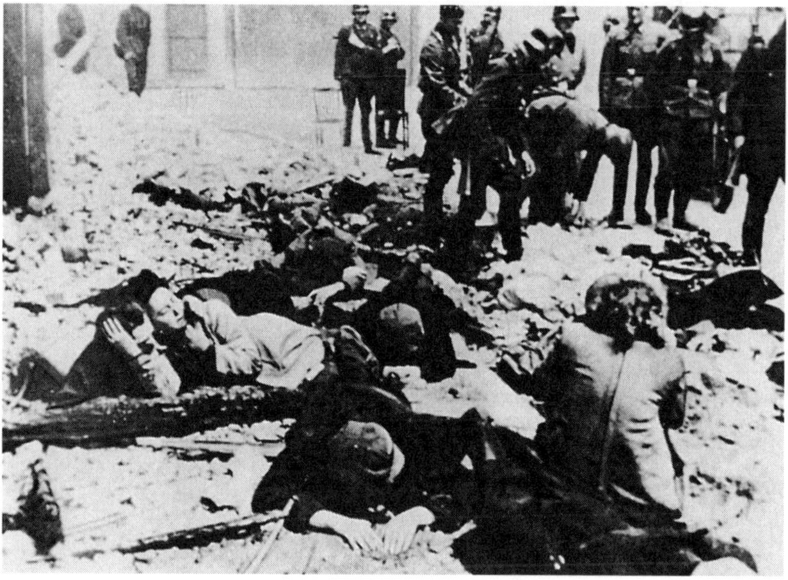

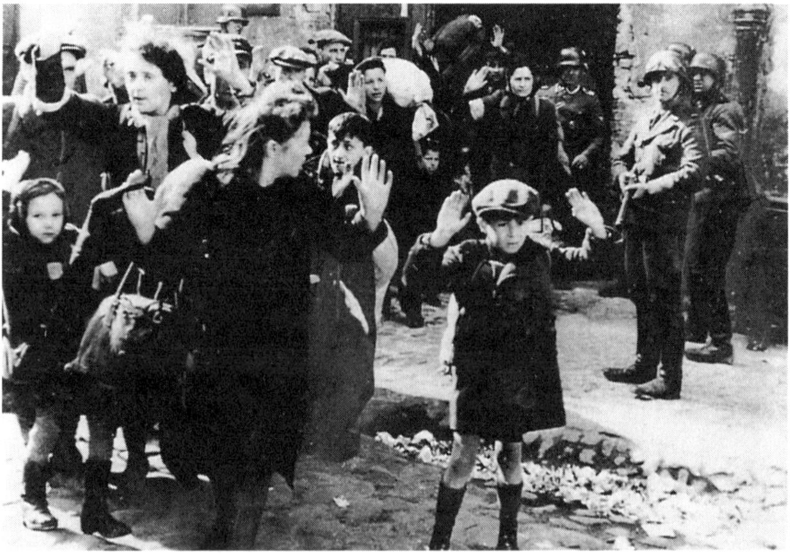

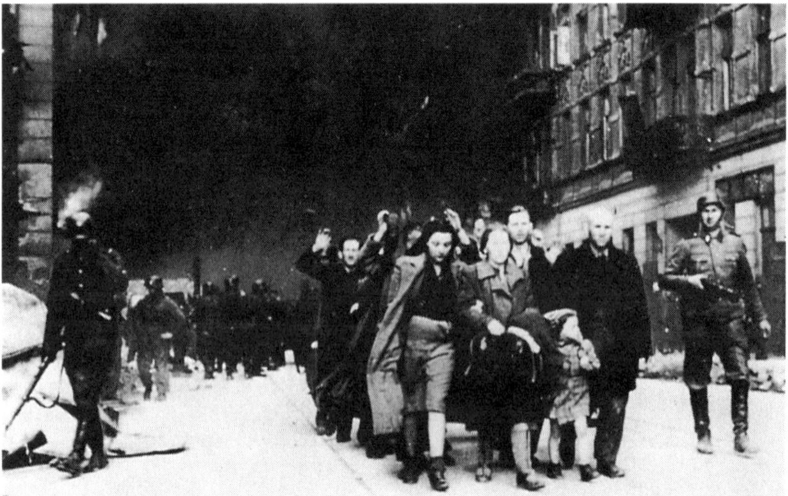

waar ze wilden onderduiken; sommigen slaagden daarin en kwamen de oorlog levend door.

De strijd duurde tot 16 mei. Toen waren de meeste joden dood en waren de overgeblevenen naar Treblinka getransporteerd. Op bevel van Himmler werd de grootste synagoge van het getto opgeblazen. Het getto zelf werd met de grond gelijkgemaakt. Ten slotte kon Stroop in zijn eindrapport schrijven: 'Het jodenkwartier van Warschau bestaat niet meer!'

De Duitsers hadden bijna drieduizend man ingezet, en het modernste wapentuig en materieel, waaronder tanks, artillerie en mijnen.

De joden weerstonden hen met nog geen duizend strijders, gewapend met handgranaten, pistolen, zelfgemaakte bommen, een of twee machinepistolen en een paar op de nazi's veroverde geweren.

Deze 'van nature laffe joden', zoals Stroop hen genoemd had, wisten de nazi's een maand lang tegen te houden. De joodse 'bandieten en ondermensen' hadden de Duitsers vier weken tegengehouden, bijna evenveel tijd als het de Duitsers kostte om Frankrijk tot overgave te dwingen en meer tijd dan ze nodig hadden om Polen te veroveren.

De kampen

Treblinka. Treblinka, dat tachtig kilometer ten noordwesten van Warschau lag, was een van de vernietigingskampen van Operatie Reinhard, gebouwd om de Poolse joden om te brengen. Het was het grootste vernietigingscentrum op Auschwitz na.

Begin 1943 had Treblinka zijn taak bijna volbracht. De Poolse joden waren vrijwel allemaal dood en de transporten uit andere Europese landen namen af. De *Sonderkommando's* die in de gaskamers en crematoria werkten wisten dat ze zouden sterven als hun werk gedaan zou zijn. De overige gevangenen in het kamp geloofden terecht dat Treblinka gesloopt en zijzelf vermoord zouden worden als het kamp werd gesloten.

De ondergrondse in het kamp, die uit ongeveer honderd man bestond, bereidde zorgvuldig een opstand voor. Een slotenmaker die opdracht had het slot van de wapenkamer van de ss te repareren, maakte een wasafdruk van het slot en enkele maanden later was er een kopie van de sleutel gereed. De ss zou met haar eigen wapens worden bevochten.

Er werd een datum vastgesteld: 2 augustus 1943, om halfvijf 's middags – nog licht genoeg om te vechten, maar kort genoeg voor de avond om ontsnappen in het donker mogelijk te maken.

Voor het afgesproken tijdstip werden er bijlen en draadtangen uit een gereedschapsschuur naar de leden van de ondergrondse gesmokkeld. Met hun sleutel verschaften een paar mannen zich toegang tot de wapenkamer en gaven twintig handgranaten, twintig geweren en een aantal pistolen door aan anderen die buiten wachtten. De wapens werden in een kar onder vuilnis verstopt en vervolgens onder andere mannen op strategische punten in het kamp verdeeld.

De gevangene wiens taak het was de gebouwen te ontsmetten, deed nu gesmokkelde benzine in zijn tank en sproeide daarmee. Alles verliep volgens plan.

Toen gebeurde er iets onverwachts. Een ss-bewaker hield twee verzetsmannen aan en fouilleerde hen. Hij ontdekte dat ze verboden geld bij zich hadden en begon hen af te ranselen met zijn zweep. Daarop werd de ss'er doodgeschoten.

Het geluid van het schot werd opgevat als het teken voor het begin van de opstand – een halfuur te vroeg, voordat al de zo zorgvuldig geplande details konden worden uitgevoerd. De wapens waren nog niet allemaal uitgedeeld, de centrale commandopost was nog niet bemand, de andere gevangenen waren nog niet op de hoogte gesteld en de telefoonverbindingen met de buitenwereld nog niet doorgesneden. Maar er zat niets anders op dan door te gaan.

'Het jodenkwartier van Warschau bestaat niet meer!'

ss'ers en Oekraïense bewakers werden door gewapende strijders neergemaaid. De gebouwen werden in brand gestoken. Maar de gevangenen die niet direct bij de opstand betrokken waren, raakten in paniek. Sommigen renden naar hun barakken, alsof ze daar bescherming konden verwachten. Anderen bleven hulpeloos staan en werden ter plaatse neergeschoten. Honderden renden naar de eerste prikkeldraadomheining, knipten er gaten in en vluchtten. Op de vijftig meter naar de tweede omheining werden de meesten door de bewakers in de wachttorens neergeschoten. Velen die de omheining wel bereikten werden tijdens het klimmen doodgeschoten; hun lichamen vormden een brug waar de vluchtelingen achter hen overheen konden klauteren en ontsnappen.

De overlevenden renden naar het bos – twee uur verderop.

Ongeveer achthonderd gevangenen deden mee aan de opstand. Van hen werd bijna de helft in het kamp of bij de omheiningen gedood. Tijdens de zoekacties in de dagen daarna vonden er nog eens driehonderd de dood. Rond de honderd gevangenen, waaronder het grootste deel van de Sonderkommando's, ontsnapten uit het kamp en wisten het bos te bereiken.

Van deze opstand zijn geen nazi-verslagen gevonden. Er werden naar schatting twintig Duitsers gedood of gewond, en tien à twintig Oekraïners. Een groot deel van het kamp brandde af, maar de gaskamers niet; van de joodse gevangenen waren er nog maar zo'n honderd over. Het kamp werd door die joden afgebroken, die daarna, in september en oktober 1943, werden doodgeschoten. Alle overblijfselen van het kamp werden weggehaald, of ondergeploegd. Er werd een huis gebouwd en daarin werd een vroegere Oekraïense bewaker met zijn gezin geïnstalleerd, die op het terrein een boerenbedrijf begon.

Sobibor. Sobibor lag een kleine zestig kilometer ten noordoosten van de stad Chelm. Net als Treblinka was het een vernietigingskamp in het kader van Operatie Reinhard. Ook Sobibor was in 1943 bijna klaar met zijn toegewezen taak, en de verminderde bedrijvigheid deed de joodse gevangenen hetzelfde vrezen.

Er werd een opstand beraamd. De datum: 14 oktober 1943, de tijd: halfvier 's middags. Het plan: de Sonderkommando's in het vernietigingsgedeelte zouden met zelfgemaakte bijlen en messen de ss-bewakers één voor één overmeesteren, hun wapens afpakken en dan op de gewone tijd het hoofdkamp in marcheren. De joden die daar voor het appèl aantraden, zouden snel van de gang van zaken op de hoogte worden gesteld. Netjes in het gelid, om geen argwaan te wekken, zouden ze door de hoofdpoort het kamp uit marcheren, de enige plek buiten het kamp waar geen landmijnen lagen. De verzetsmensen konden met hun buitgemaakte wapens het vuur van de Oekraïense bewakers in de wachttorens beantwoorden. Het sein voor de mars naar de poort was de kreet 'Hoera!'.

Op de afgesproken tijd werden de ss'ers gedood toen ze de gebouwen van het vernietigingscentrum betraden, ofwel voor de gewone inspecties, ofwel nadat ze naar binnen waren gelokt. Eén ss-officier was onvindbaar, maar er was geen uitstel meer mogelijk. Met hun wapens marcheerde de groep het hoofdkamp in. De andere gevangenen verzamelden zich voor het appèl.

Plotseling kwam er een Duitser naar hen toe. Hij werd onmiddellijk doodgeschoten. Net op dat moment kwam er een groep vrouwen de appèlplaats op. Bij het volkomen onverwachte schouwspel begon één vrouw te gillen en een andere viel flauw. De ontbrekende ss-officier verscheen ten tonele en begon te schieten. Gealarmeerde bewakers op de wachttorens richtten hun mitrailleurs op de gevangenen. De kans op een ordelijk verloop was nu verkeken, maar toch werd er snel besloten om door te gaan. De leider van de opstand vertelde later:

'"Voorwaarts, kameraden!" schreeuwde ik.

"Voorwaarts!" herhaalde iemand rechts van mij.
"Voor ons vaderland, voorwaarts!"
Deze strijdkreet rolde als een donderslag door het vernietigingskamp en verenigde joden uit Rusland, Polen, Nederland, Frankrijk, Tsjechoslowakije en Duitsland. Zeshonderd afgebeulde, mishandelde mensen stormden voorwaarts met een wild "Hoera!", het leven en de vrijheid tegemoet...'

Maar het liep lelijk uit de hand. De gevangenen renden alle kanten op. De hoofdpoort werd door mitrailleurvuur versperd en de vluchtenden braken door het prikkeldraad heen en vonden de dood in het mijnenveld. Anderen gebruikten de dode lichamen als bakens om veilig tussen de mijnen door te komen.

Ongeveer driehonderd gevangenen wisten het kamp uit te komen. Tijdens de speurtocht die volgde werden er honderd gepakt en doodgeschoten. Tweehonderd man die het bos bereikten, werden niet gepakt.

De geschatte verliezen aan nazi-zijde lopen uiteen van enkele tot meer dan tien ss'ers en achtendertig Oekraïense bewakers. In december 1943 werd Sobibor, net als Treblinka, ontmanteld. Ook hier werden alle sporen van het kamp uitgewist en werd op het terrein een boerenbedrijf ingericht.

Auschwitz. De niet-joodse ondergrondse in het hoofdkamp van Auschwitz had een gewapende opstand voorbereid voor het hele kamp waaraan honderden Sonderkommando's die in de gaskamers en crematoria van Birkenau werkten zouden deelnemen.

De Sonderkommando's wisten dat hun levensduur werd begrensd door hun bruikbaarheid, zoals dat ook in Treblinka en Sobibor het geval was geweest. Maar telkens als ze vroegen wanneer de opstand zou plaatsvinden, kregen ze te horen dat de tijd nog niet rijp was.

In 1944, nadat de Hongaarse joden waren uitgeroeid, werden hun bange vermoedens bewaarheid. De gaskamers en crematoria kregen minder te doen en een groep van driehonderd Sonderkommando's uit crematorium 4 werd voor 'overplaatsing' geselecteerd. Ondanks dat werden ze door de niet-joodse ondergrondse opnieuw afgescheept, met het argument dat een opstand op dat moment 'rampzalig voor het hele kamp' zou zijn.

De Sonderkommando's geloofden dat de niet-joden de hoop koesterden in leven te kunnen blijven totdat ze bevrijd zouden worden door het Russische leger, dat, zoals alle gevangenen wisten, snel in hun richting oprukte. De mannen in Birkenau wisten dat zij, als joden, die hoop niet hadden. De driehonderd besloten op eigen houtje in opstand te komen. Hun bewapening: drie pistolen, een kleine hoeveelheid dynamiet, geïsoleerde draadkniptangen en enkele bijlen en messen.

Op de dag van hun overplaatsing troffen ze voorbereidingen om crematorium 4 in brand te steken. Toen de driehonderd man werden geselecteerd en apart moesten gaan staan, daalde er een hagel van stenen op de bewakers neer.

Er volgde een vechtpartij. De gevangenen openden de aanval met hun verborgen bijlen en messen, en verschillende ss'ers en Oekraïense bewakers gingen neer. Crematorium 4 explodeerde.

De Sonderkommando's in crematorium 2 zagen de rook en dachten dat de oorspronkelijk geplande opstand van het hele kamp begonnen was. Ze knipten een gat in de omheining en gingen ervandoor.

Bijna vijfhonderd van hen lukte het door het prikkeldraad heen te komen. Ze werden allemaal gepakt en doodgeschoten.

Vier ss'ers werden gedood en een aantal anderen gewond; crematorium 4 was verwoest.

Op 17 januari 1944, even voor de komst van het Russische leger, werd het grootste deel van de gevangenen naar andere kampen overgebracht; de achtergeblevenen, voornamelijk joden, werden doodgeschoten. Op 20 januari bliezen de Duitsers de resterende crematoria op.

Succes of mislukking?

Bijna alle mensen die in het getto van Warschau en andere getto's in opstand kwamen, vonden daarbij de dood, en hetzelfde gebeurde in de kampen. Het einde van de kampen was geen gevolg van de opstanden die er hadden plaatsgevonden; het was allang door de nazi's gepland. Mogelijk werd het er iets door bespoedigd, maar niet veel; de oorlog was bijna ten einde.

Van hen die waren gevlucht waren er maar weinigen die er lang profijt van hadden. De meesten werden ontdekt, verraden door verklikkers, vermoord door anti-semitische boeren. Anderen kwamen om in het bos. Enkelen overleefden het en sloten zich aan bij de partizanen. Een handjevol heeft het eind van de oorlog gehaald.

In dit opzicht waren de opstanden mislukkingen. Maar in andere opzichten niet.

In de getto's namen de vechtende joden veel Duitsers mee in de dood, meer dan dit ene hoofdstuk kan vermelden; in Warschau hielden ze duizenden onmisbare soldaten weg van het front. In Treblinka en Sobibor wisten de meeste gevangenen te ontsnappen, een overwinning op zichzelf. In Treblinka ontkwam meer dan de helft van de opstandelingen aan een dood in het kamp; in Sobibor was dat meer dan tweederde.

Ze moesten het bijna allemaal met de dood bekopen, dat is waar. Maar ze hadden die beslissing de nazi's uit handen genomen. De joden van het verzet stierven een dood die zij zelf als vrije mensen hadden gekozen.

De partizanen

Joden die ontsnapten moesten meestal hun toevlucht zoeken tot het omringende platteland. Maar ook de bossen boden geen afdoende veiligheid. Ten eerste wisten de stedelingen

Joodse partizanen uit Wilna.

[Boven] Uit Lublin.
[Onder] Uit Frankrijk.

onder hen niet hoe ze in de open lucht moesten leven. Ten tweede konden ze, als ze uit een ander land kwamen, de taal niet spreken, hadden ze geen bruikbare connecties met de mensen en kenden ze de omgeving niet. Ten derde waren er altijd nazi-patrouilles naar hen op zoek. En ten slotte konden ze ook hier geen hulp van de plaatselijke bevolking verwachten. Uit angst of uit jodenhaat wilden de boeren en dorpelingen doorgaans geen hand voor hen uitsteken. In Polen maakten de leden van het niet-joodse verzet meestal korte metten met elke jood die ze vonden. Overal zaten verklikkers; voor veel arme boeren was een beloning van een pond zout per jood al genoeg.

Ondanks dit alles slaagden sommige joden erin dankzij veel moed, intelligentie en geluk in leven te blijven en partizanen te worden. Veel groepen werden opgericht door joden die uit bepaalde getto's waren ontsnapt – Lukow, Pulawy, Lublin, onder andere. De groep die de naam 'Wrekers van Wilna' kreeg, begon met de leden van de ondergrondse uit het getto van die stad (nu Vilnius). Het getto van Kowno (nu Kaunas) leverde het grootste deel van drie partizanenbataljons.

Ze bewapenden zich zogoed ze konden, om te beginnen met de wapens die ze hadden meegenomen. Een enkele keer werden ze door de boerenbevolking bevoorraad. Ze stalen wat ze stelen konden. En natuurlijk maakten ze zich meester van de wapens van Duitse soldaten die ze overvielen.

Er waren letterlijk duizenden groepen, van allerlei samenstelling. Sommige waren klein, met minder dan vijf of tien mannen en vrouwen. Andere waren veel groter. De groep van Wilna telde uiteindelijk meer dan vierhonderd leden; sommige eenheden groeiden aan tot bijna duizend man. 'Familiekampen', in grootte variërend van twee tot honderden families, boden een schuilplaats aan duizenden mannen, vrouwen en kinderen. Een familiekamp in Rusland werd zo groot dat het 'De Joodse Stad' werd genoemd en de naam Jeruzalem kreeg.

Hoeveel groepen en hoeveel partizanen er in totaal waren, is niet bekend. Wel is bekend dat hun aantal verre van klein was en hun wraak op de nazi's groot. Dat blijkt wel uit de verslagen van de Duitsers zelf, naarmate er meer aan het licht komen.

In de loop van de oorlog nam de patizanenactiviteit, zowel van joden als niet-joden, toe. De behoefte aan een vorm van organisatie werd duidelijk. Bovendien kreeg het niet-joodse verzet eindelijk door dat de joden ook konden vechten. Veel partizanengroepen vielen in nationale groepen uiteen – Litouws, Pools, Russisch, Tsjechisch, enzovoorts – waarin joden en niet-joden gezamenlijk tegen hun gemeenschappelijke vijand vochten. Aldus georganiseerd, met in elke groep een soort centraal commando en een betere onderlinge communicatie, waren ze veel doeltreffender in hun strijd tegen de nazi's. Toch waren er nog eenheden die de hele oorlog uitsluitend joods bleven.

Buiten Oost-Europa – in Frankrijk, Nederland, België, bijvoorbeeld – vochten de joden in het verzet niet zozeer als joden maar als burgers van hun land. Zelfs als een verzetseenheid alleen uit joden bestond, zoals het Armée Juive in Frankrijk, vochten ze als Fransen voor Frankrijk, niet alleen als joden voor de joodse zaak.

Mede hierdoor werden in de verslagen van partizanenactiviteit in West-Europa de joden zelden als joden vermeld. Wel weten we dit: ze vochten in grotere aantallen dan op grond van hun aandeel in de totale bevolking kon worden verwacht. Dat ze niet als joden werden vermeld, betekent op zijn minst dat ze met evenveel moed en inzet vochten als de niet-joden in hun groep.

In het oosten zowel als het westen bliezen de joodse partizanen bruggen op, saboteerden ze treinen, vernietigden ze Duitse voorraden, executeerden ze verraders, vielen ze patrouilles aan – alles wat ook de niet-joden deden. Het enige verschil is dat ze misschien feller en wraakzuchtiger vochten.

Deze mannen en vrouwen bevochten hun vijand met nauwelijks genoeg wapens, slecht gevoed, slecht beschut tegen weer en wind, en in voortdurend levensgevaar. Als partizanen moesten ze verbergen wat ze deden; als joden moesten ze ook nog verbergen dat ze bestonden.

Zoals de meeste mishandelde en stervende joden die ze hadden achtergelaten, wilden ze niet geloven dat de nazi's het zouden winnen. Net als zij wilden ze het eind van de oorlog beleven, de vrede en de gerechtigheid. Daar wachtte hun een andere taak, ter nagedachtenis van allen die het einde niet hadden gehaald.

'Als ons overleven enig doel heeft,' zei een lid van het verzet, 'dan is het misschien dat wij kunnen getuigen. Dat zijn wij verschuldigd, niet alleen aan de miljoenen die naar hun dood in de crematoria en de gaskamers zijn gesleept, maar aan al onze medemensen die in broederschap willen leven – en die een manier moeten vinden om dat te verwezenlijken.'

12. De Verenigde Staten en Groot-Brittannïe

Als er paarden werden afgeslacht zoals de Poolse joden worden afgeslacht, dan zou er nu een luide roep om georganiseerde actie tegen zoveel dierenmishandeling opgaan.
   Rabbi Meyer tegen Robert P. Wagner, lid van de
   Amerikaanse Senaat.

De meeste landen in de vrije wereld deden weinig of niets voor de joden van Europa, toen die werden uitgemoord. Ze kunnen niet beweren dat ze het niet wisten, want ze kenden de waarheid, of een groot gedeelte daarvan, al vroeg in de oorlog, zo niet al ervoor. Als ze wel iets hadden gedaan, in het begin, toen de eerste tekenen in Duitsland zichtbaar werden, of later, toen de vernietigingskampen op volle toeren draaiden, hadden ze duizenden, misschien wel miljoenen levens kunnen redden. Maar ze deden niets.

Er zijn echter uitzonderingen, zowel onder regeringen als individuele personen. Die komen in het volgende hoofdstuk aan bod. Dit hoofdstuk gaat over enkele van de belangrijkste daden – en het gebrek daaraan, van de Verenigde Staten en Groot-Brittannië.

De eerste jaren

Het anti-joodse karakter van Hitlers regering werd al kort na de machtsovername duidelijk, en was in de hele wereld bekend. Over de Neurenberger wetten en de boycot van joodse winkels werd overal ter wereld gesproken en geschreven, vrijwel overal met grote afkeuring van zulk 'onbeschaafd' gedrag. Het was in die periode, van 1933 tot het begin van de oorlog, dat er veel joden uit Duitsland en Oostenrijk emigreerden.

De Europese landen lieten joden toe, maar niet onbeperkt, en hetzelfde gold voor de Verenigde Staten en Engeland. Geen enkel land, met twee uitzonderingen die later ter sprake komen, nam hen zonder strenge beperkingen op.

De Verenigde Staten lieten uit elk land maar een bepaald aantal mensen toe. Voor Duitsland was het quotum 25.957 per jaar. Maar in de jaren van 1933 tot 1938 werd dat quotum nooit volgemaakt. In 1933, het jaar waarin Hitler aan de macht kwam, emigreerden er maar 1.445 mensen uit Duitsland naar Amerika. In 1937 werden er niet meer dan 11.536 toegelaten – en dat was na de Neurenberger wetten, de boycot en de sterke toename van het anti-semitisme in Duitsland. De overige aanvragers werden volkomen legaal buiten de deur gehouden.

Volgens de Amerikaanse immigratiewet kon iemand een verblijfsvergunning worden geweigerd als de kans bestond dat hij of zij 'ten laste van de gemeenschap' zou komen, dus een financiële last zou worden. Om zich in de Verenigde Staten te mogen vestigen moest de immigrant aantonen dat hij genoeg geld had om zichzelf te onderhouden, of dat zijn onderhoud door familie of vrienden werd gegarandeerd. Aan deze LPC-bepaling, zoals zij werd genoemd, werd zelden de hand gehouden – wie in het bezit van honderd dollar was, kwam er doorgaans wel in – tot 1930, toen er in Amerika grote werkloosheid heerste. Vanaf die tijd werd de bepaling streng toegepast.

Het aantal joodse immigranten in Amerika bleef als gevolg hiervan vrij laag. Door de maatregelen van de nazi's werden de joden in Duitsland geleidelijk aan tot armoede gedreven. Ze werden uit de meeste goed betalende beroepen gezet, hun bedrijven en hun bezittingen werden afgenomen, als ze emigreerden moesten ze verschillende soorten 'belasting' betalen, en ze mochten maar heel weinig geld meenemen.

Helaas is onweerlegbaar komen vast te staan dat de ambtenaren die beslisten wie er een inreisvisum kreeg, de LPC-regel veel hardvochtiger toepasten dan de opstellers ervan hadden bedoeld.

Hun optreden strookte met de heersende opinie in de Verenigde Staten. Volgens een opinieonderzoek in 1938, wilde 67 procent van de Amerikaanse bevolking de vluchtelingen niet toelaten; meer dan 70 procent was tegen het verhogen van de quota. Als reden werd de economische situatie genoemd – de immigranten zouden Amerikanen werkloos maken – maar de bezwaren waren waarschijnlijk op iets veel onaangenamers gebaseerd. In de jaren dertig vierde het anti-semitisme in de Verenigde Staten hoogtij. Dit kwam ten dele door de propaganda waarmee de nazi's en hun sympathisanten de Amerikanen bestookten. Veel van die propaganda viel echter in vruchtbare aarde.

De verschillende anti-semitische kranten en tijdschriften in het land werden gretig gelezen en anti-semitische radioprogramma's trokken veel luisteraars. Een ander opinieonderzoek bracht aan het licht dat de joden tot de 'minst wenselijke' inwoners van Amerika werden gerekend. Nog in 1939 was 30 procent van mening dat de joden 'te veel macht' hadden en vond 10 procent dat ze het land moesten worden uitgezet.

Intussen nam het aantal mensen dat uit Duitsland, en vervolgens ook uit Oostenrijk, wilde emigreren elk jaar toe. Het werd echt een internationaal probleem. In 1938 werd het aantal op 660.000 geschat. Hoewel het officieel 'het vluchtelingenprobleem' werd genoemd, viel het joodse karakter ervan niet te ontkennen: 300.000 van hen waren joden en 285.000 waren christenen die met joden getrouwd waren. De overige 75.000 waren rooms-katholieken, op de vlucht voor Hitlers eerste – niet geslaagde – poging de kerken te vervolgen.

Op initiatief van de Amerikaanse president Franklin Roosevelt werd er een internationale conferentie belegd om het probleem aan te pakken.

De Conferentie van Evian

In juli 1938 kwamen de vertegenwoordigers van tweeëndertig landen bijeen in een luxe hotel in het Franse kuuroord Evian aan het Meer van Genève. De Verenigde Staten beloofden voortaan hun hele immigratiequotum te zullen volmaken. Twee kleine landen, Nederland en Denemarken, die al meer vluchtelingen hadden dan ze verwerken konden, zeiden dat ze hun grenzen bleven openstellen.

Behalve dat werden er nauwelijks veranderingen in het bestaande vluchtelingenbeleid aangebracht. Elk op zijn eigen manier herhaalden de deelnemende landen wat de afgevaardigde van Australië zei: 'Aangezien wij zelf geen werkelijk rassenprobleem hebben, hebben wij geen zin er een te importeren.'

Er werd een werkgroep ingesteld, de Intergouvernementele Commissie voor de Vluchtelingen, die twee hoofdtaken had. De eerste was het vinden van plaatsen waar de vluchtelingen zich konden vestigen. Omdat bijna alle landen al hadden laten weten dat ze geen vluchtelingen wilden, was die taak tot mislukken gedoemd. Ten tweede zou de commissie proberen om met nazi-Duitsland te onderhandelen. De commissie sprak over vluchtelingen; de nazi's gebruikten, terecht, het woord joden. Onderhandelingen om hun lot te verlichten, zouden uiteraard weinig hebben uitgehaald.

Niemand nam de commissie al te serieus. Toen zij voor het eerst na de Conferentie van Evian bijeenkwam, namen sommige landen niet eens de moeite een afgevaardigde te sturen, en stuurden de andere iemand van heel lage rang.

Na de Kristallnacht op 9 november 1938 zei Roosevelt: 'Ik kon amper geloven dat zoiets in een twintigste-eeuwse beschaving kon gebeuren.' De Verenigde Staten riepen uit protest hun ambassadeur uit Duitsland terug. Dat was alles. Ook toen bleven de immigratiebepalingen ongewijzigd.

In 1940 en 1941 scherpten de Amerikanen hun wet nog

Franklin Delano Roosevelt, president van de Verenigde Staten, 1933-1945.

eens extra aan, door er een veiligheidstoets aan toe te voegen. Iedere immigrant moest aantonen dat hij de laatste vijf jaar niet met de politie in aanraking was geweest. Met andere woorden, een jood moest de politie, die onder nazi-bevel stond, om een bewijs van goed gedrag vragen. Iets wat weinigen wilden of konden doen.

Er was nog een andere belemmering voor immigranten uit landen die tegen de Verenigde Staten waren – dat wil zeggen, de landen onder nazi-bewind. Als ze naaste familieleden hadden achtergelaten werd dat gezien als een omstandigheid die mogelijk de belangen en de openbare veiligheid van de Verenigde Staten zou kunnen schaden. Zulke mensen werden zelden toegelaten. Vluchtelingen uit landen die de Verenigde Staten vijandig gezind waren – Duitsland en bondgenoten – hadden het nog moeilijker.

De stroom immigranten werd een straaltje.

Toen deed Engeland er nog een schepje bovenop. Palestina was sinds het einde van de Eerste Wereldoorlog een Brits mandaatgebied en werd als het nationale tehuis van de joden beschouwd. De Engelsen stonden joden toe zich er te vestigen, en er woonden er nu zo'n 500.000. In 1939 besloot de Engelse regering het aantal immigranten tot 75.000 te beperken, in quota van 10.000 per jaar; als dat aantal was bereikt zouden de omringende Arabische staten voor elke verandering hun toestemming moeten geven.

De Conferentie van Evian had niemand van mening doen veranderen.

Het telegram van Riegner

In september 1941 was heel Europa, inclusief Engeland, in oorlog met Duitsland. In oktober werd het joden verboden de door Duitsland bezette gebieden te verlaten. De Einsatzgruppen trokken door Oost-Europa en op 8 december in Chelmno werden er voor het eerst joden vergast. De systematische uitroeiingscampagne was begonnen.

De geallieerden wisten wat er gebeurde. In de afgelopen maanden waren er in de Verenigde Staten en Engeland berichten ontvangen over massamoord. De kranten hadden ze vermeld, maar kort, onopvallend, ergens op een binnenpagina. Het publiek was niet verontrust. De regeringen evenmin.

In mei 1942 kwam er een bericht door van de Joodse Arbeidsbond in Polen. Het beschreef de Duitse opmars door het land, van streek tot streek, van maand tot maand. Het beschreef de Einsatzgruppen, de vergassingswagens en de grootscheepse vernietiging waarmee in Chelmno een begin was gemaakt. Het meldde dat er naar schatting al 700.000 joden vermoord waren en concludeerde dat de nazi's zich ten doel gesteld hadden de joden in Europa uit te roeien.

In Engeland reageerden het publiek en de kerken met verontwaardiging. De regering deed niets. In Amerika zette maar één krant – de *New York Herald Tribune* – het bericht op de voorpagina; de joodse organisaties hielden protestbijeenkomsten. De regering deed niets.

In augustus 1942 werd er in Engeland en de Verenigde Staten een telegram ontvangen. Het was verzonden door Gerhardt Riegner, een Duitse vluchteling die in Zwitserland woonde en daar het kantoor van het Joodse Wereldcongres leidde. Het luidde:

'Heb alarmerend bericht ontvangen dat in hoofdkwartier Führer plan besproken en in overweging is, om alle joden in landen bezet of overheerst door Duitsland, in aantal 3.5-4 miljoen, na deportatie en concentratie in het oosten, te vernietigen... De operatie moet in het najaar beginnen; methoden besproken waaronder blauwzuurgas...'

Pas in 1986 werd bekend dat de bron van deze informatie een Duitse anti-nazi was, Eduard Schulte geheten. In hoofdstuk 13 komt hij uitvoeriger ter sprake.

Het telegram was gericht aan het Britse en Amerikaanse ministerie van Buitenlandse Zaken. Riegner vroeg of er een kopie kon worden gestuurd aan rabbi Stephen Wise, de belangrijkste joodse leider in de Verenigde Staten, en naar Sidney Silverman, lid van het Britse parlement. Silverman kreeg het bericht, rabbi Wise niet. Niet alleen hield het Amerikaanse ministerie van Buitenlandse Zaken het tegen, het verzocht zelfs een paar maanden later de Amerikaanse consul in Genève berichten van dergelijke bronnen voortaan niet meer door te geven.

Silverman stuurde een kopie aan rabbi Wise. Het ministerie van Buitenlandse Zaken vroeg de rabbi het bericht niet wereldkundig te maken tot het de inhoud kon bevestigen. Dat gebeurde. In november, vier maanden nadat het telegram was ontvangen, mocht rabbi Wise een persconferentie houden.

Het nieuws verscheen in alle kranten, maar weer niet op de voorpagina's. Het Amerikaanse publiek leek niet in staat er geloof aan te hechten, of er zelfs maar bij stil te staan. (In juli 1942 vond volgens een opinieonderzoek 44 procent nog steeds dat de joden te veel macht hadden.)

Het Britse publiek reageerde wel. Misschien omdat ze gebombardeerd werden en zo de gevolgen van de oorlog aan den lijve ondervonden, waren de Engelsen in staat het bericht serieus te nemen. Onder druk van parlementsleden, de kerken en andere groepen nam de Engelse regering het initiatief tot een internationale verklaring waarin de jodenmoord uit naam van elf geallieerde staten werd veroordeeld. De verklaring werd uitgegeven in Washington, Londen en Moskou.

Ze praatten tegen zichzelf. En niemand deed iets.

Hoe was het mogelijk?

Er zijn minstens vijf fatsoenlijke redenen te noemen waarom de Conferentie van Evian niets opleverde, en waarom het bericht van de Arbeidsbond en later het telegram van Riegner ook niets teweegbrachten.

Ten eerste was er in de tijd van Evian, in 1938, een wereldwijde depressie gaande. De meeste landen kampten met een hoge werkloosheid en een zwakke economie. Het is begrijpelijk dat geen land op de komst van duizenden nieuwe inwoners zat te wachten.

Ten tweede werden de berichten over de grote jodenmoord die het westen bereikten, gewoon niet geloofd. Zoiets gruwelijks was er in de moderne wereld nog nooit gebeurd, en de meeste mensen konden zich eenvoudig niet voorstellen dat het waar was. Zelfs veel joden vonden de berichten absurd.

Ten derde had dat ongeloof ook een historische reden. In de Eerste Wereldoorlog waren verhalen over gruwelijk Duits optreden in België in de hele wereld voorpaginanieuws geweest. Duitse soldaten zouden baby's aan de bajonet hebben geregen en weerloze nonnen hebben doodgeschoten. Die verhalen waren verzonnen en werden verspreid om de vechtlust aan te wakkeren, vooral in Amerika en Engeland. De nieuwe, maar nu ware, verhalen verschenen nauwelijks meer dan twintig jaar na de leugens. Zij die het zich nog konden herinneren waren niet bereid zulke gruwelverhalen opnieuw te geloven; ze waren er één keer ingestonken en dat was genoeg.

Ten vierde waren de Arabieren in Palestina en de omringende gebieden in 1936 tegen de joodse aanwezigheid in opstand gekomen. Het geweld duurde twee jaar en bereikte in 1938 een hoogtepunt. Engeland was bang dat de Arabieren de nazi's zouden steunen in de oorlog die, zo wist het, ophanden was. Dat geldt als de voornaamste reden voor het verscherpen van de immigratievoorschriften in 1939.

Ten vijfde: de Tweede Wereldoorlog begon pas echt toen de Verenigde Staten op 7 december 1941 besloten mee te doen; Engeland was al sinds 1939 in oorlog. Tot 1943 had het er alle schijn van dat de geallieerden de strijd gingen verlie-

Winston Churchill, premier van Groot-Brittannië, 1940-1945.

zen. Ook toen de berichten over massamoord eindelijk geloof vonden, vond men dat er weinig aan gedaan kon worden, omdat alle krachten moesten worden ingezet om de oorlog te winnen. Een reddingsoperatie voor de joden zou het grootste deel van de oorlogsinspanning vergen, wilde zij kans van slagen hebben. Voor een dergelijke verandering van strategie waren de geallieerde gevechtskracht en het geallieerde geloof in de overwinning niet groot genoeg.

En na 1943, toen het duidelijk werd dat de Duitsers het gingen verliezen? Wat toen? Het officiële antwoord luidde: 'De definitieve oplossing van dit probleem is een zo spoedig mogelijke overwinning op de Duitsers.'

Het enige bezwaar daarvan was uiteraard dat er, gezien het tempo waarmee de nazi's hen vermoordden, aan het eind van de oorlog geen joden in Europa meer over zouden zijn.

De Conferentie van Bermuda

In Engeland bleven het publiek, de kerken en het parlement de regering onder druk zetten iets te doen. Om enigszins aan die druk tegemoet te komen, vroeg zij de Amerikanen een conferentie te beleggen over het vraagstuk waar de slachtoffers van de nazi's veilig konden worden ondergebracht. Zij stelde twee voorwaarden. Ten eerste moest Palestina worden uitgesloten. Ten tweede mocht er niet gesproken worden van een jodenprobleem. Dat zou bij andere bondgenoten op bezwaren stuiten, en bovendien zou de kans dat er 'te veel buitenlandse joden' naar Engeland zouden komen anti-semitische gevoelens in eigen land kunnen wekken.

De Amerikanen gingen akkoord. Palestina zou niet ter sprake komen. De conferentie zou niet over joden gaan, maar over vluchtelingen in het algemeen – hoewel beide landen wisten dat het alleen de joden waren die werden uitgeroeid, geen enkel ander volk.

De afgevaardigden kwamen op 19 april 1943 op Bermuda bijeen (de dag dat de opstand in het getto van Warschau begon, maar dat wisten ze niet). Onder de Amerikaanse afgevaardigden bevond zich een lid van het ministerie van Buitenlandse Zaken, die geprobeerd had elk bericht over de jodenmoord de kop in te drukken. Een andere Amerikaan geloofde dat Hitler zelf achter de Amerikaans-joodse dadendrang zat.

Aan het verloop van de conferentie zouden heel wat alinea's kunnen worden gewijd. Maar omdat het van meet af aan alleen maar de bedoeling van beide regeringen was de publieke opinie tevreden te stellen, zou dat verspilde ruimte zijn. Uit het eindverslag van de conferentie bleek zo duidelijk dat er weinig of niets ondernomen werd, dat het zo lang mogelijk geheim werd gehouden. Al met al was de conferentie verantwoordelijk voor het opvangen van 630 vluchtelingen in een kamp dat een jaar later in Noord-Afrika werd ingericht. Verder gebeurde er niets.

Het aanbod van Roemenië en Bulgarije

Roemenië en Bulgarije waren bondgenoten van Duitsland, geen veroverde landen. Ze behielden een zekere mate van onafhankelijkheid. Beide landen legden de joden althans een deel van de beperkingen op die onder de nazi's gebruikelijk waren, en beide werkten tot op zekere hoogte aan de Endlösung mee. Maar toen het oorlogstij zich tegen Duitsland begon te keren, wilden ze beide op een beetje sympathie van de geallieerden kunnen rekenen als de oorlog voorbij was.

Op 13 februari 1943 bood Roemenië aan 70.000 joden te laten vertrekken naar een door de geallieerden te kiezen locatie, bij voorkeur Palestina. Het land vroeg ongeveer 130 dollar per jood, met een nader te bepalen toeslag als er Roemeense schepen zouden worden gebruikt. Rond dezelfde tijd besloot Bulgarije zich van de Endlösung te distantiëren; er was een begin mee gemaakt, maar de Bulgaarse geestelijkheid en bevolking waren er nooit erg voor geweest. De Bulgaarse regering bood aan er 30.000 te laten vertrekken.

De Amerikaanse minister van Buitenlandse Zaken antwoordde dat het Roemeense aanbod 'ongefundeerd' was en dat het waarschijnlijk door de Duitse propagandamachine was ingegeven, met de bedoeling 'verwarring en twijfel te zaaien binnen de Verenigde Naties'. Het antwoord op het Bulgaarse aanbod was niet veel anders. De Engelsen reageerden nog botter. Hun minister van Buitenlandse Zaken zei, naar verluidt: 'Als we daaraan beginnen, willen de joden dat we in Polen en Duitsland hetzelfde gaan doen. Er zijn op de hele wereld gewoon niet genoeg schepen en andere transportmiddelen om ze allemaal te verwerken.'

De werkelijke reden, bleek telkens weer, was veel fundamenteler van aard. Er was nergens plaats voor hen. De Engelsen hadden al gezegd dat ze 'zich bogen over de problemen van het vinden van een bestemming voor grote aantallen joden, mochten deze uit door de vijand bezet gebied worden bevrijd'. Nu zei de regering dat ze aan deze ontsnappingsmogelijkheden geen gevolg zou geven, op zijn minst deels omdat dit zou 'leiden tot een aanbod om ons met een nog groter aantal op te zadelen'.

Een woordvoerder van de afdeling Europese zaken van het Amerikaanse ministerie van Buitenlandse Zaken schreef dat aanvaarding van het aanbod 'waarschijnlijk tot nieuwe druk ten gunste van een wijkplaats op het westelijk halfrond zou leiden'. En hij voegde eraan toe: 'Zover ik weet zijn wij nog niet in staat het hele jodenprobleem aan te pakken.' Een ambtenaar van het ministerie was van mening dat de reddingsvoorstellen 'Hitler van de verantwoordelijkheid en de vloek zouden ontlasten'.

Er gebeurde niets.

Het bombardement van Auschwitz

Op 10 april 1944 ontsnapten er twee jonge Slowaakse joden uit Auschwitz. Ze wisten de joodse ondergrondse in Slowakije te bereiken en dicteerden een verslag van dertig bladzijden. Ze vertelden tot in bijzonderheden wat het doel van Auschwitz was en hoe alles er in zijn werk ging. Ze beschreven de gaskamers die elk '2.000 mensen' konden bevatten, de 'ss'ers met gasmaskers op' die het gif naar binnen gooiden en het verwijderen en verbranden van de lijken.

Rond half juni had deze informatie Zwitserland en de geallieerden bereikt. In Engeland en Amerika wist men al van het bestaan van Auschwitz af, maar niet welke bedoeling het had. Nu hoorden ze dat het een vernietigingscentrum voor joden was. Er verschenen berichten over in de pers en eind juni was de waarheid over Auschwitz alom bekend.

Het verslag verscheen ongeveer in dezelfde tijd dat de massadeportatie van Hongaarse joden naar Auschwitz begon. De Tsjechische ondergrondse en verschillende joodse groepen vroegen de geallieerden op zijn minst de spoorlijnen die van Hongarije naar Auschwitz voerden te bombarderen. Ze wisten dat dit geen eind aan de massamoord zou maken, maar dat het die tenminste voldoende kon vertragen om duizenden levens te redden.

Duitsland was nu onmiskenbaar de oorlog aan het verliezen. Door zware geallieerde bombardementen waren verscheidene Duitse steden al met de grond gelijkgemaakt.

De fabrieken van I. G. Farben waar synthetisch rubber werd gemaakt, waren al gebombardeerd, en die lagen maar acht kilometer van Birkenau vandaan. Het verbazingwekkende was, dat Auschwitz I en Birkenau beide al eens waren gebombardeerd – *maar per ongeluk*. Die paar bommen hadden meer schade aangericht – aan ss-gebouwen en manschappen – dan het opzettelijke bombardement op de fabrieken, die maar licht beschadigd waren. Het moest herhaald worden.

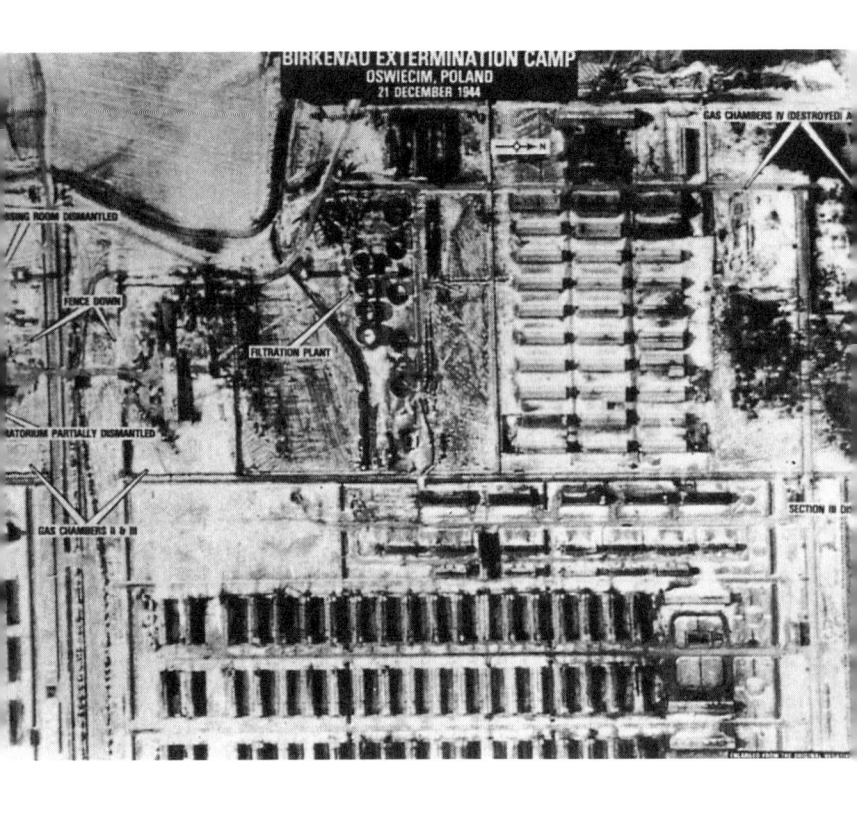

Auschwitz en Birkenau werden door geallieerde vliegtuigen gefotografeerd. Deze foto werd genomen in december 1944. Oswiecim is de Poolse naam die door de Duitsers werd veranderd in Auschwitz.

Bovendien hadden er al minstens tweemaal andere vliegtuigen boven het kamp gevlogen om foto's te nemen. De geallieerden wisten hoe Birkenau eruitzag.

De Britten noemden de berichten uit Auschwitz en de smeekbede om de spoorlijnen te bombarderen 'de overdrijving... van die zeurende joden.' Verder zouden er, als de Britse luchtmacht werd ingezet, 'kostbare levens verloren gaan'. Wat waren joodse levens dan?

In Amerika ging het verzoek naar John J. McCloy, de onderminister van Oorlog. Dit was zijn reactie:

'Na onderzoek is gebleken dat een dergelijke operatie alleen zou kunnen worden uitgevoerd met behulp van aanzienlijke luchtsteun, die echter essentieel is voor het succes van onze strijdkrachten die thans bezig zijn met beslissende operaties elders...'

Maar er waren ook vliegtuigen vrijgemaakt om een doel op acht kilometer afstand van het kamp te bombarderen, waarbij per ongeluk zelfs het kamp was geraakt.

'[Een dergelijk bombardement] zou bovendien van een zo twijfelachtige doeltreffendheid zijn, dat het onverantwoord zou zijn onze middelen hiervoor in te zetten.'

Het had duizenden joodse levens kunnen redden, door de moordmachine tijdelijk te vertragen. Dat is geen 'twijfelachtige doeltreffendheid'.

Hij zei nog meer.

'Velen hebben ook gewezen op het gevaar dat een dergelijke inspanning, zo die al mogelijk zou zijn, de Duitsers tot nog wraakzuchtiger optreden zou hebben geprovoceerd.'

Nog wraakzuchtiger – gruwelijker, bloeddorstiger, wreder – dan Auschwitz?

Er gebeurde niets.

Een late uitzondering: de War Refugee Board

Op 22 januari 1944 zette de Amerikaanse president, Franklin Delano Roosevelt, zijn handtekening onder Presidentieel Besluit 9417, en de War Refugee Board, de Oorlogsvluchtelingenraad, was geboren. Roosevelt was geschrokken in actie gekomen na het lezen van een vertrouwelijk rapport van de minister van Financiën waaruit overduidelijk bleek dat Buitenlandse Zaken geprobeerd had reddingspogingen te verhinderen en berichten over de jodenvernietiging in de doofpot te stoppen of te vertragen. De WRB werd opgezet 'tot redding, vervoer, onderhoud en ondersteuning van de slachtoffers van alle verdrukking'. Zij vermeldde in het bijzonder dat zij zou proberen 'het plan van de nazi's om alle joden te verdelgen' te vertragen.

Een vertegenwoordiger van de WRB in Turkije had daar een ontmoeting met de Roemeense ambassadeur en vertelde hem dat Roemenië verantwoordelijk zou worden gehouden voor het lot van de 48.000 joden die op zijn grondgebied in kampen zaten. Nadat de WRB de ambassadeur en zijn gezin een visum voor de Verenigde Staten had beloofd, werd overeengekomen de kampen te evacueren. Dezelfde taktiek werd toegepast om Bulgarije te bewegen de anti-joodse wetten die in het land van kracht waren, in te trekken. Mede dankzij de aanzienlijke oppositie tegen deze wetten vanuit de bevolking en de geestelijkheid, werden ze ingetrokken.

In Hongarije steunde de WRB financieel het reddingswerk van Raoul Wallenberg, een Zweeds diplomaat die van meer dan 70.000 joden het leven heeft gered. De WRB werkte samen met en gaf financiële steun aan ondergrondse organisaties in heel Europa.

Tegen de zin van het Amerikaanse en Britse ministerie van Buitenlandse Zaken, maar op aandringen van de WRB, gaf president Roosevelt een verklaring uit die in heel Europa werd verspreid – als pamflet uit vliegtuigen gestrooid, in vele talen op de radio voorgelezen en door ondergrondse kranten gedrukt. Het was een van de zeldzame keren dat de joden als slachtoffers van de nazi's met name werden genoemd. In de verklaring stond, onder andere:

'Een van de zwaarste misdaden aller tijden – door de nazi's in vredestijd begonnen en gedurende de oorlog honderdvoudig toegenomen – de grootscheepse systematische moord op de joden van Europa – gaat van uur tot uur onverminderd voort...

Geen van hen die aan deze daden van barbarij deelnemen zal zijn straf ontgaan... Wie deelheeft aan de schuld, zal ook deelhebben aan de straf.'

Mogelijk heeft deze boodschap ertoe bijgedragen dat Roemenië en Bulgarije in actie kwamen. Zeker is, dat zij de overheerste volken een hart onder de riem heeft gestoken. En misschien hebben sommige joodse gevangenen er de extra kracht aan ontleend die ze nodig hadden om tot de bevrijding in leven te blijven.

Op deze en andere manieren slaagde de WRB erin het leven van meer dan 200.000 joden te redden, en dat van 20.000 niet-joden bovendien. Dit bereikte de WRB in die enkele korte maanden van haar bestaan.

Het doet bijna pijn te bedenken wat de WRB had kunnen bereiken als ze genoeg geld had gekregen, wat niet het geval was; als ze de steun van het ministerie van Buitenlandse Zaken had gehad, wat niet het geval was; als ze niet door de Engelsen was bekritiseerd en tegengewerkt, wat wel het geval was; en als ze met haar werk had kunnen beginnen voordat de Endlösung al zover gevorderd was.

Een mogelijke conclusie

In dit hoofdstuk is veel niet besproken, waaronder de pogingen van mensen in regeringen en elders om anderen te doordringen van de noodzaak de stervende joden te helpen. Maar omdat het resultaat steeds weer hetzelfde was – er gebeurde weinig of niets – leken alleen de belangrijkste daden en reacties hier het vermelden waard. Zij laten zien wat volgens regeringsstukken de algemene houding en reactie was.

Het is mogelijk dat de monsterlijke omvang van de slachting aanvankelijk niet te bevatten was. Vervolgens bleek dat eigenlijk niemand wist wat er met die joden moest gebeuren. Ook is duidelijk dat er aan veel van het gebeurde een vorm van onuitgesproken anti-semitisme ten grondslag lag. Die gedachte wordt sterker als we onszelf deze eenvoudige vraag stellen: 'Als het nu eens een miljoen, twee miljoen, zes miljoen protestanten of katholieken waren geweest, wat zou er dan zijn gebeurd?

13. De redders en de rechtvaardigen

Ik vind dat je het aan jezelf verplicht bent om je fatsoenlijk te gedragen.
Marion P. Pritchard, medeverantwoordelijk voor de redding van 150 joden

Toch waren er mensen die de joden te hulp kwamen. Soms bestond die hulp uit het neerleggen van voedsel aan de kant van een weg waar joden tijdens een dodenmars langskwamen, soms in het bieden van veilige schuilplaatsen op hooizolders, in varkenshokken of onder een vloer. Kinderen die bij Poolse gezinnen werden ondergebracht, werd geleerd zich als katholieken te gedragen; kloosters namen hele gezinnen op. Ambtenaren leverden clandestien paspoorten, visa of valse papieren. Regeringen weigerden nazi-bevelen op te volgen, of probeerden nazi-eisen af te zwakken.

Het aantal mensen dat joden redde en hielp is niet groot. Er was onmetelijk veel moed voor nodig. Zij en hun familieleden riskeerden in het beste geval het concentratiekamp, in het ergste geval de dood. Ambtenaren zetten hun baan en carrière op het spel. Duitsers die joden hielpen konden de doodstraf krijgen en brachten schande over hun familie. Regeringen die iets deden riskeerden een totale machtsovername door de nazi's.

Wie ze waren is dikwijls, nee, meestal onbekend. De duizenden die joden verborgen in het 'arische' Warschau, de boeren en dorpelingen die joden, die uit de kampen of aan de executies waren ontsnapt te eten gaven en verpleegden – ze zullen misschien wel altijd anoniem blijven. Hun beloning ligt in de herinnering van die joden die ze hielpen in leven te blijven toen het erop leek dat de hele wereld hen dood wilde hebben.

Joodse kinderen werden door christelijke gezinnen opgenomen en katholiek opgevoed om ontdekking te voorkomen. De met x gemerkte jongen is een joodse misdienaar voor een katholieke kerk in Polen.

Dit zijn enkele van de mensen en regeringen die het hart hadden zich hun lot aan te trekken en de moed om iets voor hen te doen.

Het hart en de moed

Elizabeth Abegg. In haar huis in Berlijn hielp en redde ze joden vrijwel onder het oog van de Gestapo. Ze hielp hen met voedsel, ze hielp hen met geld, waarvoor ze vaak eigen bezittingen moest verkopen, ze bezorgde hun voedselbonnen en visa en onderduikadressen, of hielp hen het land uit te komen. Haar hulp aan een groep onderduikers redde minstens vierentwintig joodse kinderen het leven.

Petras Baublis. Als leider van een kindertehuis in Kowno, in Litouwen, smokkelde Baublis joodse kinderen uit het getto en verborg ze in zijn tehuis. Van bevriende priesters wist hij blanco doopformulieren los te krijgen, die hij invulde en door hen liet tekenen, als verklaring dat het kind in kwestie van christelijke ouders was. Hij heeft naar schatting minstens negen joodse kinderen gered.

Bulgarije. Bulgarije was een bondgenoot van Duitsland. De Bulgaarse joden waren vrij goed in de maatschappij geïntegreerd en de anti-joodse wetten waren er minder streng dan in landen onder nazi-bestuur. Maar uiteindelijk stemde een nazi-gezinde minister van Buitenlandse Zaken toch in met deportatie naar de kampen en werden er plannen uitgewerkt. De joden in de pas verworven gebiedsdelen Tracië en Macedonië werden vermoord. Maar de joden in 'Oud-Bulgarije' werden niet gedeporteerd. De regering weigerde, en koning, kerk en volk protesteerden. Onder zware Duitse druk werden de joden in kleine plattelandsgemeenten ondergebracht, maar op den duur werd deze dwangmaatregel opgeheven en werden alle anti-joodse wetten ingetrokken. De vijftigduizend Bulgaarse joden overleefden de holocaust.

Le Chambon-sur-Lignon. Dominee André Trocmé en zijn vrouw Magda boden in dit Zuid-Franse dorpje een schuilplaats aan vluchtende joden. De dorpelingen aarzelden niet hun voorbeeld te volgen en namen ook joodse volwassenen en kinderen in huis. Als het gevaar van ontdekking door de Duitsers te groot werd, namen boeren in de omgeving de vluchtelingen mee en deelden met hen hun eenvoudige woningen en karige eten, tot het weer veilig was om terug te gaan.

Toen hem een lijst van de joden in het dorp werd gevraagd, weigerde dominee Trocmé en werd hij gearresteerd. Na zijn vrijlating zette hij zijn hulp aan de joden voort, tot aan de bevrijding, evenals alle andere inwoners van Le Chambon.

Denemarken. Omdat ze blond haar en blauwe ogen hadden, werden de Denen door de nazi's als 'ariërs' beschouwd. Ze mochten hun eigen regering houden en werden redelijk met rust gelaten. Er golden geen anti-joodse wetten tot het najaar van 1942, toen Hitler zich bedacht en een ss-officier naar Kopenhagen stuurde als vertegenwoordiger van het Duitse gezag. De toegenomen onderdrukking die daarvan het gevolg was, lokte verzetsincidenten uit, waarop het Duitse leger voor de eerste keer als bezetter het land binnenkwam. Toen de joden gedwongen werden de davidster te dragen, deed de Deense koning en de hele koninklijke familie er een op. Toen ze hoorden dat de deportatie van de joden op komst was, hielpen bijna alle burgers van dit kleine land mee – met geld, eten, onderdak, boten en bootjes – om hen over te zetten naar Zweden, en de vrijheid. Vierhonderd joden werden gepakt en naar een concentratiekamp gestuurd, dat ze, dankzij grote druk van de Deense regering, overleefden. Alle achtduizend Deense joden kwamen veilig de oorlog door, op eenenvijftig na die in het kamp een natuurlijke dood stierven.

Georg Ferdinand Duckwitz. Duckwitz was marine-attaché bij de Duitse ambassade in Kopenhagen. Vanaf 1939 gaf hij geheime informatie door aan het Deense verzet. Hij waarschuwde de ondergrondse en de regering van het neutrale Zweden dat de schepen die in de haven arriveerden voor de deportatie van joden bedoeld waren, waardoor ze de tijd kregen de actie op touw te zetten die alle Deense joden, op enkelen na, het leven redde.

Finland. Finland steunde Duitsland in de aanval op Rusland. De Duitsers gebruikten Finland als uitvalsbasis, maar hebben het land nooit bezet. Toen Himmler de Finse premier vroeg zijn joden uit te leveren, weigerde die het verzoek in overweging te nemen. Alle tweeduizend Finse joden overleefden de oorlog.

Hermann Gräbe. Gräbe leidde in de oorlogsjaren een bouwbedrijf dat voor de Duitse spoorwegen werkte. Hij was in 1931 lid van de nazi-partij geworden, maar zegde later zijn lidmaatschap op. Zijn bedrijf voerde voor het Duitse leger een bouwopdracht uit in Sdolbonov, in de Oekraïne. Hij nam honderden joden in dienst, die hij van onderdak, eten, medische zorg, uitreisvisa en valse papieren voorzag. Hij ging de confrontatie aan met een ss-commandant van een transport en redde zo honderd joden het leven. Gräbe was de enige Duitse getuige à charge tijdens de Neurenbergse processen. Omdat hij na de oorlog door zijn landgenoten werd gemeden, vertrok hij uit Duitsland en vestigde hij zich in de Verenigde Staten.

Paul Grüninger. Grüninger was commissaris van politie in St. Gallen, Zwitserland, toen de regering daar de grens met Oostenrijk voor alle vluchtelingen sloot. Hij vond veilige grensovergangen waarlangs duizenden illegaal het land konden binnenkomen. Niet lang daarna werd hij wegens dienstweigering voor de rechter gedaagd, schuldig bevonden en ontslagen. Hij leefde in grote armoede tot 1969, toen de Zwitserse regering hem officieel gratie verleende.

Dr. Adelaide Hautval. Hautval was een Franse arts die tegen de behandeling van de joden protesteerde en ten slotte in Auschwitz terechtkwam. Zij werd als dokter tewerkgesteld in het beruchte Blok 10, waar medische experimenten werden gedaan. Toen er een tyfusepidemie uitbrak, wat onmiddellijke selectie voor het gas betekende, meldde ze dit niet en verborg ze de meest zichtbaar zieken, waarmee ze hun leven redde. Ze weigerde op welke manier dan ook aan welk experiment dan ook mee te werken. Toen een commandant-arts van de ss haar vroeg of ze enig verschil kon zien tussen de joodse gevangen en haarzelf, antwoordde ze: 'Ik heb inderdaad mensen gezien die anders zijn dan ik – en daar bent u er één van.' Dapper, ongelooflijk medelevend met anderen, werd ze 'De engel in het wit' en 'de heilige' genoemd. Ze zei vaak tegen de gevangenen om haar heen: 'We zijn hier allemaal ter dood veroordeeld. Laten we ons als mensen gedragen, zolang we nog leven.' Ze keerde na de oorlog naar Frankrijk terug.

Italië. Italië was een van Duitslands belangrijkste bondgenoten. Al sinds 200 vóór Christus hadden er in Italië joden gewoond, en aan het begin van de twintigste eeuw waren ze volledig in de samenleving geïntegreerd. Onder druk van de nazi's werden er in 1938 anti-joodse wetten uitgevaardigd, maar aan de uitvoering werd weinig gedaan. Aan verzoeken tot deportatie gaven de Italianen geen gehoor. De joden waren veilig, tot de regering viel en het land door de Duitsers werd bezet. Het Italiaanse leger, dat gedwongen aan de razzia's mee moest doen, behandelde de joden zo goed mogelijk en hielp velen het land uit te komen of onder te duiken. Bedreigde joden werden in kloosters verborgen; in kloosters met drukpersen vervaardigden nonnen aan de lopende band valse papieren. De Italianen komt de eer toe hun meer dan 40.000 joden op 7.500 na te hebben gered.

Josef en Stephania Macugowski. Het echtpaar Macugowski woonde in het Poolse stadje Nowy Korczyn. Het gezin Radza – Mirjam, zes, Zahave, negen, Sarah, tien, en hun ouders – woonde met nog vier joden tweeëneenhalf jaar in een kleine ruimte onder de houten vloer van de keuken. Toen hun huis werd geconfisqueerd, wisten ze de Duitsers te overreden hen als huisbewaarders te laten blijven, zodat de joden niet werden ontdekt. Toen ze elkaar meer dan veertig jaar later in New York weerzagen, zeiden de dochters Radza: 'Jullie zijn onze adoptieouders.' Waarop Josef Macugowski antwoordde: 'Jullie zijn mijn dochters.'

Aristedes de Sousa Mendes. Mendes was in 1940 Portugees consul in Bordeaux. Zijn regering had inreisvisa geweigerd aan de duizenden joden die vluchtten voor het oprukkende Duitse leger. Nadat hij van zijn huis een schuilplaats had gemaakt, gaf hij aan iedereen die het vroeg een visum voor Portugal en een uitweg naar de vrijheid. Toen hij naar Lissabon werd ontboden omdat hij in strijd met zijn opdracht had gehandeld, deed hij onderweg Bayonne aan, waar hij dezelfde toestand aantrof en onmiddellijk weer visa begon uit te delen. De Spaanse grens was bij Hendeye gesloten, omdat de Spaanse regering verwachtte dat de vluchtelingen onderweg naar Portugal die route zouden nemen. Toen dit Mendes ter ore kwam, bracht hij een groep naar een grensovergang die zo klein was dat het bevel daar nog niet was ontvangen, maakte zichzelf bekend als de Portugese consul, en de vluchtelingen werden doorgelaten. Mendes verloor zijn betrekking en zijn carrière, en emigreerde uiteindelijk naar de Verenigde Staten. 'Ik kan alleen maar als christen handelen,' had hij gezegd. Pas in 1987 werd hem door zijn eigen land eerherstel verleend.

[Boven] Marion Pritchard, in de tijd dat zij samen met anderen 150 Nederlandse joden het leven redde.

[Onder] Paus Johannes XXIII. Als bisschop Angelo Roncalli was hij in 1944 verantwoordelijk voor de redding van duizenden Hongaarse joden.

Noorwegen en Zweden. Zweden was in de oorlog neutraal. Het vocht aan geen van beide kanten mee en bleef vrij. Na de eerste deportatie van joden uit Noorwegen, verklaarde de Zweedse ambassadeur in Berlijn dat zijn regering bereid was de overgebleven Noorse joden op te nemen. Toen dit voorstel werd afgewezen, bood de Zweedse regering aan alle Noorse joden die staatsburgers waren geweest te naturaliseren; als Zweden zouden ze veilig zijn. Zij nodigde daarop gearresteerde joden uit om Zweeds staatsburger te worden. Met behulp van het Noorse verzet lukte het meer dan de helft van de Noorse joden naar Zweden te komen, waar de vrijheid hen wachtte. Zweden steunde ook Raoul Wallenbergs werk in Hongarije en bood een vluchthaven aan de Deense joden.

Marion P. Pritchard. Marion Pritchard was tijdens de Duitse bezetting studente in Amsterdam. In de eerste twee jaren, toen de joden aan steeds meer beperkingen werden onderworpen, hielp ze arme joden aan extra voedselbonnen, echt of vals, en zo nu en dan aan een onderduikadres. Toen de deportaties begonnen en het duidelijk werd wat de nazi's van plan waren, deed ze wat ze kon en greep ze elke mogelijkheid en elke toegestoken hand aan om joden veilig onderdak te brengen. Drie keer – waarvan twee keer binnen vijf maanden – gaf ze een pasgeboren joodse baby aan als haar eigen kind, zodat het voor de wet niet-joods zou zijn. Toen ze door de Gestapo zes maanden gevangen werd gehouden en gemarteld, liet ze niets los. De laatste twee oorlogsjaren woonde ze buiten Amsterdam en zorgde ze voor een joodse man en zijn drie kinderen. Marion Pritchard heeft, alleen en met hulp van anderen, 150 joden het leven gered. Ze werkt nu als psychiater in de Amerikaanse staat Vermont.

Angelo Roncalli. Bisschop Roncalli vertegenwoordigde het Vaticaan in Turkije in 1944, toen de deportaties uit Hongarije op hun hoogtepunt waren. Hij stuurde duizenden doopbewijzen naar Boedapest. Omdat joden die zich tot het katholicisme bekeerd hadden in Hongarije niet als joden golden, konden deze bekeringsbewijzen levens redden. Niet lang daarna werden duizenden joden, van de meest gelovigen tot de meest ongelovigen, tijdens massale ceremonies in schuilkelders 'gedoopt' en zo voor deportatie behoed. Roncalli's houding was een andere dan die van zijn paus, Pius XII, die zich strikt afzijdig bleef houden. De bisschop zei eens tegen iemand van de War Refugee Board: 'Ik ben altijd bereid om u te helpen bij uw menslievende arbeid, zoveel als in mijn vermogen ligt en zover de omstandigheden het toelaten.' Bisschop Roncalli werd later paus Johannes XXIII.

Oskar Schindler. Schindler, een Duitse zakenman, nam in Polen een keramiekfabriek over en verdiende een fortuin met het uitvoeren van opdrachten voor het Duitse leger. Met omkoperij en persoonlijke charme wist hij 500 arbeiders uit het getto van Kraków in zijn fabriek van razzia's en deportatie te vrijwaren. Later bouwde hij woningen voor hen en zorgde hij voor extra voedsel en medische hulp, alles uit eigen zak betaald. In 1944 keerde Schindler naar Duitsland terug, waarbij hij al zijn arbeiders meenam en tewerkstelde in zijn wapenfabriek. Hij vroeg om nog eens 700 joodse arbeiders en kreeg ze ook, maar door een misverstand werden hun vrouwen, dochters en moeders naar Auschwitz getransporteerd. Hij slaagde erin de 300 vrouwen uit het kamp te krijgen – het enige geval waarvan bekend is dat iemand dat is gelukt – en bracht ze weer bij hun familieleden terug. Hij heeft 1.500 joden van de dood gered.

Eduard Schulte. Schulte was directeur van een familiebedrijf in Duitsland dat 30.000 arbeiders in dienst had. Hij beschikte over talrijke contacten in hoge nazi-kringen. Toen hij op zakenreis in het Zwitserse Zürich was, begon hij informatie over de Duitse oorlogsplannen aan de geallieerden door te spelen.

Hij leverde de informatie voor het telegram van Riegner dat de westerse bondgenoten op de hoogte bracht van het voornemen van de nazi's om de joden uit te roeien. Een Zwitserse typiste verried hem aan de nazi's, maar dankzij een tijdige waarschuwing kon hij naar Zwitserland vluchten, waar hij de rest van zijn leven doorbracht. Na de oorlog weigerde de Duitse regering zijn familie schadeloos te stellen voor het verlies van het bedrijf. Doordat hij informatie aan de geallieerden had doorgespeeld, zei de Bondsrepubliek, had hij een misdaad begaan die 'volgens de wet van elk land strafbaar' was. Dat hij de bron van het telegram van Riegner is geweest, is pas kortgeleden ontdekt.

Raoul Wallenberg. Wallenberg was een Zweedse aristocraat die aan de ambassade van zijn land in Boedapest verbonden was. Hij ontwierp en drukte duizenden bewijzen van Zweeds staatsburgerschap en gaf die aan joden in gevaar, overal waar hij ze aantrof. Hij kocht drieënveertig huizen en vier appartementen waarin hij deze nieuwe Zweedse 'staatsburgers' onderbracht. De vlag van het neutrale Zweden beschermde dit 'internationale getto', waarin wel 33.000 joden een schuilplaats vonden. Hij voorzag joden in deportatietreinen van voedsel en kleren en haalde hen uit doodsmarsen vandaan, soms met behulp van een officieel uitziend maar betekenisloos stuk papier waarmee hij officieren en ambtenaren overblufte. Hij redde minstens 70.000 joden het leven. Wallenberg werd op 17 januari 1945 voor het laatst gezien als gevangene van de Russen. Waar hij is gebleven en wat er met hem is gebeurd, is onbekend.

In het oog van de storm

Een zo volledige dictatuur als in nazi-Duitsland was er in de wereld tot dan toe nog nauwelijks geweest. Een schamper grapje over Hitler of een pessimistische opmerking over het verloop van de oorlog waren al genoeg om iemand in elkaar te slaan of gevangen te zetten, en soms nog erger. Als dit soort vergrijpen werden berecht, gebeurde dat door een zogenaamde Volksrechtbank. Zoals altijd bij de nazi's, was rechtvaardigheid hier ver te zoeken. Het was een podium voor kwaadaardig sarcasme, bombastische toespraken en theater voor het fanatieke nazi-publiek dat op deze rechtszittingen afkwam. Van een verdediging was geen sprake. Advocaten die het werkelijk opnamen voor een verdachte die al schuldig was bevonden aan een vergrijp 'tegen het Duitse volk en de staat' brachten zichzelf in gevaar.

Kun je nagaan hoe moeilijk het was om daadwerkelijk verzet tegen het regime te voeren. Want verzet was er wel, hoe moeilijk dat misschien ook voor te stellen is. Het was niet erg goed georganiseerd en het was zelden meer dan een korte periode effectief, maar het bestond. De drie voorbeelden die volgen behoren tot de meest bekende en terecht beroemde.

Dietrich Bonhöffer. Bonhöffer was een protestantse dominee en theoloog. Hij geloofde dat het christelijk geloof niet met het nationaal-socialisme te verenigen was en betoogde dat de kerk de plicht had om alle slachtoffers van het regime te helpen, of het nu christenen waren of niet. Hij hielp joden te vluchten en was lange tijd actief in het verzet. Zo bracht hij de westerse bondgenoten op de hoogte van het 20 juli-complot om Hitler te vermoorden. Hij werd door de Gestapo gearresteerd en in Berlijn gevangengezet. Op 9 april 1945 werd hij geëxecuteerd.

Het 20 juli-complot. Op 20 juli 1944 werd er een bom in een diplomatenkoffertje onder een tafel gezet in een kamer waar Hitler vergaderde met zijn militaire staf. De bom ontplofte, maar Hitler kwam er met een paar lichte verwondingen vanaf, en niemand die van werkelijk belang voor de oorlog was, werd

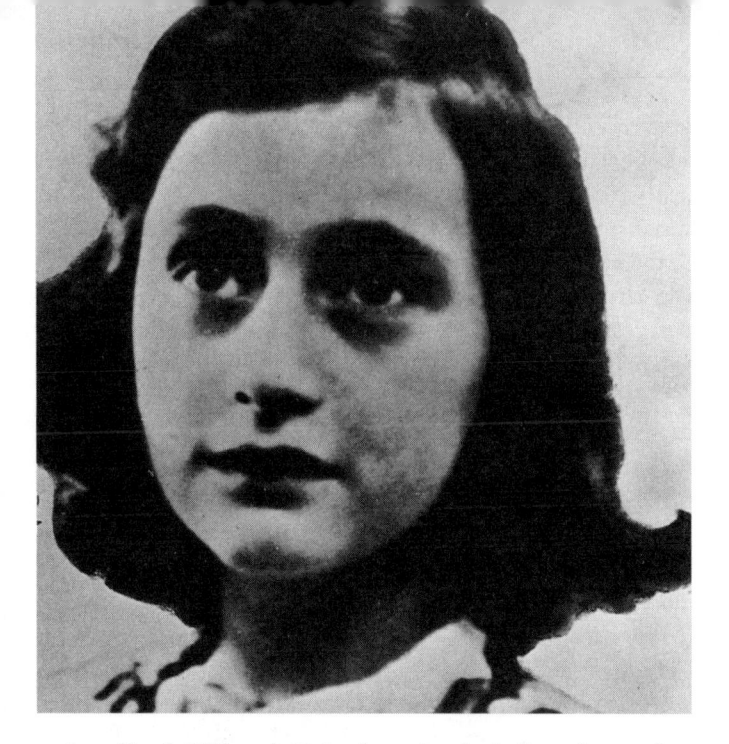

Anne Frank. Tijdens de Duitse bezetting dook zij met haar ouders en jongere zusje onder. Verborgen in een paar benauwde, donkere kamers, werden ze in het geheim verzorgd door Miep Gies en haar echtgenoot Jan, vanaf juli 1942 totdat ze in augustus 1944 werden verraden en weggevoerd. Alleen Anne's vader, Otto Frank, overleefde de oorlog.

Terwijl ze ondergedoken zat, hield Anne een dagboek bij, dat door de Duitsers als onbelangrijk terzijde werd gegooid. Van het nu wereldberoemde boek zijn in meer dan vijftig landen vijftig miljoen exemplaren verkocht. In *Het Achterhuis* van Anne Frank vertelt Anne in haar eigen woorden hoe het was om als jong meisje op te groeien in zo'n verschrikkelijke tijd. 'Ondanks alles geloof ik nog steeds dat de mens van nature goed is,' schreef zij. 'Ik voel het lijden van miljoenen, en toch, als ik naar de hemel kijk, denk ik dat alles weer goed zal komen en dat vrede en rust weer terug zullen keren.'

Anne Frank stierf in maart 1945 aan tyfus in Bergen-Belsen. Ze was vijftien jaar.

gedood. Het koffertje was van zijn oorspronkelijke plaats – waar het Hitlers dood zou hebben betekend – verwijderd en achter een dikke tafelpoot gezet, die Hitler van de volle kracht van de explosie afschermde.

Deze aanslag op Hitler werd beraamd en uitgevoerd door een aantal van zijn generaals en anderen die hem eens na hadden gestaan. Ze werden gedreven door vaderlandsliefde; velen van hen waren al lange tijd heimelijk anti-nazi geweest, en ze geloofden dat Hitler hun Duitsland naar de ondergang voerde.

Sommige leden van het complot wilden al jaren een aanslag op Hitler plegen; van twee vroegere pogingen was niets terechtgekomen. Ze hadden al plannen gemaakt voor een nieuwe regering als Hitler dood was, met nazi-tegenstanders op alle belangrijke posten. Ze hoopten met die regering de geallieerden tot gunstiger vredesvoorwaarden te kunnen bewegen.

Het arresteren van de mannen en vrouwen die bij de aanslag betrokken waren, duurde maanden. Op bevel van Hitler werden de leiders die geen zelfmoord gepleegd hadden op een bijzonder wrede manier opgehangen en werd hun doodstrijd voor zijn genoegen op film vastgelegd. Deze mensen worden in het Duitsland van nu met grote eerbied herdacht. De voornaamste van hen waren:

Generaal Ludwig Beck
Carl Goerdeler
Ulrich von Hassell
Generaal Friedrich Olbricht
Generaal-Majoor Hans Oster
Generaal Claus Schenk Graf von Stauffenberg
Generaal-Majoor Henning von Tresckow
Veldmaarschalk Erwin von Witzleben

De Witte Roos. Vanaf het najaar van 1942 tot het voorjaar van 1943 werden er in de collegezalen van de universiteit van

De groep van De Witte Roos. Hans Scholl, zijn zuster Sophie en hun vriend Christoph Probst schreven en verspreidden in München vier pamfletten waarin ze het Duitse volk opriepen zich tegen het 'misdadige nazi-regime' te verzetten. Ze werden wegens hoogverraad onthoofd.

München gestencilde pamfletten verspreid. Ze werden ook uit ramen gegooid voor mensen op straat, en per post naar willekeurig gekozen adressen gestuurd. Onder de kop VLUGSCHRIFTEN VAN DE WITTE ROOS werden ze geschreven 'om een vernieuwing van de zwaarverwonde Duitse geest te bewerkstelligen'. Het Duitse volk, vervolgden ze, had zich door deze 'fascistische misdadigers' in een 'geestelijke gevangenis' laten zetten. Door hun apathie en lijdzaamheid waren alle Duitsers 'schuldig, schuldig, schuldig!' Later verschenen er op de muren van de universiteit teksten als VRIJHEID! en WEG MET HITLER!

Hans Scholl en zijn zuster Sophie hadden samen met hun vriend Christoph Probst en nog enkele studenten de pamfletten geschreven en verspreid. Ze waren, net als al hun vrienden, enthousiaste leden van de Hitlerjeugd geweest, maar al snel ontgoocheld toen ze van hun vrijheden werden beroofd – een dierbaar boek dat verboden werd, een populair liedje dat niet meer gezongen mocht worden. Mensen die ze kenden waren 'verdwenen'; van gewonde soldaten met verlof hadden ze verhalen gehoord over concentratiekampen en massamoorden. Ze hadden besloten dat er een eind moest komen aan de bloedige Duitse terreur in de wereld en de vernietiging van Duitsland zelf door haat en oorlog.

Hun 'voorbereiding voor hoogverraad', zoals de kranten het noemden, bestond uit vier pamfletten waarin ze opriepen tot verzet in welke vorm dan ook – van passieve ongehoorzaamheid tot sabotage – tegen het nazi-regime. Het drietal werd gearresteerd, door een Volksgericht berecht, tot misdadigers en verraders bestempeld en ter dood veroordeeld. Sophie Scholl, tweeëntwintig, Hans Scholl, vierentwintig, en Christoph Probst, vierentwintig, werden op 22 februari 1943 onthoofd. Hans' laatste woorden, toen hij voor zijn beul stond, waren: 'Leve de vrijheid!'

De rechtvaardigen onder de naties

Yad Vasjem is een internationale organisatie die aan de holocaust gewijd is en haar hoofdkantoor heeft in Israël. Met haar museum en enorme archieven is Yad Vasjem onafgebroken bezig met de documentatie en bestudering van deze periode in de geschiedenis. Haar belangrijkste doel is een blijvend monument te zijn voor de zes miljoen joden die het leven lieten.

Een afdeling van Yad Vasjem doet onderzoek naar de niet-joden die hun eigen leven op het spel zetten om joden te redden. Een aantal van hen is in dit hoofdstuk ter sprake gekomen. Yad Vasjem noemt hen 'de rechtvaardigen onder de naties'.

In de medaille die zij van de Israëlische regering en Yad Vasjem krijgen is een tekst uit de Talmoed gegraveerd. Die tekst drukt de betekenis van hen die het hart en de moed hadden om iets te doen, in een paar eenvoudige woorden uit:

> Hij die één leven redt wordt geacht
> de hele wereld te hebben gered.

14. Is de holocaust uniek?

Wij zijn gek, niet alleen als personen, maar ook als natie. Wij moeten moord en doodslag als individuele daden bestrijden. Maar wat te zeggen van de oorlog en de veelgeroemde misdaad van het afslachten van hele volken?
Seneca, 8 v.C? – 65 n.C.

Is kwaad iets dat je kunt meten?

Is het minder erg om 150.000 mensen te vermoorden dan één miljoen? Is het op de een of andere manier beter dat er 'maar' 30.000 mensen sterven dan twee miljoen? Of zes miljoen? Is het minder erg door een bom gedood te worden dan door een kogel? Door een mes dan door gas?

Dit zijn geen onzinnige vragen. Het zijn vragen die ter sprake komen als het over de holocaust gaat. Waar het in wezen om gaat is de vraag: is holocaust uniek? Is er ooit eerder iets dergelijks gebeurd? Of sindsdien?

Om die vraag te beantwoorden moeten we in de geschiedenis teruggaan, maar niet zo heel ver. De geschiedenis van de laatste 150 jaar kent gevallen van misdaden tegen grote groepen mensen die naar de mening van sommigen aantonen dat de verschrikking van de holocaust niet alleen staat in de geschiedenis.

De oorspronkelijke bewoners van Amerika – de indianen

In de negentiende eeuw maakten de Verenigde Staten een krachtige groei door. De bevolking nam snel in aantal toe en vestigde zich in gebieden die eeuwenlang het woongebied van indianenvolken waren geweest. Dat gebied werd hun stukje bij beetje, vaak met geweld, ontnomen. De groei leek onstuitbaar. In 1830 nam het Amerikaanse Congres de Indian Removal Act aan, de wet die de gedwongen verplaatsing van indianen mogelijk maakte.

In het zuidoosten en zuidwesten werden duizenden en nog eens duizenden indianen op last van de regering in Washington met geweld bijeengedreven. Ze moesten verplaatst worden naar gebieden die in Kansas, Nebraska en Oklahoma voor hen waren gereserveerd. Onder bewaking van het Amerikaanse leger maakten ze de reis *te voet*. Niet gewend aan de kou, vroren honderden van hen onderweg dood. Velen stierven van honger, anderen van ziekte. De Cherokees noemden hun gedwongen landverhuizing het 'Spoor der tranen'. Van het volk van de Creeks kwam 40 procent onderweg om het leven.

Onder de indianenvolken die verplaatst werden waren de Seminole, de Shawnee, de Wyandot, Delaware, Cherokee, Chickasaw, Creek en Choctaw. Deze episode in de Amerikaanse geschiedenis betekende het einde van een aantal rijke en veelzijdige culturen die misschien al duizenden jaren bestonden voor de blanken ten tonele verschenen.

De Armeniërs

In de beginjaren van de twintigste eeuw kwam er onder de 2,5 miljoen christelijke Armeniërs in het islamitische Turkse Rijk een onafhankelijkheidsbeweging op. Uit angst dat ze zich in de Eerste Wereldoorlog aan de kant van de vijand zouden scharen, beval de Turkse regering in 1915 hun verdrijving uit hun vaderland en deportatie naar Syrië en Mesopotamië (het tegenwoordige Irak).

Eerst werden alle ontwikkelde Armeniërs door het leger en de politie opgepakt en vermoord. Vervolgens gingen ze van dorp naar dorp en doodden daar alle weerbare mannen. De overgebleven oude mannen, vrouwen en kinderen werden gedwongen honderden kilometers door woestijnen en bergachtig gebied te lopen. Velen stierven onderweg van dorst, honger en ziekte. Nog meer van hen werden, net als alle weerbare mannen, door soldaten en politie afgeslacht. Naar schatting 1,5 miljoen mensen lieten het leven.

Oekraïne

Oekraïne, destijds een sovjetrepubliek, is en was de graanschuur van de voormalige Sovjet-Unie. In de jaren dertig gaf de toenmalige premier Josef Stalin opdracht dat alle particuliere boerenbedrijven genationaliseerd moesten worden, of samengevoegd tot collectieve staatsboerderijen, kolchozen genaamd. De vrijheidslievende Oekraïners verzetten zich hiertegen en daarom bracht Stalins geheime politie de collectivisatie met geweld tot stand, waarbij duizenden doden vielen. Als straf en om elke verdere poging tot onafhankelijkheid de kop in te drukken, werd op Stalins bevel het overgrote deel van de Oekraïense tarwe uitgevoerd, zonder dat er ander voedsel mocht worden geïmporteerd. Tussen 1932 en 1933 stierven er minstens drie miljoen Oekraïners de hongerdood. Hierdoor, en door de bloedige onderdrukking van elk nationalistisch streven, die tot de jaren veertig voortduurde, wordt het begrijpelijk dat zoveel Oekraïense dorpen de nazi's in de Tweede Wereldoorlog als bevrijders inhaalden.

Hirosjima en Nagasaki

Op 6 augustus 1945 werd de eerste atoombom in de geschiedenis door Amerikaanse piloten afgeworpen boven de Japanse stad Hirosjima. Die ene bom maakte 90 procent van de stad met de grond gelijk en doodde naar schatting 140.000 mensen. De tweede atoombom trof op 9 augustus 1945 de stad

Nagasaki. Minstens een derde van de stad werd verwoest en meer dan 75.000 mensen vonden de dood. Deze bommen, zegt men nu, werden gebruikt om het einde van de Tweede Wereldoorlog te bespoedigen en zo duizenden Amerikaanse levens te sparen. Op 14 augustus 1945 gaven de Japanners zich over.

Tibet

Al vele eeuwen wordt het leven van het volk van Tibet door het boeddhisme beheerst. Tot de jaren zestig was ongeveer een zesde van alle mannen monnik of priester; zowel de religieuze als de wereldlijke leiders waren priesters. In 1950 werd Tibet door communistisch China bezet. In 1959 kwamen de Tibetanen in opstand. De Chinezen onderdrukten de opstand door priesters, monniken en nonnen te vermoorden en door tempels en heiligdommen te verwoesten. Exacte cijfers ontbreken, doordat alle berichtgeving naar de buitenwereld verhinderd wordt, maar men vermoedt dat de Chinezen duizenden tempels hebben vernield en miljoenen boeddhisten vermoord om hun gezag te herstellen en te versterken.

Cambodja

In Cambodja, dat kleine land in Zuidoost-Azië dat grenst aan Vietnam, grepen in 1975 de communisten van de Rode Khmer de macht. De leiders van de Rode Khmer onder Pol Pot waren ervan overtuigd dat het leven in de stad verderfelijk was en wilden de maatschappij tot plattelandscultuur hervormen – en wel op staande voet.

Alle mensen die een schoolopleiding genoten hadden of verwesterd waren, werden vermoord. Het boeddhisme, het voornaamste geloof in het land, werd verboden; de tempels werden verwoest en de priesters geëxecuteerd. Van alle steden werd de *totale bevolking* naar het platteland verbannen en daar gedwongen als slaven te werken. Hun levensomstandigheden waren onbeschrijflijk, de wreedheid van de Rode-Khmersoldaten grenzeloos. In vier jaar tijd zijn zo naar schatting twee miljoen mensen omgekomen.

De Baháí's in Iran

De Baháí's praktiseren een zachtmoedig, vredelievend geloof dat zijn oorsprong heeft in de negentiende eeuw. Toen de ayatollah Khomeiny en de sjiietische moslims in 1979 de macht grepen in Iran, werden de Baháí's tot ongelovigen en ketters verklaard. Ze mochten geen beroep meer uitoefenen, werden op grote schaal gearresteerd en een onbekend aantal van hen werd op grond van de Wet tegen het Terrorisme ter dood gebracht. Hoewel ze, zodra ze toestemming vragen om te emigreren, hun paspoort kwijtraken, zijn er van de 300.000 Baháí's in Iran meer dan 30.000 gevlucht. Duizenden van hen zijn vermoord. Hoeveel precies, is onbekend.

Het unieke karakter van de holocaust

Genoeg voorbeelden. Het is niet nodig ook nog de bloedbaden te vermelden die de Hindoes onder de Tamils en de Tamils onder de Hindoes in Sri Lanka hebben aangericht, of de moordpartijen tussen de Sikhs en de Hindoes in India. Of het verhaal van de 110.000 Japanse Amerikanen die tijdens de Tweede Wereldoorlog door de Amerikaanse regering in kampen werden opgesloten – wat niet gebeurde met de Amerikanen van Duitse of Italiaanse afkomst. Ook niet de massaslachting door christelijke falangisten in twee Palestijnse vluchtelingenkampen in Beiroet, waarbij de Israëli's werkeloos toekeken. Of de manier waarop de blanke minderheid in Zuid-Afrika de zwarten behandelde.

De geschiedenis is vol verschrikkingen. Dit is geen wedstrijd om een of andere afschuwelijke prijs voor het kwaad te winnen.

In welk opzicht is het vermoorden van zes miljoen Europese joden dan anders? Wat maakt deze gebeurtenis nu anders dan andere gruwelen in de geschiedenis?

Waarom is de holocaust uniek?

Onder de vele geschiedschrijvers van deze periode zijn er twee die op deze vraag een afdoend antwoord lijken te hebben gegeven. De eerste van hen, Eberhard Jäckel, is een Duitser.

'Nooit eerder had een staat, met al het gezag van zijn verantwoordelijke leider, besloten en aangekondigd dat hij van plan was een bepaalde groep mensen, met inbegrip van bejaarden, vrouwen, kinderen en zuigelingen, zo grondig mogelijk uit te roeien, en vervolgens dit besluit in daden omgezet, met alle mogelijke... macht waarover die staat de beschikking had.'

De tweede geschiedschrijver, Lucy S. Dawidowicz, is Amerikaanse.

'In alle gevallen van massamoord die wij kennen... was het doden geen doel op zichzelf, maar een middel tot een doel... Maar bij de moord op de Europese joden was het middel tevens het doel.

De Duitse dictatuur vermoordde de joden om de joden te vermoorden. Want de Duitsers eigenden zich het recht toe te beslissen wie er op deze aarde mocht leven en wie niet. Dat maakt de holocaust uniek.'

15. Het slot

Wij waren vrij, maar wij wisten het niet, ik geloofde het niet, ik kon het gewoon niet geloven. Wij hadden hier zoveel dagen en nachten op gewacht, dat de droom, nu die werkelijkheid was geworden, ons nog steeds als een droom voorkwam.
  Moshe Sandberg, overlevende van Birkenau

Het aantal joodse doden

Hoeveel joden er precies in de holocaust zijn vermoord, zal niemand ooit weten. De nazi-boekhouding is ofwel onvolledig, of onvindbaar. Ze hielden niet nauwkeurig bij hoeveel mensen er uit de deportatietreinen meteen naar de gaskamers werden gedreven. Ook baby's werden niet altijd individueel geteld. Pasgeboren kinderen werden gedood voordat hun geboorte kon worden geregistreerd, en naar hun aantal kunnen we zelfs niet gissen.

De meest gebruikte methode om de aantallen te berekenen is het aantal overlevenden van elk land te nemen en dat af te trekken van de bevolking vóór de oorlog. Maar soms is het exacte aantal overlevenden moeilijk vast te stellen en zijn de bevolkingscijfers heel oud of onjuist.

Door deze en andere oorzaken blijft het ware aantal joodse doden onbekend. Alle cijfers zijn niet meer dan benaderingen. Veel historici denken dat het aantal waarschijnlijk hoger is dan zes miljoen.

De volgende aantallen zijn berekend door Yad Vasjem in Israël en worden vermeld in de *Encyclopedia Judaica*.

Polen en de Sovjet-Unie	4.565.000
Duitsland	125.000
Oostenrijk	65.000

Tsjechoslowakije	277.000
Hongarije	402.000
Frankrijk	83.000
België	24.000
Luxemburg	700
Italië	7.500
Nederland	106.000
Noorwegen	760
Roemenië	40.000
Joegoslavië	60.000
Griekenland	65.000
	5.820.960

De overlevenden

Duitsland capituleerde op 7 mei 1945. In Europa was de oorlog voorbij. De gevangenen werden vrijgelaten.

De poorten gingen open. Europa krioelde van miljoenen mensen die uit werkkampen, gevangenissen en concentratiekampen waren bevrijd, gevoegd bij de massa's die als dwangarbeiders naar Duitsland waren gedeporteerd. Duizenden kilometers van hun vaderland werden ze opgevangen in DP-kampen die voor hen, de ontheemden (Displaced Persons), waren ingericht.

De westerse bondgenoten, de Hulpverlenings- en Rehabilitatieorganisatie van de Verenigde Naties (UNRRA) en andere organisaties begonnen aan het reusachtige karwei al deze mensen naar huis te brengen. Weinig meer dan een jaar later waren de meesten naar hun eigen land teruggekeerd, om in een nieuwe, betere tijd een nieuw leven te beginnen.

Voor en tijdens de oorlog hadden de nazi's voor de joden een 'speciale behandeling' gereserveerd. Nu, in vrijheid, waren ze nog steeds een apart geval.

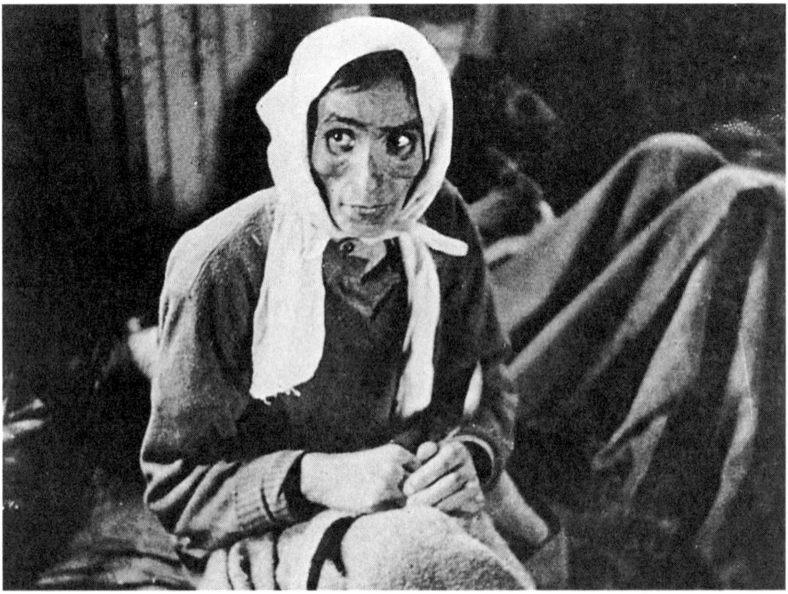

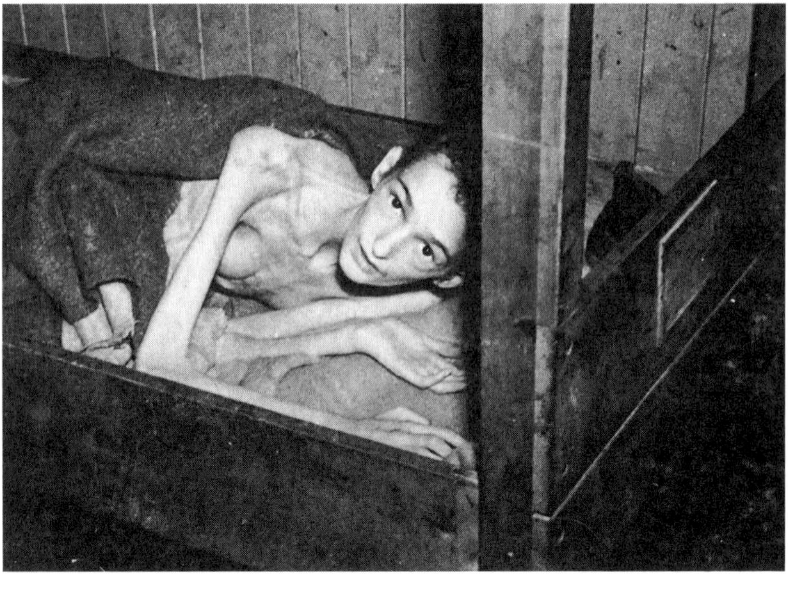

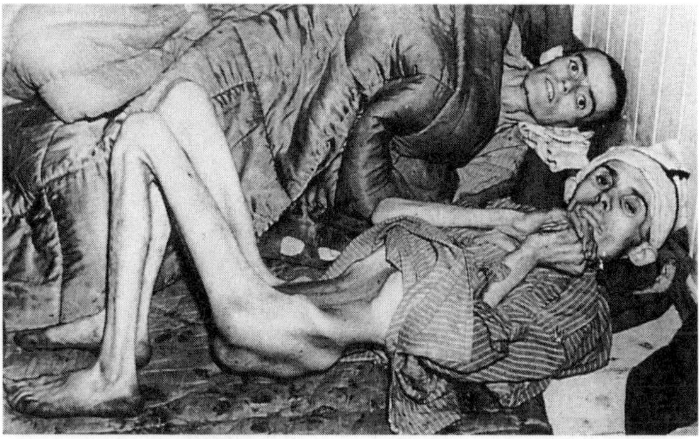

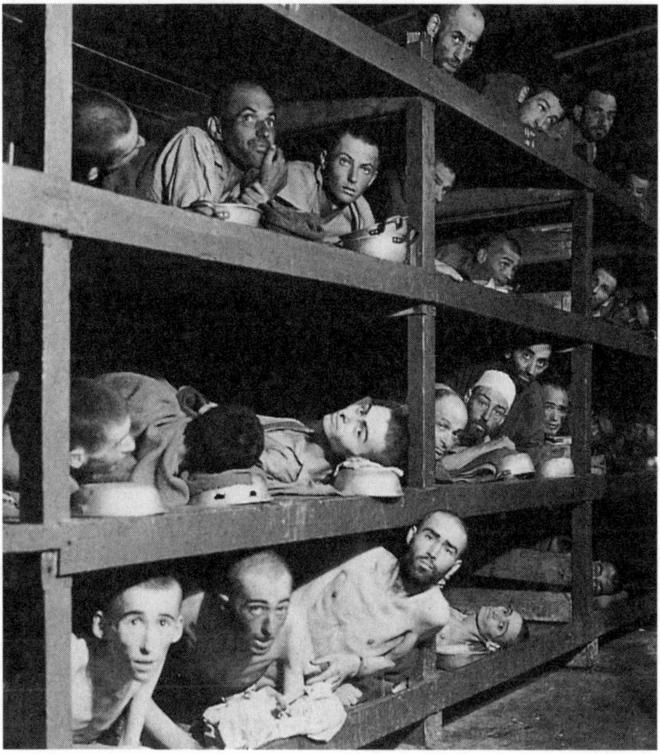

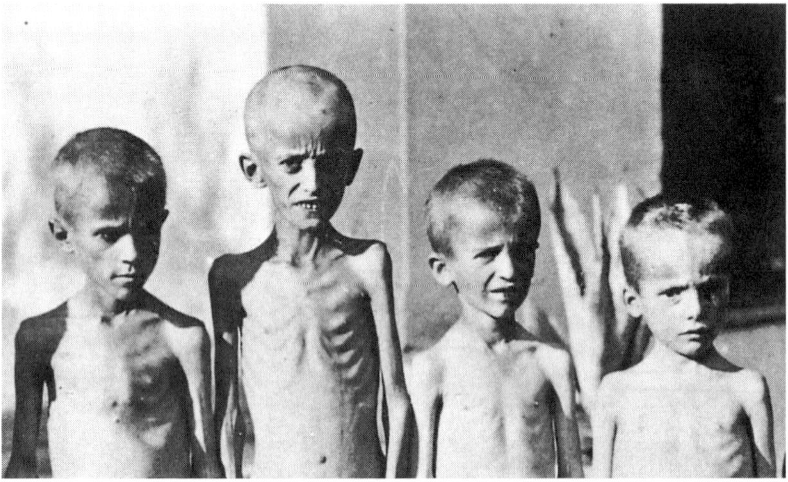

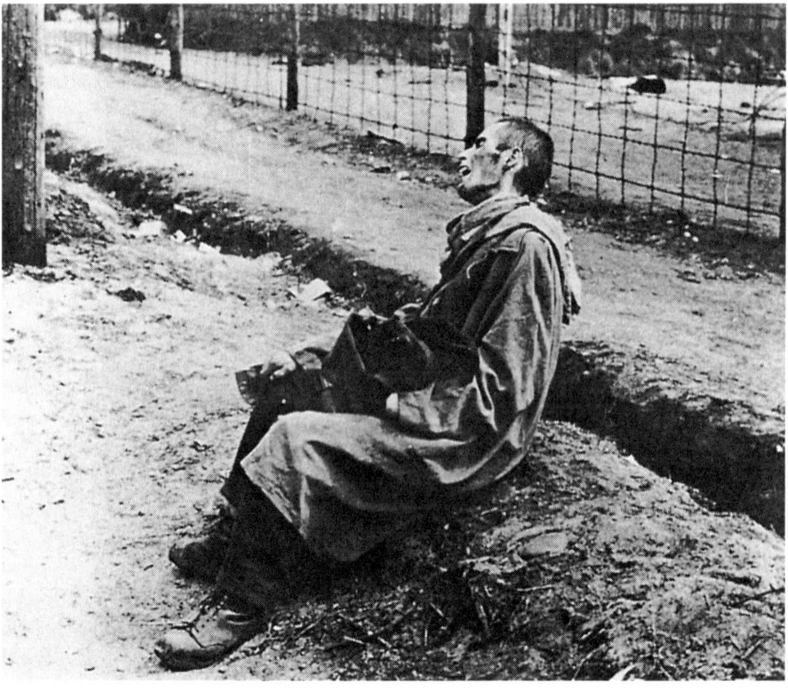

Toen de geallieerden de kampen in West-Europa bevrijdden, vonden ze tienduizenden onbegraven lijken. Degenen die nog leefden waren schimmen van mensen, zo ziek, zo uitgehongerd en zwak, dat ze zelfs hun bevrijding niet overleefden. 'Velen stierven van louter vreugde,' vertelde een getuige. 'Ze hadden zo lang op hoop, op angst en op de toppen van hun zenuwen geleefd dat de plotselinge ontspanning hun te veel werd.'

Ze werden gevoed. Maar ze hadden zo lang honger geleden dat sommigen van hen niet meer konden eten. Honderden stierven aan het eerste voedsel dat ze kregen. Hun uiterst verzwakte lichamen konden zulke 'zware' dingen als melkpoeder, suiker, havermout en vlees-uit-blik niet verdragen. Artsen meldden dat de meeste gevangenen tussen de dertig en veertig kilo wogen. Ze hadden 50 tot 60 procent van hun lichaamsgewicht verloren en centimeters van hun normale lengte.

In de kampen die door de Amerikanen, Fransen en Britten werden bevrijd, troffen ze 60.000 joden levend aan. Binnen een week waren er 20.000 gestorven. Alleen al in Belsen waren het er 500 per dag.

Een Amerikaanse journalist had de gaskamers en de verbrandingsovens bezocht en de martelkamers en executieruimten gezien. Hij had met de gefolterde geraamten van de levenden gesproken en de verwrongen lijken van de doden gezien. Hij schreef: 'We wisten het. De wereld had de geruchten gehoord. Maar tot op dit moment had niemand het gezien. Het was alsof we ten slotte waren doorgedrongen tot het middelpunt van dit zwarte hart, tot het gekronkel in het binnenste van dit boosaardige hart.'

Bij de overlevenden voegden zich al gauw anderen in het oosten van Europa. Het aantal ontheemde joden groeide aan tot meer dan 300.000. Velen van hen moesten vernemen dat zij de enige overgeblevenen waren van een grote familie, soms van een hele gemeenschap. Hun vroegere leven was in de

De bevrijding door het Amerikaanse leger kwam te laat.

Harry S. Truman, president van de Verenigde Staten, 1945-1953. Zijn druk op de Britse regering en zijn stem in de Verenigde Naties gaven de doorslag bij de stichting van de staat Israël.

wervelwind van de holocaust verdwenen. Ze hadden geen thuis meer.

Overlevenden uit Duitsland en Oostenrijk wilden niet meer naar huis terug. Ook wilden ze niet terug naar Oost-Europa, dat het centrum van de ergste nazi-verschrikkingen was geweest. En nieuwe verschrikkingen waren er ook. Meer dan vijfhonderd joden die naar Polen terugkeerden werden tussen mei en december 1945 door Polen vermoord, toen de oorlog voorbij was en de nazi's er weg waren.

De meeste landen die door de nazi's bezet waren geweest, waren niet meer in staat om duizenden immigranten op te vangen, vooral omdat die bijna allemaal lichamelijk en geestelijk ziek waren en verzorging nodig hadden. De Verenigde Staten handhaafden hun immigratiebeperkingen. Engeland eveneens. De Engelsen weigerden bovendien meer dan hun kleine, in 1939 vastgestelde quotum joden in Palestina toe te laten. Het was weer het oude liedje: voor de joden was nergens plaats.

In de DP-kampen werden de overlevenden goed behandeld. De Amerikaanse president, Harry S. Truman, en de opperbevelhebber van de geallieerde strijdkrachten, Generaal Dwight D. Eisenhower, zorgden ervoor dat alles wat menselijkerwijs mogelijk was voor hen werd gedaan. Organisaties als de Verenigde Naties, de Quakers, het Internationale Rode Kruis en veel joodse hulporganisaties deden wat ze konden om hun weer een fatsoenlijk leven te bezorgen. Ze hielpen overlevenden in andere landen een nieuw bestaan op te bouwen, als die landen hen wilden toelaten.

Het overgrote deel van de overlevenden wilde naar Palestina. Omdat het niet legaal kon, gebeurde het illegaal. Een joodse groep die vanuit Palestina opereerde, de Mossadvleugel van het geheime defensieleger Haganah, slaagde erin vijfenzestig schepen te 'vinden'. Tussen 1945 en 1948 werden er bijna 200.000 overlevenden van de holocaust naar Palestina gebracht. Het echte genezingsproces was begonnen.

Hoop

Het is hier niet de plaats om uitvoerig stil te staan bij wat er na de Tweede Wereldoorlog is gebeurd. Laat het volstaan te zeggen dat het veel tijd, veel inspanning en veel vastberadenheid heeft gevergd, van joden, maar ook van niet-joden. Het was de president van de Verenigde Staten die de doorbraak forceerde. Drie jaar na het eind van de holocaust werd er een joods thuisland gesticht. Voor het eerst in meer dan tweeduizend jaar hadden de joden iets dat van henzelf was, dat hun als joden toebehoorde.

Op 14 mei 1948 werd de staat Israël geboren.

De davidster, eens een geel embleem van de vernedering, was nu de vlag van de joodse natie.

16. Gerechtigheid

Persoonlijk heb ik nooit een hekel aan de joden gehad... Maar Himmler had het bevolen en zelfs uitgelegd waarom het nodig was, en ik heb er eigenlijk nooit over nagedacht of het verkeerd was.
    Rudolf Höss, commandant van Auschwitz, waar naar schatting twee miljoen joden werden vermoord.

Vraag: *Was u liever medeplichtig aan massamoord dan dat u zelf werd gearresteerd?*
Antwoord: *Ja.*
    uit het verslag van het proces van Josef Kramer, commandant van het concentratiekamp Bergen-Belsen, bijgenaamd 'het Beest van Belsen'.

In 1943 stelden de Verenigde Naties de Commissie Oorlogsmisdaden in. Deze commissie moest de misdaden onderzoeken die door nazi-Duitsland waren gepleegd en vaststellen welke personen voor die misdaden verantwoordelijk waren. De commissie wees ook een aantal organisaties als misdadig aan. Het lidmaatschap van zo'n organisatie was op zichzelf al een misdaad.

Uiteindelijk werden er drie hoofdcategorieën van misdaden gedefinieerd:

Misdaden tegen de vrede. Het beramen, voorbereiden, beginnen of voeren van een agressieve oorlog, of het deelnemen aan het beramen van een dergelijke oorlog.

Oorlogsmisdaden. Het vermoorden, mishandelen of deporteren en als slaven tewerkstellen van burgers in bezet gebied, het vermoorden of mishandelen van krijgsgevangenen, het zonder militaire noodzaak verwoesten van steden, dorpen, enzovoorts.

Misdaden tegen de menselijkheid. Het vermoorden, uitroeien, onderwerpen, deporteren en andere inhumane handelingen gepleegd jegens groepen van burgers op grond van geloofsovertuiging, ras of politieke beginselen.

De holocaust en de Endlösung behoren hoofdzakelijk tot de derde categorie en in iets mindere mate tot de tweede.

De VN-commissie stelde uiteindelijk het Internationaal Militair Tribunaal in. Vertegenwoordigers van de vier grootste geallieerde mogendheden – de Verenigde Staten, Groot-Brittannië, Frankrijk en de Sovjet-Unie – wezen de verdachten aan en stelden de aanklachten op.

Het tribunaal hield zitting in het Paleis van Justitie van de Duitse stad Neurenberg, en kwam op 20 november 1945 voor het eerst bijeen. Vier aanklagers, voor elke mogendheid één, brachten de beschuldigingen tegen de verdachten in. Tweeëntwintig leden van het Derde Rijk werden berecht.

De verdachten mochten zelf advocaten kiezen, die hen verdedigden, ontlastend bewijs aanvoerden en getuigen aan een kruisverhoor onderwierpen. De processen werden volgens de wet gevoerd; ze waren zo eerlijk als mogelijk was. Dat was meer dan deze mensen ooit hadden toegestaan aan de miljoenen die op hun bevel waren vermoord.

De processen eindigden op 1 oktober 1946, toevallig de belangrijkste feestdag van het joodse kerkelijk jaar – Jom Kippoer, de Grote Verzoendag. Van de tweeëntwintig verdachten waren er twaalf ter dood veroordeeld, drie tot levenslange gevangenschap, vier tot kortere gevangenisstraffen, en waren er drie niet schuldig bevonden aan de hun ten laste gelegde feiten en in vrijheid gesteld.

Op twee na hadden allen hun schuld ontkend. Hun verdediging: ze hadden alleen maar bevelen opgevolgd.

Het oorspronkelijke Internationaal Militair Tribunaal staakte na de eerste processen zijn werk, als gevolg van onenigheid tussen de vier mogendheden. Maar ook in andere

De beklaagdenbank in de rechtszaal te Neurenberg. Geheel links vooraan zit Hermann Göring, naast Rudolf Hess, Hitlers tweede man. Derde van rechts is Julius Streicher, de uitgever van *Der Stürmer*. Vijfde van rechts is Hans Frank, de gouverneur van het door de nazi's bezette Polen.

bezette landen werden oorlogsmisdadigers berecht, en uiteindelijk ook in Duitsland, naar Duits recht.

Nog steeds vinden er processen plaats, zowel in Duitsland als elders. Adolf Eichmann werd in 1960 gevangengenomen, in Israël berecht en daar in 1962 geëxecuteerd. De ss'er Klaus Barbie, de 'Slager van Lyon', werd in 1987 door een Franse rechtbank tot levenslang veroordeeld.

De vraag of er recht is gedaan houdt nog steeds de gemoederen bezig.

De rest van dit hoofdstuk bestaat uit een opsomming van een aantal mannen en vrouwen die direct bij de holocaust en de uitvoering van de Endlösung betrokken waren. Voor zover bekend, wordt vermeld welke rol ze in de holocaust hebben gespeeld, of ze daarvoor zijn berecht, welk vonnis er gewezen is, en hoe het vonnis is uitgevoerd.

Is er recht gedaan? Misschien helpt de informatie hieronder ons deze vraag te beantwoorden.

Auerswald, Heinz. Commissaris van het getto van Warschau. Verantwoordelijk voor de dagelijkse leiding. Niet berecht. Stierf een natuurlijke dood, datum onbekend.

Bach-Zelewski, Erich. Hoge ss- en politiecommandant in centraal Rusland en hoofd van de anti-partizaneneenheden. Na de executie van 35.000 mensen, schreef hij: 'Er zijn in Estland geen joden meer.' Verantwoordelijk voor vele andere gruweldaden. In 1962 veroordeeld voor een door Hitler bevolen moord op Duitse burgers. Tijdens het proces kwam zijn rol in oorlogstijd niet ter sprake.

Baer, Richard. Commandant van Auschwitz 1. Stierf vóór zijn berechting, in 1963.

Barbie, Klaus. Hoofd van de Gestapo in Lyon. Bijgenaamd 'De slager van Lyon'. Verantwoordelijk voor het martelen, vermoorden en deporteren van joodse kinderen en volwassenen. Werkte van 1947-1951 voor het Amerikaanse leger. Woonde van 1951-1983 in Peru en Bolivia. In 1987 in Frankrijk berecht en tot levenslang veroordeeld.

Berger, Gottlob. Chef Hoofdbureau ss. Een van Himmlers meest vooraanstaande specialisten op het gebied van rassenselectie en zijn persoonlijke verbindingsofficier voor de Oostelijke Bezette Gebieden. Veroordeeld tot vijfentwintig jaar. Straf verminderd tot tien jaar. Kwam in 1951 vrij.

Best, Werner. Commissaris voor bezet Denemarken, hoge officier in de ss en de nazi-politie. Ter dood veroordeeld. Vonnis omgezet in vijf jaar gevangenisstraf. Kwam in 1951 vrij.

Biberstein, Ernst. Commandant Einsatzkommando 6 van Einsatzgruppe c. Ter dood veroordeeld. Straf omgezet in levenslang.

Biebow, Hans. Commandant getto van Lodz. In 1947 geëxecuteerd.

Blobel, Paul. Commandant Einsatzkommando 4A van Einsatzgruppe c. Aan het eind van de oorlog belast met het opgraven en verbranden van de lijken van joden, om de sporen van de slachtingen uit te wissen. In 1951 geëxecuteerd.

Blume, Walter. Einsatzgruppe c. In 1947 geëxecuteerd.

Bormann, Martin. Chef van de nazi-partijkanselarij en privésecretaris van Adolf Hitler. Aan het eind van de oorlog was hij de machtigste man van het Derde Rijk na Hitler. Vermoedelijk omgekomen in de slag om Berlijn, 1945.

Bothmann, Hans. Commandant van het vernietigingskamp Chelmno. Pleegde in 1946 zelfmoord.

Böttcher, Herbert. ss- en politiecommandant in Radom, Polen. In 1952 geëxecuteerd.

Brack, Victor. ss-kolonel en topfunctionaris in het Reichssicherheitshauptamt. Betrokken bij de bouw van de vernietigingskampen in Polen. Belast met Operatie T4, de 'euthanasie' op meer dan 100.000 Duitsers die 'levensongeschikt' waren verklaard. Organiseerde het gebruik van vergassingswagens in Riga en Minsk om joden te verdelgen die 'arbeidsongeschikt' waren bevonden. In 1948 geëxecuteerd.

Adolf Eichmann, de man die door zijn bekwame organisatie de deportaties mogelijk maakte. Hij werd in 1960 door de Israëli's in Argentinië gearresteerd, in Israël berecht en in 1962 geëxecuteerd.

Brandt, Karl. Hitlers lijfarts. Speelde een hoofdrol in het euthanasieprogramma Operatie T4. In 1948 geëxecuteerd.

Braune, Werner. Einsatzgruppe D. In 1951 geëxecuteerd.

Brunner, Alois. SS-deportatie-specialist in Wenen, Berlijn, Salonika, Frankrijk en Tsjechoslowakije. In 1986 gesignaleerd in Syrië.

Brunner, Anton. Gestapo, Wenen. In 1946 geëxecuteerd.

Bühler, Josef. Gouvernement-Generaal. In 1948 geëxecuteerd.

Daluege, Kurt. Hoofd van de Rijksordepolitie en later plaatsvervangend protector van Bohemen en Moravia. Verantwoordelijk voor de verwoesting van het dorp Lidice, als represaille voor de moord op Heydrich, en voor andere terreurmaatregelen tegen de Tsjechen. In 1946 geëxecuteerd.

Dannecker, Theodor. SS-kapitein belast met de deportatie naar Auschwitz van joden uit Frankrijk, Bulgarije en Italië. Pleegde in 1945 zelfmoord.

Demjanjuk, John. Oekraïense bewaker in de vernietigingsafdeling van Treblinka. Bijgenaamd 'Iwan de Verschrikkelijke' vanwege het feit dat hij joden, voordat ze de gaskamers ingingen, uit puur sadisme mishandelde en verminkte. Nadat hij uit Portland, Ohio, waar hij jarenlang had gewoond, naar Israël was overgebracht, werd hij daar in 1987 berecht en in 1988 ter dood veroordeeld. Op grond van later beschikbaar gekomen bewijsmateriaal uit de archieven van de KGB besloot het Israëlische hooggerechtshof in 1993 dat Demjanjuk niet 'Iwan de Verschrikkelijke' was en werd hij vrijgesproken.

Ehrlinger, Erich. Einsatzgruppe A. Veroordeeld tot twaalf jaar.

Eichmann, Adolf. SS-luitenant-kolonel, hoofd van het SS-departement van Joodse Zaken, Bureau IV B-4. Verantwoordelijk voor het organiseren en coördineren van alle jodentransporten naar de kampen gedurende al de jaren van de Endlösung. Door Israëlische agenten gearresteerd in Argentinië, waar hij sinds 1946 had gewoond. In 1960 in Israël berecht. In 1962 geëxecuteerd.

Eicke, Theodor. ss-generaal en inspecteur van de concentratiekampen en de ss-concentratiekampbewakerscorpsen. Gebruikte Dachau en de gevangenen daar als opleidingsschool voor concentratiekampbewakers. Stelde gedetailleerde richtlijnen vast voor het straffen, afranselen, eenzaam opsluiten en doodschieten van gevangenen. Gesneuveld in 1943.

Fendler, Lothar. Einsatzgruppe c. Veroordeeld tot tien jaar. Straf verminderd tot acht jaar.

Flick, Friedrich. Rijke industrieel, aanhanger van de nazibeweging en een van de grootste profiteurs van slavenarbeid van het Derde Rijk. Kocht en gebruikte 48.000 slavenarbeiders, van wie 80 procent stierf. In zijn munitiefabrieken werden veel joodse concentratiekampgevangenen tewerkgesteld. Stierf in Konstanz, West-Duitsland, op 20 juli 1972, negentig jaar oud. Hij liet een fortuin van meer dan 2 miljard gulden na.

Frank, Hans. Tijdens de Tweede Wereldoorlog gouverneur van Polen. In 1946 ter dood veroordeeld en opgehangen.

Frick, Wilhelm. Duitse minister van Binnenlandse Zaken van 1933 tot 1943. Verantwoordelijk voor het opstellen van de wetten waarbij de joden uit de Duitse maatschappij werden gestoten, uitmondend in de Neurenberger Wetten. In 1946 geëxecuteerd.

Fuchs, Wilhelm. Commandant Einsatzgruppe in Servië. In 1946 geëxecuteerd.

Aus der Fünten, Ferdinand. Hoofd van het Centraal Bureau voor Joodse Emigratie in Nederland. Ter dood veroordeeld. Straf omgezet in levenslang.

Gemmecker, Albert Konrad. Commandant van kamp Westerbork in Nederland, een doorgangskamp voor Nederlandse joden die naar het oosten werden gedeporteerd. Na de oorlog in Nederland berecht en tot tien jaar gevangenisstraf veroordeeld.

Globke, Hans. Hoge ambtenaar van het Duitse ministerie van Binnenlandse Zaken. Mede-opsteller van een officieel commentaar op de Neurenberger Wetten, waarbij alle Duitse joden automatisch van hun staatsburgerschap werden beroofd. Bedenker van de maatregel waarbij alle Duitse joden werden gedwongen 'Israël' of 'Sarah' als tweede voornaam aan te nemen. Na de oorlog werd hij parlementslid voor de CDU en in 1953 werd hij tot staatssecretaris benoemd. In 1963 verhuisde hij naar Zwitserland, waar hij in 1973 stierf.

Globocknik, Odilo. SS-luitenant-generaal belast met de Operatie Reinhard, het plan voor de uitroeiing van de Poolse joden. Pleegde in 1945 zelfmoord.

Glücks, Richard. SS-generaal en inspecteur van de concentratiekampen. Gestorven in 1945, vermoedelijk door zelfmoord.

Goebbels, Josef. Minister van Propaganda. Verantwoordelijk voor het gelijkschakelen van de pers, het theater, de radio en alle publicaties, met de nazi-leer. Hoofdorganisator van de Duitse Kristallnacht-pogrom in 1938. Een van de belangrijkste voorstanders van de Endlösung, die persoonlijk toezicht hield op de deportatie van joden uit Berlijn. Pleegde evenals Hitler zelfmoord aan het eind van de oorlog in 1945.

Göring, Hermann. Opperbevelhebber van de Duitse luchtmacht, voorzitter van de Reichstag, minister-president van Pruisen en, als beoogde opvolger van Hitler, de tweede man in het Derde Rijk. Oprichter van de Gestapo. Het was zijn idee om de joodse gemeenschap in Duitsland na de Kristallnacht in 1938 een boete van 1 miljard mark op te leggen. Op zijn bevel werden de joden uit het Duitse economische leven verwijderd, werden hun eigendommen en bedrijven 'geariseerd' en werd hun de toegang tot scholen, publieke vermakelijkheden, parken, wandelgebieden, enz. ontzegd. Schreef het bevel aan Heydrich om alle voorbereidingen te treffen voor 'de definitieve oplossing van het joodse probleem'. In 1946 tot de strop veroordeeld. Pleegde twee uur voor de voltrekking van het vonnis zelfmoord.

Hensch, Walter. Einsatzgruppe C. Ter dood veroordeeld. Straf omgezet in vijftien jaar cel.

Hess, Rudolf. Plaatsvervangend leider van de nazi-partij en derde man in nazi-Duitsland. Hielp Hitler bij het schrijven van *Mein Kampf*. Op 10 mei 1941 maakte Hess in het geheim een solovlucht naar Schotland, in de hoop de Britse regering ervan te overtuigen dat Hitler vrede met Engeland wilde, om de vrije hand in Oost-Europa te krijgen en gezamenlijk Rusland aan te vallen. Veroordeeld tot levenslang. Pleegde in 1987 in de gevangenis zelfmoord.

Heyde, Werner. Hoofd van de Rijksvereniging van Ziekenhuizen en Sanatoria. Organiseerde hun samenwerking in Operatie T4, de 'euthanasie' van 100.000 Duitse burgers die 'ongeschikt om te leven' waren bevonden. In 1946 ter dood veroordeeld; ontsnapt. Gaf zichzelf aan in 1959. Pleegde in 1964 zelfmoord.

Heydrich, Reinhard. Hoofd van het Reichssicherheitshauptamt en de hoofdarchitect van de Endlösung. Bijgenaamd 'het Blonde Beest' en 'de Man met het IJzeren Hart'. Op 27 mei 1942 in Tsjechoslowakije vermoord. Als represaillemaatregel maakten de Duitsers het mijndorp Lidice met de grond gelijk, executeerden alle mannelijke inwoners en stuurden de vrouwen en kinderen naar concentratiekampen.

Hildebrandt, Richard. Hoge SS-officier en politiechef in Danzig (nu Gdansk). Veroordeeld tot vijfentwintig jaar. Kwam in 1955 vrij.

Himmler, Heinrich. Hoofd van de SS, hoofd van de Gestapo, minister van Binnenlandse Zaken van 1943 tot 1945 en de op één na machtigste man in Duitsland tijdens de oorlog. Hoofduitvoerder van de Endlösung. Pleegde in 1945 zelfmoord.

Hitler, Adolf. De hoogste leider van nazi-Duitsland. Herstelde het zelfvertrouwen van Duitsland na de nederlaag in de Eerste Wereldoorlog en maakte van het land een absolute dictatuur onder leiding van de nazi-partij, de NSDAP, die hij volledig in zijn macht had. Ontketende de Tweede Wereldoorlog, bouwde het machtigste militaire apparaat op dat de wereld ooit gekend had en veroverde een groot deel van Europa. Geloofde dat de joden voor al het kwaad in de wereld verantwoordelijk waren en verordonneerde hun uitroeiing. De Endlösung werd op zijn bevel in gang gezet en leidde tot de dood van zes miljoen Europese joden. Pleegde aan het eind van de oorlog in 1945 zelfmoord, en noemde in zijn testament het 'internationale jodendom' de 'universele vergiftiger van alle volken'.

Höss, Rudolf. Commandant van Auschwitz 1940-1943. Constateerde in zijn memoires dat 'Auschwitz het grootste mensen-uitroeiingscentrum aller tijden' was geworden – er werden naar schatting twee miljoen joden vermoord. Werd in 1947 geëxecuteerd.

Höfle, Hermann. SS-bureau- en politiechef in Lublin, Polen. In 1961 gearresteerd. Pleegde in 1962 zelfmoord.

Höfle, Hermann. Hoge SS- en politiechef in Slovakia. In 1948 geëxecuteerd.

Hössler, Franz. SS-officier in Auschwitz. In 1945 geëxecuteerd.

Hoven, Waldemar. Kamparts in Buchenwald. In 1948 geëxecuteerd.

Jäger, Karl. Einsatzgruppe 3, Litouwen. Pleegde in 1959 zelfmoord.

Jeckeln, Friedrich. SS-commandant en politiechef in 'Ostland', zoals de nazi's de Duitse 'kolonie' noemden die bestond uit het bezette Estland, Letland, Litouwen en Wit-Rusland. In 1946 geëxecuteerd.

Jost, Heinz. Commandant van Einsatzgruppe A. Tot levenslang veroordeeld; straf verminderd tot tien jaar. Bovendien veroordeeld tot een boete van 15.000 rijksmark.

Kaltenbrunner, Ernst. Chef van het Reichssicherheitshauptamt na de dood van Heydrich. Voerde het bevel over de Gestapo, de concentratiekampen en de uitvoering van de Endlösung. In 1946 geëxecuteerd.

Katzmann, Fritz. ss- en politiecommandant in Galicië, Polen. Stierf in 1957 een natuurlijke dood.

Keitel, Wilhelm. Veldmaarschalk en chef-staf van het Oppercommando van de Strijdkrachten. Opperbevelhebber van de strijdkrachten onder Hitler. Rechtvaardigde de massamoorden door de Einsatzgruppen in Rusland, en zei: 'Elke daad van mededogen is een misdaad tegen het Duitse volk.' In 1946 geëxecuteerd.

Klein, Fritz. Kamparts in Auschwitz. In 1945 geëxecuteerd.

Koch, Erich. Rijkscommissaris voor de Oekraïne, 1941-1944. Verantwoordelijk voor de dood van honderdduizenden joden en niet-joden, hun deportatie naar concentratiekampen en het met de grond gelijkmaken van hun dorpen. In 1959 ter dood veroordeeld. Uitvoering van het vonnis werd voor onbepaalde tijd uitgesteld vanwege voortdurende ziekte.

Koch, Ilse. ss-officier en bewaakster in het concentratiekamp Buchenwald. Echtgenote van de kampcommandant, Karl Koch. Bijgenaamd 'de Teef van Buchenwald' vanwege haar sadistisch wrede behandeling van gevangenen. In 1947 tot levenslang veroordeeld; straf verminderd tot vier jaar; in vrijheid gesteld. In 1949 opnieuw gearresteerd voor de moord op Duitse gevangenen in het kamp. In 1951 tot levenslang veroordeeld. Pleegde in 1967 zelfmoord.

Koppe, Wilhelm. ss-politiecommandant in Wartheland, een door de nazi's zo genoemd deel van Polen, en in het Gouvernement-Generaal. Zou in 1964 worden berecht. Rechtszaak geseponeerd wegens slechte gezondheid van de verdachte.

Kramer, Jozef. Commandant van de concentratiekampen Birkenau en Bergen-Belsen. Bijgenaamd 'het Beest van Belsen' wegens zijn sadistische wreedheden jegens gevangenen. In 1945 geëxecuteerd.

Krüger, Friedrich. ss-politiecommandant, Gouvernement-Generaal. In 1945 als gesneuveld opgegeven.

Krumey, Hermann. Einsatzgruppe 'Eichmann'. In 1965 tot vijf jaar veroordeeld.

Krupp, Alfred. Leider van het Kruppconcern, de grootste fabrikant van geschut, tanks en munitie in het Derde Rijk. Gebruikte meer dan 100.000 slavenarbeiders, waaronder joden uit Auschwitz en andere kampen, van wie er 70.000 à 80.000 stierven. Leden van de familie Krupp waren al vroeg aanhangers van Hitler en schonken jaarlijks 10 miljoen rijksmark aan de nazi-partij. In 1948 veroordeeld tot twaalf jaar en verbeurdverklaring van al zijn geld en bezittingen. In 1951 vrijgelaten. Al zijn bezittingen en zijn privé-vermogen van 300 miljoen mark werden hem teruggegeven. Hij stierf in 1967 een natuurlijke dood.

Krupp, Gustav. Vader van Alfred, met wie hij samenwerkte. Zie verder Alfred Krupp. Wegens slechte gezondheid niet berecht. Stierf in 1950 een natuurlijke dood.

Liebehenschel, Arthur. Commandant van Auschwitz. In 1948 geëxecuteerd.

Lohse, Heinrich. Rijkscommissaris voor de Baltische staten en Wit-Rusland tijdens de gewelddadigste periode van de Endlösung. In 1948 veroordeeld tot tien jaar. Kwam in 1951 vrij. Stierf in 1964 een natuurlijke dood.

Mengele, Josef. Chef-arts in Auschwitz. Belast met de selectie van joden voor de gaskamers en uitvoerder van gruwelijke medische experimenten, in het bijzonder met tweelingen. Vluchtte na de oorlog naar Argentinië. Woonde in Argentinië, Brazilië en Paraguay. Stierf in 1977 in Paraguay een natuurlijke dood. Zijn stoffelijke resten werden in 1985 als die van Mengele geïdentificeerd.

Müller, Heinrich. Hoofd van de Gestapo. Als Adolf Eichmanns directe meerdere tekende hij het bevel voor de onmiddellijke levering aan Auschwitz van 45.000 joden voor vernietiging, en talloze soortgelijke bevelen. Vermist.

Naumann, Erich. Commandant van Einsatzgruppe B. In 1951 geëxecuteerd.

Nebe, Arthur. ss-generaal, hoofd van de Rijkspolitie, commandant van Einsatzgruppe B. Voor het laatst gesignaleerd in Ierland, 1960.

Nosske, Gustav. Einsatzgruppe D. Veroordeeld tot levenslang; straf verminderd tot tien jaar.

Novak, Franz. Assistent van Adolf Eichmann. Organiseerde het transport van tienduizenden joden naar de kampen. In 1964 veroordeeld tot acht jaar. Nieuw proces, vrijgesproken. In 1969 opnieuw berecht, veroordeeld tot negen jaar. In 1972 nogmaals berecht, veroordeeld tot zeven jaar.

Oberg, Karl. ss- en politiecommandant in Radom, Polen, en hoofd van de ss en de politie in bezet Frankrijk, waar hij meewerkte aan het uitroeien van joden. Op zijn bevel moesten de joden in bezet Frankrijk de davidster dragen. In 1954 ter dood veroordeeld. In 1962 vrijgelaten. Stierf in 1965 een naturlijke dood.

Ohlendorf, Otto. Commandant van Einsatzgruppe D, later hoofd van de veiligheidsdienst van het Reichssicherheitshauptamt. Organiseerde in 1941-1942 massamoorden in het zuiden van de Oekraïne. In 1951 geëxecuteerd.

Ott, Adolf. Einsatzgruppe B. Ter dood veroordeeld. Straf omgezet in levenslang.

Pohl, Oswald. Hoofd van de economische en administratieve afdeling van de ss, belast met de 'economische' kant van de Endlösung. Alles van waarde dat van de vergaste joden was afgenomen – kleding, haar, gebitsvullingen, gouden brilmonturen – werd naar Duitsland gestuurd. In 1951 geëxecuteerd.

Rademacher, Franz. 'Jodenspecialist' van het Duitse ministerie van Buitenlandse Zaken. Bedacht het plan om alle joden naar het eiland Madagascar te deporteren, dat toen een Franse kolonie was. Dit plan werd na de verovering van Polen en de invasie van Rusland afgelast. Zijn naam komt voor op talloze bevelen voor deportatie van joden naar de vernietigingskampen. Had de leiding over het vermoorden van joden in Joegoslavië in 1941. In 1952 veroordeeld tot drie jaar en vijf maanden. Vluchtte voor zijn gevangenneming naar Syrië. Keerde in 1966 vrijwillig naar Duitsland terug. In 1968 veroordeeld tot vijf jaar, maar vervolgens wegens 'zwakke gezondheid' vrijgelaten. Stierf in 1973 een natuurlijke dood.

Radetzky, Waldemar von. Einsatzgruppe B. In 1948 veroordeeld tot twintig jaar. In 1951 werd zijn straf verminderd tot de tijd die hij gezeten had.

Rahm, Karl. Commandant van het concentratiekamp Theresienstadt. In 1947 geëxecuteerd.

Rapp, Albert. Einsatzgruppe B. In 1965 tot levenslang veroordeeld.

Rasch, Otto. Commandant van Einsatzgruppe C. In staat van beschuldiging gesteld; te ziek om terecht te staan.

Rascher, Sigmund. Deed medische proeven op mensen in het concentratiekamp Dachau. Volgens geruchten in 1945 in Dachau doodgeschoten.

Rauter, Hans Albin. Hogere SS- en politieleider in Nederland. In 1949 geëxecuteerd.

Richter, Gustav. SS-deportatiespecialist in Roemenië. Woont naar verluidt in Stuttgart in het zuiden van Duitsland.

Rosenberg, Alfred. Minister voor de bezette gebieden in het oosten. In 1946 geëxecuteerd.

Rühl, Felix. Einsatzgruppe D. In 1948 veroordeeld tot tien jaar. In 1951 werd zijn straf verminderd tot de tijd die hij gezeten had.

Sammern-Frankenegg, Ferdinand von. SS- en politieleider in Warschau. In 1944 door partizanen in Joegoslavië gedood.

Sandberger, Martin. Einsatzgruppe A. Ter dood veroordeeld. Vonnis omgezet in levenslang.

Sauckel, Fritz. Belast met het mobiliseren van arbeidskrachten voor het Derde Rijk. Verantwoordelijk voor de dood van tienduizenden joodse dwangarbeiders in Polen en voor de deportatie van vijf miljoen mensen uit hun woonplaatsen in de bezette gebieden om als slaven in Duitsland te werken. In 1946 geëxecuteerd.

Schirach, Baldur von. Rijksjeugdleider en later Rijksgouverneur van Wenen. Veroordeeld tot twintig jaar. In 1966 vrijgelaten. Stierf in 1974 een natuurlijke dood.
Schubert, Heinz Hermann. Einsatzgruppe D. Ter dood veroordeeld. Vonnis omgezet in tien jaar gevangenisstraf.
Schulz, Erwin. Einsatzgruppe C. Veroordeeld tot twintig jaar. Straf verminderd tot vijftien jaar. In 1954 vrijgelaten.
Seibert, Willi. Einsatzgruppe D. Ter dood veroordeeld. Vonnis omgezet in vijftien jaar gevangenisstraf.
Seyss-Inquart, Artur von. Rijksgouverneur van Oostenrijk, assistent van Hans Frank, de gouverneur van bezet Polen en Rijkscommissaris van het bezette Nederland. In 1946 geëxecuteerd.
Speer, Albert. Rijksminister van bewapening en oorlogsproductie. Bekende verantwoordelijkheid voor slavenarbeid in de fabrieken onder zijn toezicht en voor het gebruiken van door de SS geleverde concentratiekampgevangenen voor zijn productielijnen. In 1946 veroordeeld tot twintig jaar gevangenisstraf. In 1966 in vrijheid gesteld. Stierf in 1981 een natuurlijke dood.
Sporrenberg, Jakob. SS- en politieleider in Lublin, Polen. In 1950 geëxecuteerd.
Stahlecker, Franz Walter. Commandant van Einsatzgruppe A. Gesneuveld in 1942.
Stangl, Franz. Commandant van het vernietigingskamp Sobibor, daarna commandant van het vernietigingskamp Treblinka van 1942-1943. Vluchtte in 1948 naar Syrië en drie jaar later naar Brazilië, waar hij in 1967 werd gearresteerd en uitgeleverd aan Duitsland. In januari 1971 werd hij tot levenslang veroordeeld. Hij stierf in de gevangenis in juni van hetzelfde jaar.
Steimle, Eugen. Einsatzgruppe B. Ter dood veroordeeld. Straf omgezet in twintig jaar cel. In 1954 vrijgelaten.
Strauch, Eduard. Einsatzgruppe A. Ter dood veroordeeld. Executie afgelast wegens krankzinnigheid van de veroordeelde.

Streicher, Julius. Fanatiek anti-semiet en gunsteling van Hitler. Eigenaar en uitgever van het buitengewoon populaire weekblad *Der Stürmer*, dat als devies de tekst DE JODEN ZIJN ONS ONGELUK voerde en artikelen publiceerde over joodse rituele moorden, verkrachtingen en andere leugens. Streicher, die tot de eerste volgelingen van Hitler behoorde, riep voortdurend op tot de uitroeiing van het jodendom, zowel in zijn weekblad als in zijn toespraken, waarmee hij volle zalen trok. Hij noemde zijn doodvonnis 'een overwinning voor het wereldjodendom'. In 1946 geëxecuteerd.

Stroop, Jürgen. ss- en politieleider in Warschau. Verantwoordelijk voor het neerslaan van de opstand in het getto van Warschau in 1943 en voor de vernietiging van het getto. In 1951 geëxecuteerd.

Terboven, Josef. Rijkscommissaris in Noorwegen. Pleegde in 1945 zelfmoord.

Thierack, Otto. Rijksminister van Justitie. ss-generaal-majoor. Opsteller van de 'uitroeien door werk'-maatregelen die op joodse concentratiekampgevangenen werden toegepast. Pleegde in 1946 zelfmoord.

Vallat, Xavier. Coördinator van het anti-joodse programma in Vichy-Frankrijk. Veroordeeld tot tien jaar. In 1950 vrijgelaten.

Veesenmayer, Edmund. Rijksambassadeur in Hongarije. Werkte samen met Eichmann en Kaltenbrunner aan de Endlösung in Hongarije en Slowakije. Veroordeeld tot twintig jaar. Straf verminderd tot tien jaar. In 1951 vrijgelaten.

Wächter, Otto. Gouverneur van Galicië, Polen. Stierf in 1949 in Rome een natuurlijke dood. Is nooit berecht.

Wendler, Richard. Gouverneur van het district Kraków. Niet berecht. Had in de jaren tachtig een advocatenpraktijk in Duitsland.

Winkelmann, Otto. Hogere ss- en politieleider in Hongarije. Niet berecht. Was in de jaren tachtig wethouder in de Duitse stad Kiel.

Wirth, Christian. Leider van Operatie T4, het 'euthanasie'-programma in Duitsland. Kreeg de opdracht een begin te maken met het doden van joden in het vernietigingskamp Chelmno. Belast met de leiding van de moordeskaders in de vernietigingskampen Belzec, Sobibor en Treblinka. In 1944 in Joegoslavië door partizanen gedood.

Wisliceny, Dieter. SS-deportatiespecialist in Slowakije, Griekenland en Hongarije. In 1948 geëxecuteerd.

Wolff, Karl. Hoofd SS en politiecommandant in Italië en chef van Heinrich Himmlers persoonlijke staf. In 1946 tot vier jaar dwangarbeid veroordeeld; bracht een week in de gevangenis door. In 1962 opnieuw gearresteerd, op verdenking 300.000 joden naar Treblinka te hebben gestuurd. Veroordeeld tot vijftien jaar. In 1971 vrijgelaten.

17. Het heden

Ik heb een bijzondere leerschool doorlopen. Die leerschool heette Auschwitz. Vier jaar heb ik daar doorgebracht... al mijn dagen waren nachten. Alles wat mij lief en dierbaar was is mij daar afgenomen. Er is maar één ding erger dan Auschwitz zelf, en dat is als de wereld zou vergeten dat er ooit een Auschwitz heeft bestaan.
Henry Appel, overlevende

Het is verleidelijk te denken dat zoiets als de holocaust nooit meer kan gebeuren. Nazi-Duitsland heeft de oorlog verloren. Veel vooraanstaande nazi's zijn dood, anderen zijn berecht, sommigen nog maar een paar jaar geleden. In Israël, de joodse staat, wonen meer dan vier miljoen joden. Miljoenen andere joden leven elders ter wereld in vrede. Alleen al in de Verenigde Staten wonen er meer dan zes miljoen.

Het lijkt er dus op dat we rustig achterover kunnen leunen. Het ergste is achter de rug, alles is geregeld en dus hoeven we ons nergens meer zorgen over te maken.

Was het maar waar. Overal en altijd zijn er aanwijzingen dat het zaad waaruit de holocaust zich ontwikkelde niet ver onder de oppervlakte begraven ligt.

Rudolf Hess, Hitlers rechterhand, en de man aan wie hij het grootste deel van *Mein Kampf* dicteerde, stierf in 1987, drieënnegentig jaar oud, en werd in het geheim begraven om sympathiebetogingen door Duitse neo-nazi's te voorkomen.

In een carnavalsoptocht in Brazilië reed een enorme praalwagen mee die met grote nazivlaggen was versierd.

Op joodse begraafplaatsen in de Verenigde Staten en elders worden vernielingen aangericht, grafstenen omver gegooid en graven met hakenkruizen beklad.

In Turkije werd een synagoge tijdens de dienst overvallen

en werden eenentwintig joden neergeschoten. De schuldigen zijn nooit gevonden.

Alois Brunner, ss-deportatiespecialist, woont onbekommerd in Syrië en geeft interviews aan Duitse bladen.

Sommige historici beweren dat de gaskamers nooit hebben bestaan en scharen zich hiermee aan de zijde van de Amerikaanse nazi's die verkondigen dat 'alle wegen naar Hitler en anders nergens heen leiden'.

In Syrië schreef de man die dat land als minister van Defensie en vice-premier heeft gediend een boek met de titel *De matze van Zion*, waarin een moeder haar kind vermaant: 'Dicht bij huis blijven, hoor. Anders komt de jood, en die steekt je in zijn zak en maakt je dood om van je bloed zionistisch brood te bakken.' Naar het boek is een film gemaakt.

In de Amerikaanse staat Maryland werd een negentiendeeeuwse synagoge in brand gestoken en grotendeels vernield.

In Ierland werden bij een koosjere slager de winkelruiten ingeslagen en swastika's op de muren geschilderd.

In Oostenrijk werd in 1987 een man die van oorlogsmisdaden en betrokkenheid bij de deportatie van joden werd beschuldigd, tot president gekozen. De Verenigde Staten weigerden hem toegang, maar hij werd door paus Johannes Paulus II in het Vaticaan ontvangen.

Het Amerikaanse geboortehuis van de vroegere Israëlische premier Golda Meir wordt met swastika's en nazi-leuzen beklad.

In Japan hebben boeken met titels als *Wie Judea begrijpt, begrijpt de wereld* en *Het geheim van de joodse wereldheerschappij* miljoenenoplagen gehaald.

In 1985 ging een Amerikaanse president naar Bitburg, een stadje in Duitsland, om eer te betuigen aan de Duitse gevallenen in de Tweede Wereldoorlog op een kerkhof waar verscheidene ss'ers begraven liggen.

In de voormalige Sovjet-Unie werd beweerd dat de zionisten de nazi's met de holocaust hebben geholpen om de joden te bewegen naar Israël te komen. Oude nazi-karikaturen en anti-semitische spotprenten verschenen in kranten en tijdschriften.

De protocollen van de wijzen van Zion, het zogenaamde bewijs van een internationale samenzwering om de wereldheerschappij te veroveren – het boek dat door Hitler zo bewonderd werd – circuleert onder studenten in de Arabische landen en is in het Engels en Arabische boekwinkels in de Verenigde Staten te koop. Dat het boek van A tot Z verzonnen is, wordt nergens vermeld. Naar verluidt wordt het uitstekend verkocht.

In Oostenrijk blijkt uit een opinieonderzoek dat 22 procent van de ondervraagden zich 'ongemakkelijk' voelt als ze een jood een hand geven en dat 32 procent joden 'onaangenaam' vindt.

Het lijkt er dus op dat het zaad van de haat nog sluimert, om eens weer op te bloeien tot een nieuwe verschrikking. Het onbegrip en de onwetendheid waaruit het nazisme geboren werd, blijven altijd onder ons. Het richt zich nog steeds tegen de joden. Maar niet alleen tegen de joden. Nog steeds vechten overal de zwarten om als gelijkwaardigen naast de blanken te kunnen leven. In Ierland staan de protestanten en katholieken elkaar naar het leven. In Iran worden de Bahái's nog steeds wegens hun geloof vermoord. In Zuid-Afrika kon tot voor kort een blank regime haar zwarte burgers uit hun huizen halen en bij duizenden opsluiten als het daar zin in had.

Martin Niemöller, een Duitse protestantse theoloog die het voor de joden opnam en die moedige daad met bijna negen jaar concentratiekamp moest bekopen, beschreef zijn ervaring zo:

'Eerst kwamen de nazi's de communisten halen. Maar ik was geen communist, dus hield ik mijn mond. Toen kwamen ze de joden halen, maar ik was geen jood, dus hield ik mijn mond. Daarna kwamen ze de vakbondsmensen halen, maar ik was geen vakbondsman, dus hield ik mijn mond. Daarna haal-

den ze de katholieken, maar ik was protestant, dus hield ik mijn mond.
Toen kwamen ze mij halen. Maar nu was er niemand meer over die zijn mond open kon doen.'

Misschien zal de nachtmerrie van de holocaust zich nooit meer herhalen. Maar als we haar vergeten, zal de herinnering aan zes miljoen joden die stierven als stof verwaaien en zal de wereld er niets van hebben geleerd. Dan zijn nieuwe nachtmerries onvermijdelijk.

De Amerikaanse filosoof George Santayana heeft gezegd: 'Wie de geschiedenis niet kent, is gedoemd haar te herhalen'. De herinnering aan de holocaust, aan de gestage groei van die monsterlijke moordmachine, kan helpen de bloei van een nieuw en mogelijk nog groter kwaad te voorkomen.

Bronvermelding (niet volledig)

Ooggetuigenverslagen

Berg, Mary. *Warsaw Ghetto: A Diary*. New York: L.B. Fisher, 1945.
Donat, Alexander. *The Holocaust Kingdom: A Memoir*. New York: The Holocaust Library, 1963.
Frank, Anne, *Het Achterhuis*, Amsterdam: Bakker, 1992.
Goldstein, Bernard. *The Stars Look Down*. New York: Viking, 1949. *Die Sterne sind Zeugen*, Ahriman Verlag, 1992.
Heimler, Eugene. *Night of the Mist*. New York: Vanguard Press, 1959.
Kogen, Eugen. *The Theory and Practice of Hell*. New York: Berkley Books, 1960.
Lengyel, Olga. *Five Chimneys*. Chicago: Ziff-Davis, 1947.
Levi, Primo. *De verdronkenen en de geredden*. Amsterdam: Meulenhoff, 1991
Müller, Filip. *Eyewitnesses to Auschwitz*. New York: Collier Books, 1961.
Nomberg-Przytk, Sara. *Auschwitz: True Tales from a Grotesque Land*. Chapel Hill, NC.: University of North Carolina Press, 1985.
Szerney, Gitta. *Into that Darkness: From Mercy Killing to Mass Murder*. New York: McGraw-Hill, 1974.
Wiesel, Elie. *De Nacht*, Hilversum: Gooi & Sticht, 1986.

Verwijzingen

Arad, Yitzhak. *Belzec, Sobibor, Treblinka: The Operation Reinhard Death Camps*. Bloomington: Indiana University Press, 1987.
Dawidowicz, Lucy. *The War Against the Jews: 1933-1945*. Tenth anniversary Ed. New York: Seth Press, 1986.
Fleming, Gerald. *Hitler und die Endlösung*. Wiesbaden: Limes-Verlag, 1982.
Gilbert, Martin. *Atlas of the Holocaust*. New York: Morrow, 1993. Id. The Holocaust.

Gilbert, Martin. *De Holocaust*. Amsterdam: Verbond van Liberaal Religieuze Joden in Nederland, 1979.

Grobman, Alex, en Daniel Landes, eds. *Genocide: Critical Issues of the Holocaust*. Los Angeles and Chappaqua, N.Y.: Simon Wiesenthal Center en Rossel Books, 1983.

Hilberg, Raul. *The Destruction of the European Jews*. Rev. ed. 3 vols. New York: Holmes & Meier, 1985.

–, ed. *Documents of Destruction: Germany and Jewry 1933-1945*. Chicago: Quadrangle Books, 1976.

Jäckel, Eberhard. *Hitlers Weltanschauung: Entwurf einer Herrschaft*. Stuttgart: Deutsche Verlags-Anstalt, 1981.

Laqueur, Walter. *Het gruwelijke geheim: de waarheid over Hitlers 'Endlösung' verdrongen*. Alphen aan den Rijn: Sijthoff, 1981.

Marrus, Michael R. *The Holocaust in History*. Hanover, N.H.: University Press of New England, 1987.

Maser, Werner. *Adolf Hitlers Mein Kampf*: geschiedenis – fragmenten – commentaren. Soesterberg: Aspekt, 1998.

The Nazi Concentration Camps. Proceedings of the Fourth Yad Vashem Historical Conference, January 1980. Jerusalem, Israël: Yad Vashem, 1984. Noakes, J., en G. Pridham, eds. *Nazism 1919-1945: A Documentary Reader*. Vol. 2, State, Economy and Society 1933-1939. Exeter, England: University of Exeter, 1984.

Poliakov, Leon. *Harvest of Hate*. Rev. ed. New York: The Holocaust Library, 1979.

Remak, Joachim. *The Nazi Years: A Documentary History*. New York: Simon & Schuster, Touchstone Books, 1969.

Wyman, David S. *The Abandonment of the Jews*. New York: Pantheon Books, 1984.

Register

Cursief gedrukte nummers verwijzen naar bladzijden met illustraties

Abegg, Elizabeth, 211
Amerika, oorspronkelijke bewoners van, 226-227
Anne Frank: *Het Achterhuis*, 221
'Anti-semieten, verzoekschrift van', 22
Anti-semitisme, 208; en boycot van joodse bedrijven, 37, 38, 40; in Oost-Europa, 56, 80; in Duitsland, 21-24, 191; in wetten, 36, 40-44, 148; in *Mein Kampf*, 28, 30; oorsprong van de term, 21; in de Verenigde Staten, 192; in West-Europa, 80
Arische wet, 40
Arisering, 44, 56, 250
Ariërs, 28; zigeuners als, 92
Armée Juive, 188
Armeniërs, 227-228
Atoombom, 228
Auerswald, Heinz, 66, 245
Auschwitz, 13, 14, 81, 84, 91, 106, 111-112, 117-*118*, 120, 123, 125, 132, 140-*141*, *149*, 177; Blok, 140; bombarderen van, 203, *204*, 205; aantal doden in, 119, 128; ontsnappingspogingen in, 163-164, 182-183; bedrijven in, 117, 119; medische experimenten in, 142; nummertatouage in, 135; 'organisatie' in, 143; verbrandingsovens in, 123; procedure in, 111-112; verzet in, 157, 161, 182-183; sabotage in, 156; pakhuizen in, 129. *Zie ook* Birkenau; Schindler, Oskar

Bach-Zelewski, Erich, 245
Baer, Richard, 245
Bahái's, 230, 262
Barbie, Klaus, 245
Baublis, Petras, 211

Beck, Ludwig, 222
België, joodse doden in, 233
Belzec (Polen) vernietigingskamp, 120, 123; ontsnappingen uit, 161-164; slachtoffers/overlevenden van, 128
Bergen-Belsen, 221, 237, 242
Berger, Gottlob, 246
Bermuda, Conferentie van, 200-201
Beschermingswet (Wet ter bescherming van Duits bloed en Duitse eer), 43-44
Best, Werner, 246
Biberstein, Ernst, 246
Biebow, Hans, 246
Birkenau, 14, *133*, *158*, 182, 203-205, 232; opstand in, 183
Bismarck, Otto von, 15
Bitburg, Duitsland, 261
Blobel, Paul, 246
Bloedbeschuldiging, 17, *51*
Blok, 136, 140, *149*, 164
Blume, Walter, 246
Boekverbranding, *39*, 41
Bonhöffer, Dietrich, 220
Bormann, Martin, 246
Bothmann, Hans, 246
Böttcher, Herbert, 246
Boycot van joodse bedrijven, 37-38, 40, 190, 191
Brack, Victor, 91, 120, 246
Brandt, Karl, 248
Braune, Werner, 248
Brody, Oekraïne, 160
'Bruinhemden', 15
Brunner, Alois, 248, 261
Brunner, Anton 248
Buchenwald, 115-116, 119, 123, 132, 252; sabotage in, 156
Bühler, Josef, 248
Bulgarije, joden in, 201-202, 206-207, 211

Cambodja, 229
'Canada', 13, 129, 130, 143, 157, 164
Chelmno (Polen) vernietigingskamp, 106, 120, 123, 195, 246; vergassingswagens in, 84, *87*, 196; slachtoffers/overlevenden van, 128
Churchill, Winston, *199*
Communisme, 95
Concentratiekampen, 13, 81, 89, 94, 111-113, 132-146, 224; Deense joden in, 212; misleidingstrucs in, 123-127, 153; ziekte in, 137-139; ontsnappingen uit, 161-166; voedsel in, 138; zigeuners in, 92, 94, 128; ziekenhuizen in, 137-138; kapo's in, 137; aantallen, 46, 128; verbrandingsovens in, 129, 237; procedures in, 111, 122-123; zelfmoord in, 129, 139; overleven in, 143-146; werk in, 128, 132. *Zie ook* Vernietigingskampen; diverse kampen

Dachau, 36, 115, 116, 249; sabotage in, 156
Daluege, Kurt, 248
Dannecker, Theodor, 248
Dawidowicz, Lucy S., 231
Davidster, *zie* emblemen
Demjanjuk, John, 248
Denemarken, 212; joden in, 217; verzet in, 212
Derde Rijk, 14, 15, 81, 91, 125, 142, 165
Doodshoofdenbrigade, 15
Dora-Mittelbaukamp, 156
DP-kampen 233, 240
Duckwitz, Georg Ferdinand, 213
Duitsland, 7 *passim* ; de drie rijken van, 15; vestiging van dictatuur in, 36; joodse doden in, 232; joodse bevolking van vóór de nazi's, 19, 21; joodse overlevenden in, 233, 237, 240; neo-nazi groepen in, 260; capitulatie van, 233; berechting van oorlogsmisdadigers in, 243; na de Eerste Wereldoorlog, *20*; jeugdorganisaties in, *34, 51*, 224
Dwangarbeid, 62, 117-119; sabotage bij, 154, 156

Ehrlinger, Erich, 248
Eichmann, Adolf, 84, 245, *247*, 248, 255, 258; en de spoorwegen, 106-110, 128
Eicke, Theodor, 249
Einsatzgruppen, 14, 75-79, 80, 81, 84, 91, 92, 120, 152, 195, 196
Eisenhower, Dwight D., 240
Emblemen, *18*, 19, 48, 56, 92, 130, 241; in kampen, 116, 123; in Denemarken, 212; in Frankrijk, 255
Encyclopedia Judaica, 232
Endlösung, 7, 8, 14, 80-89, 103, 120, 201, 207, 243, 245, 248, 250, 251, 252; conferentie over, 84-88
Engeland; *zie* Groot-Brittannië
Estland, *78*, 245
Euthanasie, 137, 151
Evian, Conferentie van, 193-195, 197-198

'Familiekampen', 187
Fendler, Lothar, 249
Finland, 213
Flick, Friedrich, 249
Flossenberg, 115
Frank, Anne, *221*
Frank, Hans, 80, *244*, 249, 257
Frank, Otto, *221*
Frankfurt, Duitsland, *18*
Frankrijk, joodse doden in, 233; partizanengroepen in, *186*, 188; berechting oorlogsmisdadigers, 243, 245; in de Tweede Wereldoorlog, 8, 13
Frankrijk, Vrij, 8
Frick, Wilhelm 249
Fuchs, Wilhelm, 249
Fünten, Ferdinand aus der, 249

Gaskamers, 14, 84, 88, 91, 111, 112, 122, 123, 124, 127, 128, 129, *155*, 159, 166, 177, 180, 232; selectie voor, 115, *121*, 122, 136, 138, 139
Gele ster; *zie* Emblemen
Gemmecker, Albert Konrad, 249
Gestapo, 14, 15, 46, 88, 159, 163, 211, 217, 220, 245, 250
Getto's, 19, 53-74, 80, 81, 127, 153; koude in, 66-67; in Kraków, Polen, 61; culturele en sociale evenementen in, 73-74; ziekte in, 67-68; zigeuners in, 92; in Kowno, Litouwen, 152, 187, 211; in Lodz, Polen, 58, 61, 70, 86, *101*; in Lublin, Polen, 186, 187; organisatie van, 58-61 overbevolking van, 67-68; smokkelen in, 70-72; honger in, 62-66; in Wilna, Litouwen, 61; in Warschau; *zie* Warschau, getto van; werk in, 54, 56, 62; in Zamosc, Polen, 97, 103
Giep, Jan en Mies, *221*
Globke, Hans, 250
Globocnik, Odilo, 111, 250
Glücks, Richard, 250
Goebbels, Josef, *29*, 40, 41, 48, 92, 97, 169, 250
Goerdeler, Carl, 222
Göring, Hermann, *26*, 31, 84; en anti-semitisme, 38, 48; berechting in Neurenberg, *244*, 250
Gouvernement-Generaal, 14, 56, 106, 248; concentratiekampen in, 86; getto's in, 58, 62; werkkampen in, 117
Gräbe, Hermann, 213
Griekenland, joden van, 98-99; joodse doden in, 233
Grondslagen van de negentiende eeuw, 22
Groot-Brittannië, en bestuur van Palestina, 9, 195, 198; en vluchtelingenprobleem, 191, 195, 200-201; en berechting oorlogsmisdadigers, 243; in de Tweede Wereldoorlog, 8, 13, 198
Grüninger, Paul, 213
Grynszpan, Herschel, 46

Haganah, 240
Handboek van het anti-semitisme, 22
Hassell, Ulrich von, 222
Hautval, Adelaide, 214
Heine, Heinrich, 41
Hensch, Walter, 251
Hess, Rudolf, *244*, 251, 260
Heyde, Werner, 251
Heydrich, Reinhard, 58, 74, 250; dood van, 88, 248; en de Endlösung, 14, 84, *85*, 86, 89, 120, 251
Hildebrandt, Richard, 251
Himmler, Heinrich, 75, 7*8*, 88, *93*, 109, 130, 131, 132, 242, 246, 251, 259; en deportaties, 106, 213; en zigeuners, 92; en de Poolse elite, 95; en de opstand in Warschau, 173, 177
Hirosjima, Japan, 228
Hitler, Adolf, 8 *passim*; tot kanselier benoemd, 33; houding t.o.v. de joden, 22, 28-30; charisma van, 27, 31; dood van, 252; en Denemarken, 212; en de deportaties, 97-110; voorgeschiedenis van, 24-30; en *Mein Kampf*, 24, 27-30, 250, 260; complot tegen, 220; als hoogste leider van nazi-Duitsland, 8, 14, 31-48; in de Eerste Wereldoorlog, 24
Hitlerjeugd, *34*, *51*, 224
Höfle, Hermann, 250
Holocaust, 7, 8, 226-231, 243; betekenis van het woord, 9, 14; aangekondigd in *Mein Kampf*, 28, 30; overlevenden van de, 233, 237, 240, 241; slachtoffers van de, 232-233; en Yad Vasjem, 225
Hongarije, joden van, 182, 203, 206, *216*, 218; joodse doden in, 233
Höss, Rudolf, 111, 242, 252
Hössler, Franz, 252
Hoven, Waldemar, 252

I.G. Farben, 117, 203
India, 230
Indianen, 226, 227

Inflatie, in Duitsland na de Eerste Wereldoorlog, 27
Instituut voor Erfelijkheidsbiologie en Rassenonderzoek, 142
Intergouvernementele Commissie voor de Vluchtelingen, 193
Internationaal Militair Tribunaal, 243
Iran, 230, 262
Israël, 8, 9, *239*, 241, 260; berechting oorlogsmisdadigers in, 245,
247, 249
Italië, 8, 13, 19, 214-215; joodse doden in, 233

Jäckel, Eberhard, 231
Jäger, Karl, 79
Japan, 8, 13, 228, 229
Jeckeln, Friedrich, 252
Jehova's, 116
Jiddisch, 54, 73
Joden, semieten genoemd, 22; gekarakteriseerd in *Mein Kampf*, 28,
30; in overheidsdienst, 40; staatsburgerschap van, 43; in Oost-
Europa, 53-74; emigratie van, naar VS, 191; uitzetting van, 44,
56, 75; uitroeiing van; *zie* Concentratiekampen,
Vernietigingskampen, Endlösung, Getto's, Einsatzkommando's;
gedwongen emigratie van, *35*, 81; in getto's, 53-74; *zie ook*
Getto's; en geld lenen, 19; namen van, 44; vervolging van, vóór
nazi-tijdperk, 17-24; *zie ook* Anti-semitisme, Pogroms;
eigendommen van, *165*, 250; religie vs. ras, 28-30; berichten
over uitroeien van, 190, 196; en verzet, 147-166; gered door de
War Refugee Board, 206-207; transport naar het oosten, 54, 86-
88, *102*, 97-110
Jodenster, *zie* Emblemen
Joegoslavië, joden van, 255; joodse doden in, 233
Joodse Strijdorganisatie (ZOB), 167-172
Joodse Raden, 61-62, 67, 71, 103, 105, 172, 173, 174
Joodse Arbeidsbond, 171, 196, 198
Joodse politie, 62, 103, 104, 105
Joods Wereldcongres, 196
Johannes XXIII; *zie* Roncalli, Bisschop Angelo

Johannes Paulus II, 261
Jost, Heinz, 252
Juli, 20 juli-complot, 220

Kaltenbrunner, Ernst, 252-253, 258
Kapo's, 14, 137
Katholieken, 209, *210*, ?18, 263
Katzmann, Fritz, 253
Keitel, Wilhelm, 253
Khomeiny, ayatollah, 230
Kinderen, in kampen, 112, 117, 221, 251; executie van, 111-112, 245; in getto's, *64, 65, 69*, 71, *100*; ongeneeslijk zieken, 90, 91; gered, 209, *210*, 211, in treinen, *101*
Klein, Fritz, 253
Koch, Erich, 253
Koch, Ilse, 253
Koch, Karl, 253
Koolmonoxide, vergassing met, 84, 91, 120. *Zie ook* Vergassingswagens
Koppe, Wilhelm, 253
Kowno, Litouwen, 152, 187, 211
Kraków, Polen, 159, 218
Kramer, Josef, 242, 253
Kristallnacht, *45*, 46, *47*, 48, 116, 193, 250
Krüger, Friedrich, 253
Krumey, Hermann, 254
Krupp, Alfred, 254
Krupp, Gustav, 254
Kruppbedrijven, 117

Letland, *78*
Le-Chambon-sur-Lignon, 212
Lidice, Tsechoslowakije, 88, 89, 248, 251
Liebehenschel, Arthur, 254
Litouwen, *78*, 152, 173, 211. *Zie ook* Wilna, Litouwen

Lodz, Polen, 58, 61, 70, 86, *101*, 246
Lohse, Heinrich, 254
LPC-bepaling, in immigratiewet VS, 191
Lublin, getto van, partizanen uit, *186*, 187
Luther, Martin, 17
Luxemburg, joodse doden in, 233

Machtigingswet, 36
Macugowski, Josef en Stephania, 215
Madagascar, 81, 255
Maidanek (Polen) vernietigingskamp, 120, 128
Marr, Wilhelm, 21
Matze van Zion, De, 261
Mauthausen, *114*, 115, 117
McCloy, John J., 205
Medische experimenten, in Auschwitz, 142, *162*; op Russische krijgsgevangenen, 96; met tweelingen, 142, 254
Mein Kampf (Hitler), 24, 28-30, 250, 260
Meir Golda, 261
Mendes, Aristide de Sousa, 215
Mengele, Josef, 111, *121*, 140, 142, *162*, 254
Ministerie van Gezondheid, Berlijn, 142
Misleiding, in kampen, 123-127
Müller, Heinrich, 254

Nagasaki, Japan, 228, 229
Nationaal-socialistische Duitse Arbeiderspartij, NSDAP; *zie* Nazi's
Naumann, Erich, 254
Nazi's, 7; in Oost-Europa, 54, 56, 58; en onderhandelingen over joodse vluchtelingen, 49, 52; partij, stichting en groei van, 27, 31; partijprogramma, 27, 31; politiek t.a.v. joden, 22, 28-30; *zie ook* Kristallnacht, Neurenberger wetten; en inkomsten uit kampen, 46-48, 41-44; en Slavische volken, 94-95; stormtroepen, 14; berechting van, 242-259
Nebe, Arthur, 255

Neo-nazi groepen, 260-262
Nederland, joden in, 216, 217, 249; joodse doden in, 233
Neuengamme, Kamp, 156
Neurenberger wetten, 41-44, 190, 191, 249, 250
Neurenberger processen, 213, 243, *244*
Niemöller, Martin, 262
Nooddecreet, 36
Noorwegen, 217, 258; joodse doden in, 233
Nosske, Gustav, 255
Novak, Franz, 255

Oberg, Karl, 255
Oekraïne, 19, 154, 173, 228
Ohlendorf, Otto, 255
Olbricht, Friedrich, 222
Ontheemden, 233, 237
Ontsnappingen, 161-166
Oorlogsmisdaden, Commissie, 242
Oostenrijk, Hitlers geboorteland, 24; joodse doden in, 233; joodse overlevenden uit, 240; neo-nazi's in, 261, 262
Oost-Europa, anti-semitisme in, 56, 80, 154; werkkampen in, 117-119; joodse doden in, 232-233; joden geboren in, 53-54; nazi's in, 54-58; Einsatzkommando's in, 75-79; overlevenden in, 240
Operatie Reinhard, 89, 111, 120, 123, 130, 177, 181, 250
Operatie T4, 90-92, 246, 248, 251, 259
Oster, Hans, 222
Ott, Adolf, 255
Overwinning van het jodendom op de Duitse volksaard, De (Marr), 21

Palestina, 9, 171; Arabieren in, 198; als joods nationaal tehuis, 9, 261; joden, beperkte immigratie van, 195, 200, 201, 240; en overlevenden van de holocaust, 240
Partizanengroepen, 163, 166, 184-189; in Oost-Europa, 187; nationale afdelingen in, 187-189; in West-Europa, 188
Pius XII, 218

Pogroms, 14, 19, 46, 56, 148
Pohl, Oslwald, 255
Polen, vernietigingskampen in, 14, 120; *zie ook* Vernietigingskampen, Getto's; uitroeien van elite in, 90, 94, 95; getto's in, *zie* Getto's , getto van Warschau; invasie van, 81; en uit Duitsland uitgewezen joden, 44; inheemse joden in, 81, 89, 240; door nazi's bezet, 81, 86; *zie ook* Gouvernement-Generaal; Einsatzkommando's in, 75, 79; en joodse overlevenden, 240; ondergronds leger in, 171, 173; joodse doden in, 232
Porsche, 117
Portugal, 19
Pot, Pol, 229
Pritchard, Marion P., 209, 216, 217
Probst, Christopher, 223, 224
Protocollen van de Wijzen van Zion, 22, 24, 262

Rademacher, Franz, 255
Radetzky, Waldemar von, 256
Rahm, Karl, 256
Rapp, Albert, 256
Rasch, Otto, 256
Rascher, Sigmund, 256
Rauter, Hans Albin, 256
Ravensbrück, 115, 117; sabotage in, 156
Reichssicherheitshauptambt, 14, 15, 58, 246
Richter, Gustav, 256
Riegner, Gerhardt, 195, 196, 197, 198, 219. *Zie ook* Schulte, Eduard
Rijksburgerschap, Wet op het, 43
Rijksdag, anti-semitisme in, 36; en wetswijzigingen, 36, 40-44
Roemenië, joden in, 19, 201-202, 206, 207; joodse doden in, 233
Roncalli, bisschop Angelo, 216, 217, 218
Roosevelt, Franklin D., 192-*194*, 206; verklaring over joden, 206
Rosenberg, Alfred, 256
Rühl, Felix, 256

Rusland; *zie* Sovjet-Unie
Russische krijgsgevangenen, 90, 95, 96

SA, 14
Sabotage, in kampen, 154
Sachsenhausen, 115; sabotage in, 156
Sammern-Frankenegg, Ferdinand von, 256
Sandberger, Martin, 256
Santanaya, George, 263
Sauckel, Fritz, 256
Schindler, Oskar, 218
Schirach, Baldur von, 257
Scholl, Hans, 223, 224
Scholl, Sophie, 223, 224
Schubert, Heinz Hermann, 257
Schulte, Eduard, 196, 218
Schultz, Erwin, 257
SD, 14, 15, 97
Seibert, Willi, 257
Seyss-Inquart, Artur von, 257
Siemens, 117
Silverman, Sidney, 197
Slavische volken, 94
Sobibor (Polen) vernietigingskamp, 120, 160, 180; sloop van, 182; ontsnappingen uit, 164, 184; opstand in, 181-182; slachtoffers/overlevenden van, 128
Sonderkommando's, 15, 129, 177, 181, 182, 183
Sovjet-Unie, invasie van, 80; joden in, 19, 54; neo-nazi's in, 261-262; Einsatzgruppen in, 78; en berechting oorlogsmisdadigers, 243; in de Oekraïne, 228; in de Tweede Wereldoorlog, 8, 13; joodse doden in, 232
Speer, Albert, 257
Spoorwegen, *102*, 106-110, 128, 213; en ontsnappingspogingen, 161
Sporrenberg, Jakob, 257

Sri Lanka, 230
Stahlecker, Franz Walter, 257
Stalin, Josef, 228
Stangl, Franz, 257
Stauffenberg, Claus Schenk, Graf von, 222
Steimle, Eugen, 257
Sterilisatie, 81
Strauch, Eduard, 257
Streicher, Julius, *51*, *244*, 258
Stroop, Jürgen, 173, 174, 177, 258
Stürmer, Der, *50*, *51*, *244*, 258
Swastika, 15, 261

Telefunken, 117
Terboven, Josef, 258
Theresienstadt, 256
Thierack, Otto, 258
Tibet, 229
Treblinka (Polen) vernietigingskamp, 106, *108*, 109, 120, 159, 177-180, 248; misleiding slachtoffers in, 123, 153; ontsnappingen uit, 164, 184; opstand in, 178, 179, 182; slachtoffers/overlevenden van, 128
Tresckow, Henning von, 222
Trocmé, André en Magda, 212
Truman, Harry S., *239*, 240
Tsjechoslowakije, joodse doden in, 233, verzet in, 188. *Zie ook* Lidice
Tyfus, 67, 68, 137, 214

Übelhör, Friedrich, 58

Vallat, Xavier, 258
Veesenmayer, Edmund, 258
'Veiligheidsbelasting', 49

Verenigde Naties, Hulpverlenings- en Rehabilitatieorganisatie van de (UNRRA), 233
Verenigde Staten, en boycot van Duitse producten, 38; immigratiewetten, 191, 192, 193, 240; neo-nazi's in, 261; en het vluchtelingenprobleem, 192, 193; en berechting oorlogsmisdadigers, 243; in de Tweede Wereldoorlog, 8, 13, 198
Vergassingswagens, 79, 91, 120, 246
Vernietigingskampen, 13, 14, 54, 83, 119-120, 127, 128; zigeuners in, 92; joden werkend in, 132; procedures in, 111-112. *Zie ook* Auschwitz, Belzec, Birkenau, Chelmno, Maidanek, Sobibor, Treblinka
Verzet, gewapend, 147-148; in de kampen, 157-159, 168; in de getto's, 157, 168. *Zie ook* Bonhöffer, Dietrich; 20 juli-complot; Partizanengroepen; De Witte Roos
Vluchtelingen, 192-197, 200-202; in Noord-Afrika, 201
Vrouwen, in de kampen, 115, 121, 142, *144*, 251

Wächter, Otto, 258
Wallenberg, Raoul, 206, 217, 219
Wannsee, Conferentie van, 84, 120
War Refugee Board (vs Oorlogsvluchtelingenraad), 206-207, 218
Warschau, Polen, 57. *Zie ook* Warschau, getto van
Warschau, getto van, *60*, 61, 66, 104, 245; dodental in, 66; deportatie uit, *101*, 103; joodse politie in, 103; verwoesting van, 177, *179*; verzet in, 157; razzia's in, 75, 97; omvang van, 169; honger in, 66; tyfus in, 67; opstand in, 169-177, 184, 201
Wendler, Richard, 258
Wereldoorlog, Eerste, verhalen van gruweldaden in, 198
Wereldoorlog, Tweede, 8, 53, 198, 229
Westerbork, Kamp, 249
Wiesel, Elie, 9
Wilna, Litouwen, 61, 152; partizanengroepen uit, *185*, 187; opstand in, 160
Wilna, Wrekers van, 187

Winkelmann, Otto, 258
Wirth, Christian, 91, 120, 259
Wise, Rabbi Stephen, 197
Wisliceny, Dieter, 259
Wit-Rusland, *78*
Witte Roos, De, 222, 223, 224
Witzleben, Erwin von, 222
Wolff, Karl, 109, 259

Yad Vasjem, 225, 232

Zamosc, Polen, 97, 103
Zeidler, George, 33
Zigeuners, 90, 92, 94, 116
Zionisten, 171, 261
ZOB; *zie* Joodse Strijdorganisatie
Zuid-Afrika, 231, 262
'Zwarthemden', 15
Zweden, 217, 219
Zyklon B, 81, 120, 127

Barbara Rogasky (1933) werd in de Verenigde Staten geboren als kind van Russisch-joodse ouders. Ze werkte voor verschillende uitgeverijen en wijdde zich vervolgens aan een carrière als schrijfster van kinder- en jeugdboeken.